A FAINT COLD FEAR THRILLS THROUGH MY VEINS · WILLIAM SHAKESPEARE

## ZU DIESEM BUCH

Ich war damals gerade zum Inspecteur befördert worden. Ich kam frisch von der Polizeischule und glaubte, daß man nur das dort Erlernte anzuwenden braucht, um auch mit dem kompliziertesten Fall fertig zu werden.

Mein Chef, Der Divisionnaire Merlin, versuchte oft, mir diese Einstellung auszureden: «Verlaß dich nicht nur auf den ganzen theoretischen Kram... Die Wahrheit, die findest du nicht in deinen Lehrbüchern. Du kannst sie nur aus den Leuten rauskriegen. Wenn du zuhören gelernt hast...»

*Inzwischen bildet der junge Inspecteur von damals, Commissaire geworden, selber junge Inspecteurs aus, und er erinnert sich an die eigenen Lehrjahre, an die Fälle, die er gelöst hat, obgleich er nicht auf den alten Merlin hören wollte, der dann am Ende immer recht behalten hatte... Der Commissaire hat keinen Namen. Er könnte Maigret heißen oder Lew Archer, van der Valk oder Philip Marlowe; er ist Polizist, aber zugleich wesensverwandt den großen Privatdetektiven: Er verläßt sich nicht auf Fingerabdrücke und Indizien, und er wartet auch nicht auf die geniale Eingebung. Er geht unverdrossen allen Spuren nach, aber er weiß, daß er die Lösung immer nur in den Menschen finden kann, die – unschuldig, verdächtig oder schuldhaft – in den Fall verwickelt sind. Er ist kein ‹Bulle›; er ist Mensch geblieben. Und er hat erkannt, daß auch Verbrecher Menschen sind.*

*Wenn es noch eines Beweises bedarf, daß dem so ist, so liefern ihn die anderen neun Geschichten dieses Bandes.*

PIERRE BOILEAU *und* THOMAS NARCEJAC *waren beide schon mit dem Grand Prix du Roman d'Aventure ausgezeichnet worden, ehe sie ihre schriftstellerische Zusammenarbeit aufnahmen, in deren Verlauf zahlreiche Kriminalromane entstanden, von denen einige Preise erhielten und mehrere verfilmt wurden. In der Reihe der rororo-thriller liegen noch vor:* Mensch auf Raten *(Nr. 2115),* Parfum für eine Selbstmörderin *(Nr. 2174),* Appartement für einen Selbstmörder *(Nr. 2209),* Das Geheimnis des gelben Geparden *(Nr. 2232),* Die trauernden Witwer *(Nr. 2238),* Gesichter des Schattens *(Nr. 2251),* Das Leben ein Alptraum *(Nr. 2319) und* Tote sollten schweigen *(Nr. 2349). Weitere Romane des Autorenpaares sind in dieser Reihe geplant.*

Boileau/Narcejac

# Der Commissaire
und andere unfreundliche Geschichten

Kriminalstories

Ausgewählt und übersetzt
von Stefanie Weiss

Rowohlt

rororo thriller · Herausgegeben von Richard K. Flesch

DEUTSCHE ERSTAUSGABE

Veröffentlicht im Rowohlt Taschenbuch Verlag GmbH,
Reinbek bei Hamburg, November 1975
Die sechzehn Kriminalstories «Der Commissaire und der weinende
Boxer» (Le fusil à flèches) · «Der Commissaire und die drei Verdächtigen» (Les trois suspects) · «Der Vampir» (Le vampire) · «Gewissensbisse» (Remords) · «Der Commissaire und der Raubmord im Wald»
(Crime en forêt) · «Glück und Gips» (Le buste de Beethoven) · «Der
Commissaire und die andere» (L'autre) · «Toto» (Toto) · «Der Hund»
(Le chien) · «Der Commissaire und der blaue Bademantel» (Le peignoir
bleu) · «Ein ganz normaler Typ» (Un homme comme les autres) ·
«Der Commissaire und das Rätsel der Kabelbahn» (L'énigme du funiculaire) · «Der Gelübde» (Le vœu) · «Der Commissaire und der tote
Graf» (Feu monsieur le comte) · «Anonym» (Le corbeau) · «In der guten
alten Schwarzmarktzeit» (Au temps du marché noir) wurden bei Éditions Denoël, Paris, in dem Band «Manigances» veröffentlicht
Redaktion: Brigitte Fock · K. Schelf
Umschlagentwurf: Manfred Waller (Foto: Deutsches Institut
für Filmkunde, Wiesbaden)
© Rowohlt Taschenbuch Verlag GmbH, Reinbek bei Hamburg, 1975
«Manigances» Copyright © 1971 by Éditions Denoël, Paris 7ᵉ
Satz Aldus (Linotron 505 C)
Gesamtherstellung Clausen & Bosse, Leck/Schleswig
Printed in Germany
380-ISBN 3 499 42364 2

# Inhalt

| | |
|---|---:|
| Der Commissaire und der weinende Boxer | 7 |
| Der Commissaire und die drei Verdächtigen | 16 |
| Der Vampir | 25 |
| Gewissensbisse | 39 |
| Der Commissaire und der Raubmord im Wald | 43 |
| Glück und Gips | 52 |
| Der Commissaire und die andere | 57 |
| Toto | 66 |
| Der Hund | 69 |
| Der Commissaire und der blaue Bademantel | 97 |
| Ein ganz normaler Typ | 106 |
| Der Commissaire und das Rätsel der Kabelbahn | 108 |
| Das Gelübde | 116 |
| Der Commissaire und der tote Graf | 123 |
| Anonym | 131 |
| In der guten alten Schwarzmarktzeit | 136 |

## Der Commissaire und der weinende Boxer

Ich war damals gerade zum Inspecteur befördert worden, als diese Geschichte passierte. Ich kam frisch von der Polizeischule und glaubte allen Ernstes, daß man nur die dort erlernten Methoden anzuwenden brauchte, um auch mit dem kompliziertesten Fall fertig zu werden. Wenn jemand auf die älteren Kollegen zu sprechen kam, die von der Pike auf gedient hatten, ganz ohne Polizeischule, und auf den Wert ihrer Erfahrungen, so lächelte ich nur höflich und kühl und dachte, wer's glaubt wird selig. Ermittlungsarbeit, das war in meinen Augen eine besondere Spielart wissenschaftlicher Forschung – nichts anderes. Recherchen außerhalb des Labors? Ein alter Hut.

Mein Chef, der Divisionnaire Merlin – ein guter Bekannter von Maigret übrigens –, versuchte oft, mir diese Einstellung auszureden. «Verlaß dich nicht nur auf den ganzen theoretischen Kram», pflegte er zu sagen – wenn wir allein waren, duzte er mich nämlich. «Die Wahrheit, die findest du weder in Lehrbüchern noch in deinen Statistiken und graphischen Darstellungen. Die Wahrheit, die kannst du nur aus den Leuten rauskriegen. Wenn du zuhören gelernt hast ...»

Ich lächelte. Kühl und höflich.

Oder er konnte sagen: «Komische Sache, die Wahrheit ... Da kannst du nichts übers Knie brechen, das ist so ähnlich, wie wenn man eine Pfeife anraucht.»

Redensarten.

Na ja, der Alte wußte es nicht besser. Ich brütete weiter über meinen Lehrbüchern und wartete auf *den* Fall. Auf den Fall, bei dem ich zeigen konnte, was ich von der Sache verstand. Und dann hatte ich ihn eines Tages.

Es war die Sache damals in Saint-Mandé. Ein paar Tage lang redete alle Welt davon; dann geriet sie rasch in Vergessenheit. Mein erster Fall ... Ich habe ihn nie mehr vergessen, denn er hat in meinem Leben eine ganz entscheidende Rolle gespielt. Obwohl es auf den ersten Blick die einfachste Sache von der Welt zu sein schien.

Merlin hatte mich rufen lassen. In seinem Büro saß ein junger Mann. Dunkler Typ, registrierte ich, recht gut aussehend. Aber – nanu? – ziemlich frischer Bluterguß unter dem linken Auge ... Mehr als über den Bluterguß wunderte ich mich allerdings darüber, daß er offensichtlich geweint hatte.

Merlin stellte ihn mir vor: «Robert Milot ...»

Und was hat er ausgefressen? hätte ich beinahe gefragt. Aber ich schluckte es runter. Soviel hatte ich immerhin schon gelernt bei Merlin.

«... Europameister im Leichtgewicht», fuhr Merlin fort. «Seit gestern abend. Schon die Zeitung gesehen? Er hat Mac Sirven in der zweiten Runde k. o. geschlagen. Wir hatten zwar damit gerechnet, daß er gewinnt – aber schon in der zweiten Runde ... Na ja. – So, jetzt erzähl mal, wie's dann weiterging, Robert.»

«Ja ... Danach bin ich gleich zum Telefon», berichtete Milot. «Mama sollte es doch auch erfahren ... Wissen Sie, sie stellt das Radio nie an, wenn ich einen Kampf habe – sie regt sich zu sehr auf dabei. Ja, und dann ...» Milot konnte nicht weiterreden; Tränen liefen ihm über die Wangen, und er sah aus, als hätte er gerade einen Leberhaken voll abgekriegt. Der breitschultrige Bursche flennte wie ein kleiner Junge – es kam mir schon fast peinlich vor.

«Und dann», fuhr Merlin an seiner Stelle fort, und seine Stimme war sanft und beruhigend, «dann war der Anschluß besetzt.»

«Ja ... Und das ist es, was mir so völlig unverständlich ist», stieß Milot hervor. «Sie wußte doch, daß ich anrufen würde. Ich rufe sie doch nach jedem Kampf an.»

«Na ja», sagte Merlin, «du darfst aber nicht vergessen, daß du ihn schon in der zweiten Runde fertiggemacht hast. Daß es kaum länger als sechs Minuten gedauert hat. Und fünfzehn Runden waren angesetzt – das sind rund dreiviertel Stunden. Falls deine Mutter zufällig Lust hatte, sich mit jemand zu unterhalten, mußte sie doch davon ausgehen, daß sie Zeit genug hatte.»

«Das sagen Sie so, weil Sie sie nicht gekannt haben», erwiderte Milot. «So was hätte sie nie getan – dazu ist sie viel zu ... war sie viel zu nervös ...» Milot ließ den Kopf sinken und schlug die Hände vors Gesicht.

«Also, wie gesagt, der Anschluß war besetzt», fuhr Merlin fort. «Und zwar ziemlich genau um zehn Uhr. Zehn Minuten später hat Milot dann nochmals angerufen. Diesmal war der Anschluß frei, aber es hat niemand abgenommen. Daraufhin hat sich Milot in den Wagen gesetzt und ist nach Saint-Mandé gefahren. Und dort hat er seine Mutter gefunden – tot ... Nun muß man allerdings dazusagen, daß sie seit Jahren schwer herzleidend war und sich ständig in acht nehmen mußte. So betrachtet kommt ihr Tod also nicht überraschend; er stellt uns keineswegs von vornherein vor irgendwelche Probleme ... Sag selbst, Robert: Hast du nicht schon längst damit gerechnet?»

Milot zögerte kurz, dann nickte er stumm.

Merlin sprach weiter: «Jetzt allerdings kommt ein sonderbares Detail: Sie ist im Korridor zusammengebrochen, zwischen ihrem Zimmer und dem ihres Sohnes. Und sie hielt eine Flinte in der Hand – eine Spielzeugflinte, aus der kleine Pfeile mit Saugnäpfen vorn abgeschossen wurden.»

«Sie hat versucht, sich zu verteidigen», warf Milot ein, «das liegt doch auf der Hand!»

«Aber gegen wen denn?» Merlin schien dies völlig auszuschließen.

«Schließlich war die Wohnung doch von innen abgeschlossen!»

«Irgendwelche Spuren von Gewaltanwendung an der Leiche?» fragte ich.

«Äußerlich nicht. Wir warten noch auf den Obduktionsbericht. Aber meiner Ansicht nach ist sie einem Herzanfall erlegen.»

Milot reagierte heftig. «Dann sagen Sie mir doch bitte, warum sie dieses Gewehr holen gegangen ist!»

«Aber Robert – überleg doch mal: Deine Mutter hat schließlich ihre fünf Sinne beisammen gehabt! Wenn sie geglaubt hätte, sich verteidigen zu müssen, dann hätte sie doch nicht ausgerechnet dieses Spielzeuggewehr...»

«Es gibt Spielzeugwaffen, die genauso aussehen wie richtige», warf ich ein.

«Ja, schon... Aber die kleine Flinte da nicht. Man sieht auf den ersten Blick, daß es ein Spielzeug ist und nichts anderes. Ein Spielzeug, das höchstens ein paar Sous gekostet hat... Stimmt doch, Robert?»

«Na ja... Sie hat's mir geschenkt, damals... Es war eine Art Bestechungsgeschenk, weil ich nicht in die Schule wollte. Sie hat's auf dem Jahrmarkt gekauft. Zu der Zeit ging's uns dreckig; mein Vater war gerade gestorben... Sie wollte mir eine Freude machen, und das ist ihr gelungen, weiß Gott! Tag und Nacht hab ich mit dem Ding gespielt. Und ich hab's aufgehoben, weil... Also manche Leute heben sich ihren Teddy auf oder ihr Schaukelpferd; für mich bedeutet dieses alberne kleine Gewehr alles.»

«Alles?» Merlin sah zur Decke hinauf. «Was alles?»

«Ach, ich weiß nicht recht... Vielleicht die Zeit, in der wir beide glücklich waren, Mama und ich.»

«Und jetzt sind Sie nicht mehr glücklich?» fragte ich. «Pardon – ich meine, mal abgesehen vom Tod Ihrer Mutter... Sind Sie nicht glücklich? Trotz Ihrer sportlichen Karriere?»

«Also, das... Das ist was ganz anderes. Ja, sicher, einesteils bin ich schon glücklich; ich verdiene 'ne Menge Geld. Und ich hab mir einen Namen gemacht. Aber...» Er brach ab, runzelte angestrengt die Stirn, suchte offenbar nach einem passenden Ausdruck und gab schließlich achselzuckend auf. Nun, vor der Aufgabe, den Begriff ‹Glück› zu definieren, haben schon ganz andere Leute kapituliert. Bei Boxern wird der Kopf nicht in erster Linie intellektuell beansprucht.

Merlin wandte sich zu mir: «Gehen Sie doch mal in die Wohnung und sehen Sie sich ein bißchen gründlicher um. Ich glaube zwar nicht, daß es da was zu finden gibt, aber man kann ja nie wissen... Mir liegt der Fall am Herzen; Milots Vater war ein alter Bekannter von mir – das nur nebenbei. Und unterhalten Sie sich auch mal mit dem Beamten dort, der die Untersuchung eingeleitet hat, ja? Die Adresse...» Er gab mir die Adresse und streckte mir die Hand hin. *Und hören Sie zu, was die Leute reden!* stand auf seiner Stirn geschrieben.

Verärgert und enttäuscht machte ich mich auf den Weg. Was Besseres hatten sie mir also nicht anzubieten... Na ja, als einfacher Inspecteur... Na, wartet nur ab; eines Tages bin ich auch Commissaire! Die Alte hatte einen Herzschlag bekommen, fertig. Was sollte ich da noch groß nachforschen! Dummes Gerede würde ich zu hören bekommen, sonst nichts.

Der Kollege auf dem Revier in Saint-Mandé war etwas erstaunt über meinen Besuch. Weshalb denn noch Nachforschungen, wo doch alles völlig klar war?

«Sicher, das mit dieser Spielzeugflinte, das ist schon sonderbar. Aber wenn Sie mich fragen – es hätte genausogut ein Kochtopf sein können, oder ein Bügeleisen... Wenn man so plötzlich stirbt, kann man sich nicht lang aussuchen, was man gern in der Hand hätte hinterher. Sie hatte eben gerade dieses Spielzeug in der Hand, als es soweit war – purer Zufall!»

Ich gab ihm innerlich vollkommen recht. Im weiteren Verlauf des Gesprächs erfuhr ich dann noch, daß Madame Milot noch keine alte Frau gewesen war.

«Sie war einundfünfzig», sagte der Kollege. «Sie sah bloß viel älter aus. Sie hat sich ganz schön abgeschuftet in ihrem Leben.»

«Ihr Sohn scheint zu glauben, daß es Mord war», sagte ich.

«Mord? Lächerlich! Ich habe alles mit größter Sorgfalt... Aber das versteht sich doch von selbst. Außerdem, wer soll sie denn ermordet haben? Und wie? Die Wohnungstür war verschlossen, alle Fenster zu... Die Leute aus dem Haus? Ausgeschlossen. Sie hat im Erdgeschoß gewohnt, mit ihrem Sohn. Im ersten Stock lebt das Ehepaar Nillesan: Beide seit vierzehn Tagen in der Provence. Und Madame Landry im zweiten Stock – Witwe, siebzig Jahre; sie leidet zur Zeit an einer Venenentzündung und kann sich kaum von der Stelle rühren... Hier, die Aussage der Krankenpflegerin, die sie betreut: Madame Landry schlief fest, als die Pflegerin gestern abend gegen neun die Wohnung verließ – Sie sehen also, das Haus war so gut wie leer... Na ja, es stimmt schon, daß Madame Milot sich mit der Landry nicht besonders gut vertragen hat. Aber das ist doch kein Grund... Na, Sie kennen das doch: Zwei Frauen, überwiegend allein und kränklich... Sie haben wohl beide versucht, sich gegenseitig das Leben schwerzumachen. In diesem Punkt stimmen die Aussagen der Pflegerin von Madame Landry und der Putzfrau von Madame Milot überein... Übrigens, mit Madame Milot war offenbar auch sonst nicht gut Kirschen essen. Wahrscheinlich ist ihr der wachsende Ruhm ihres Sohnes ein bißchen zu Kopf gestiegen. Na ja, nach den harten Jahren, die sie hinter sich hatte... Es war für sie vielleicht ein später Triumph, eine Art Wiedergutmachung oder so. Sie hat ja immer nur für ihren Sohn gelebt... Das hat dann ja auch zu der Scheidung geführt.»

«Zur Scheidung?»

«Ach, das wissen Sie nicht? Madame Milot hatte vor . . . na, so vor drei Jahren etwa, ein zweites Mal geheiratet. Einen gewissen Antoine Gurde. Beamter, aber wegen einer Kregsverletzung vorzeitig pensioniert – er hat nur einen Arm; sonst sieht er ganz gut aus . . . Milot und er haben sich von Anfang an nicht gut verstanden; keine Ahnung, warum. Wie auch immer, Gurde hat seine Frau letztes Jahr verlassen, und vor kurzem wurde die Ehe geschieden.»

«Angenommen, er hat noch einen Schlüssel zur Wohnung . . .»

«Schon möglich. Aber er hat ein Alibi – Sie können es nachprüfen, wenn Sie wollen: Mindestens zehn Personn werden Ihnen versichern, daß Gurde gestern abend an einem Treffen ehemaliger Regimentskameraden im *Café du Cycle* an der porte Maillot teilgenommen hat, und zwar von halb zehn bis gegen Mitternacht . . . Wie weit es von der porte Maillot bis Saint-Mandé ist, brauche ich Ihnen ja nicht zu sagen.»

«Hm, ja . . . und diese Mieterin, diese Madame Landry: Ist es wirklich ausgeschlossen, daß sie zu Madame Milot hinuntergegangen ist?»

«Völlig ausgeschlossen.» Er bot mir eine Gauloise an. «Die Pflegerin hat ihr nämlich ein starkes Beruhigungsmittel gegeben, bevor sie gegangen ist – ich weiß nicht auswendig, wie das Zeug heißt, aber Sie können es an Hand des Rezepts überprüfen lassen. Aber mal abgesehen von allem anderen – selbst wenn Madame Milot ihrer Mieterin aufgemacht hätte: die Tür war nicht von außen zugeschlagen, sondern abgeschlossen.»

«Tja . . .»

«Ich sage Ihnen, alles, aber auch alles weist darauf hin, daß Madame Milot ganz einfach eines natürlichen Todes gestorben ist! Ich verstehe nicht, warum jetzt von der Sache soviel Aufhebens gemacht wird . . . Na ja . . . der junge Milot ist ja inzwischen so was wie eine Berühmtheit geworden.» Er zuckte vielsagend die Achseln.

Ich war völlig seiner Meinung.

Der Ordnung halber suchte ich noch das Haus, um mich noch einmal in der Wohnung umzusehen. Ich war aber von vornherein davon überzeugt, daß nichts dabei herauskommen würde.

Es war ein hübsches Haus, von einem kleinen Garten umgeben, in dem auch eine Garage stand. Es hatte zwei Obergeschosse – aber das wußte ich ja schon. Ich stellte mir vor, wie Milot nach dem Übertritt ins Profi-Lager seine ersten Kampfbörsen zusammengehalten haben mochte, bis er seiner Mutter dieses Haus kaufen konnte.

Milot war inzwischen zu Hause angekommen. Er ließ mich herein und zeigte mir als erstes die Flinte. Sie war auf den ersten Blick als Spielzeug zu erkennen. Milot nahm sie fast andächtig zur Hand. «Mama hat da auf dem Boden gelegen», sagte er und deutete mit dem Gewehr auf eine Stelle im Korridor. «Gerade in der Mitte zwischen meinem und ihrem Zimmer. Auf der Seite hat sie gelegen, so ungefähr . . .» Er streckte sich in Seitenlage auf dem Fußboden aus und hielt dabei die Flinte an sich gepreßt. Dann kam er mit einem federnden Sprung wieder auf die Beine.

«Arme Mama . . .»

Fehlt nur noch, daß er mit Schattenboxen anfängt und dabei heult, dachte ich angewidert. Verwechselt er mich mit einem Reporter? Echte Gefühle lasse ich gelten, aber für Pose habe ich nichts übrig. Und ich hatte den Eindruck, daß Milot trotz seines Kummers posierte; daß er sich selbst bewunderte, sich als den großen Fighter mit dem goldenen Herzen gab . . . Dieses Bild vom ‹echten Pariser Jungen›, der sich geopfert, sich ‹für Mama› im Ring geschlagen hat – das war mir zu oberflächlich.

Ich trat in sein Zimmer. «Sagen Sie, wo hat diese Flinte gelegen?»

«Da – hinter den Fotos.»

Auf der Kommode war eine lange Reihe von gerahmten Fotos aufgestellt, die alle Milot darstellten: Milot mit sechs Monaten, mit einem Jahr, mit zwei Jahren; Milot mit einem Luftballon, auf einem Pony, als Erstkommunikant. Dann, in einer zweiten Reihe, Milot am Sandsack, beim Seilspringen, beim Waldlauf; Milot im Ring: beim Schlagabtausch mit dem Gegner, in seiner Ecke mit dem Trainer, bei der Siegerverkündung mit dem Schiedsrichter – Milot, Milot, Milot.

«Bisher achtunddreißig Kämpfe», berichtete er. «Dreißig Siege, sechs Unentschieden, zwei Niederlagen.»

«Nicht übel», sagte ich höflich. «Und Ihre Mutter – hatte sie nie Lust, Sie einmal im Ring zu sehen?»

«Nein, nie. Sie hatte viel zuviel Angst.»

«Wie sind Sie eigentlich zum Boxen gekommen?»

«Ach, wie soll ich sagen – eigentlich mehr durch Zufall, ja? Als kleiner Junge war ich sehr zart und schmächtig; Mama hat mich auch noch geradezu in Watte gepackt . . . Ich glaube, sie hätte ohnehin lieber ein kleines Mädchen gehabt. Und dann, so mit vierzehn, da hab ich mich plötzlich enorm entwickelt. Ein Freund meines Vaters hat mich irgendwie zum Sport gebracht, zum Boxen . . . Ich hab erst nur aus Spaß geboxt; auf die Idee, Profi zu werden, bin ich erst viel später gekommen.»

«Was haben Sie beruflich gemacht?»

«Also, beruflich . . .» Milot schien die Frage nicht sehr angenehm zu sein. «Ja . . . Eigentlich noch nichts Besonderes», gab er schließlich zu.

«So daß Sie also von Ihrer Mutter . . .»

«Nein . . . Ja, doch – aber das Ganze ist viel komplizierter . . . Zu der Zeit hatte das mit Gurde angefangen – ich meine, daß er zu meiner Mutter kam.»

«Und Sie? Sie mochten ihn nicht?»

Milot schaute erstaunt auf. «Nein», sagte er nachdrücklich. «Ich mochte ihn nicht. Ich konnte mich einfach nicht an den Gedanken gewöhnen, daß dieser Mensch sich zwischen Mama und mich . . . Außerdem hat er dauernd auf mir herumgehackt. Wissen Sie, wie er mich genannt hat? Den Schläger hat er mich . . . Bloß weil er wußte, daß mich das in Wut brachte!»

«Was hat er sonst noch gesagt? Daß Sie eine Niete sind, oder so?»

«Ja, solche Sachen hat er auch gesagt. Zuerst hat er mir's nicht ins Gesicht gesagt – weil er Angst hatte, ich knall ihm eine. Aber später . . .» Er beförderte den Bettvorleger mit einem wütenden Tritt unters Bett: «Später hat er mir's auch ins Gesicht gesagt. Als er gemerkt hatte, ich tu ihm nichts, weil er doch ein Krüppel ist, weil er nur einen Arm hat . . .»

Ich hörte zu, hörte, was die Leute redeten, und weiß Gott – ich hatte auf einmal das Gefühl, daß ich begann, etwas herauszukriegen . . . Die Wahrheit? Der gute Merlin!

«Da gibt's nichts zu grinsen», knurrt Milot.

Ich hatte gar nicht gemerkt, daß ich gegrinst hatte. «Pardon», sagte ich, «ich mußte eben an etwas denken – etwas, das nichts mit Ihnen zu tun hat . . . Aber erzählen Sie doch weiter!»

«Was soll ich Ihnen noch erzählen? Ich hab angefangen, die Boxerei ernsthaft zu betreiben – seinetwegen. Ihm verdanke ich eigentlich meinen linken Haken. Wenn ich den irgendwo anbrachte – auf einem Kinn, einem Auge – dann hab ich mir jedesmal vorgestellt, es ist *sein* Auge, *sein* Kinn: Da, nimm! Und noch eins! Schönen Gruß vom Schläger!»

Es machte jetzt direkt Freude, ihm zuzuhören. Die Pose war weg. Zum erstenmal klang er ganz ehrlich. «Und Ihre Mutter?» fragte ich. «Hat sie unter diesen Spannungen nicht gelitten?»

«Ja, schon. Aber was sollte ich tun?»

«Hat sie ihn denn geliebt?»

«Ja, ich glaub, schon. Wenn ich nicht da war. Ich meine, vor mir hat sie's nicht zeigen wollen. Da hat sie ihn behandelt wie jemand, der zu Besuch ist. Aber da war noch was . . .» Er hielt inne, suchte nach Worten. «Mein Gott, ist das alles kompliziert! Also, da steigt man ja selbst nicht mehr durch!» Er ließ sich auf das Bett fallen, saß vornübergebeugt; die Hände hingen schlaff über die Knie. Dann nahm er sich zusammen. «Also, damals hat es angefangen, daß ich ziemlich viel verdiente», fuhr er fort. «Und das war ihm natürlich ein Dorn im . . .»

«Wem?»

«Na, *ihm*!»

«Ach so. Ich verstehe . . .» Ja, ich verstand plötzlich. Ich sah es vor mir. Ich sah eine Frau, die sich ein paar Jahre lang von dem faulen Muskelpaket zurückgezogen hatte, in das sich ihr ehedem so zarter und verhätschelter kleiner Junge verwandelt hatte. Aber dann hatte sich das Muskelpaket zu einem großartigen Athleten herausgemacht, und sie war ihm erneut verfallen – als Frau, nicht als Mutter. Dieser Star, der sicher unendlich viele Verehrerinnen hatte, der gehörte ihr! Das war ihr Sohn!

Ich sagte ihm nicht, was ich sah. Ich fragte: «Bekommen Sie eigentlich viel Post?»

«Post?» Er lachte selbstgefällig. «Ganze Waschkörbe voll! Na, Sie wissen doch, wie die Weiber sind – total verrückt, alle miteinander! Kümmert sich mein Manager drum . . . Manchmal hab ich Mama aus den Briefen vorgelesen – nur so zum Spaß, um sie ein bißchen aufzuziehen, verstehen Sie?»

«Verstehe ... Was anderes: Wie ist es eigentlich zu dieser Scheidung gekommen? Zur Trennung Ihrer Mutter von diesem Gurde?»

«Keine Ahnung. Das war vor den französischen Meisterschaften; ich war auf dem Land, im Trainingslager. Als ich nach acht Wochen zurückkam, hatte Gurde schon die Koffer gepackt.»

«Aber Ihre Mutter muß Ihnen doch irgendwas gesagt haben, oder?»

«Nein ... Nein, eigentlich nicht. Bloß, daß er ein mieser Typ ist und daß sie ihn vor die Tür gesetzt hatte.»

«Das war alles? Und Sie haben keine weitere Erklärung ...»

«Nee – wozu? Ich hatte damals auch andere Sorgen. Bei der Meisterschaft hat mir dann einer das Nasenbein zerkloppt, und das wollte und wollte nicht heilen ... Wissen Sie, unter uns: ich kann austeilen, satt. Aber ich kann nicht viel einstecken. Ich hab meistens durch k. o. gesiegt, oder durch technischen k. o. Aber wenn ich die volle Distanz gehen muß ... Na ja, Mama hat mich wieder gesundgepflegt. Und hinterher sind wir zusammen nach Spanien gefahren. Es war herrlich; wir waren das reinste Liebespaar. Und von Gurde war dann überhaupt nie mehr die Rede.»

«Verstehe», sagte ich zum drittenmal und stand auf. «Kann ich mich mal ein wenig umsehen?»

«Ja, natürlich ...» Er führte mich überall herum.

Madame Milots Zimmer war sehr einfach eingerichtet. Das einzig Ungewöhnliche war ein Tischchen, auf dem die Pokale und Trophäen aus Milots Amateurzeit aufgebaut waren.

«Sie entschuldigen mich», sagte Milot. «Ich möchte nicht so gern ... Ich warte lieber draußen ...»

Er begleitete mich auch nicht ins Wohnzimmer, einen kleinen, sehr gemütlichen Raum, in dem es nach Bohnerwachs roch. Mein Blick fiel auf das Telefon. Der Obduktionsbericht lag bestimmt noch nicht vor, aber vielleicht konnte der Gerichtsmediziner mir doch schon ein paar Anhaltspunkte geben ... Ich machte die Tür zu und wählte.

«Hallo, Dr. Suève?»

Dr. Suève war mit seiner Arbeit gerade fertig geworden. Der Tod sei zwischen halb zehn und zehn Uhr abends eingetreten, sagte er. Aber das wußten wir ja bereits.

«Keine Spuren von Gift? Nichts Verdächtiges?»

Er verneinte. Ich legte auf.

Trotz dieser unergiebigen Auskunft spürte ich, daß ich der Lösung ganz nahe war. Sie hatte sich wie von selbst in meinen Hirnwindungen festgesetzt: ich konnte sie noch nicht greifen, aber sie war da. Wie es dazu gekommen war, konnte ich nicht sagen; es mußte damit zusammenhängen, daß ich selbst eine Mutter hatte, die ich liebte. Mit meinen auf der Polizeischule erworbenen Kenntnissen hing es auf alle Fälle nicht zusammen ...

Trotzdem untersuchte ich routinemäßig das Schloß der Wohnungstür, wie ich es gelernt hatte. «Ich habe doch recht verstanden – es gibt nur zwei Schlüssel zur Wohnung?» fragte ich Milot.

«Stimmt.» Er nickte. «Mama hatte den einen und ich den andern. Aber ... Irgendwie muß doch einer reingekommen sein, verdammt noch mal! Mama ist doch ... Sie muß sich bedroht gefühlt haben, sie muß Angst gekriegt haben!»

Bedroht gefühlt ... Angst ...

Ich verabschiedete mich und ging. In meinem Kopf hatte es bei Milots Worten einen Ruck gegeben, der plötzlich freigesetzt hatte, was schon abrufbereit in meinen Hirnwindungen gespeichert gewesen war. Während ich im Taxi zum Präsidium zurückfuhr, überdachte ich nochmals alles. Ja, es konnte gar nicht anders gewesen sein ... Die Frage war nur, ob es sich jemals würde beweisen lassen.

Merlin kapierte sofort, als ich in sein Büro trat.

«Ist ja nicht möglich!» rief er. «Du hast was rausgekriegt, ja?»

«Madame Milot ist umgebracht worden.»

«Ach nee ... Erzähl mal!»

Ich berichtete kurz über den Verlauf der beiden Unterredungen und kam dann auf meine Schlußfolgerungen zu sprechen.

«Die Mieterin kommt nicht in Frage», sagte ich. «Sie stand unter der Wirkung eines starken Medikaments und war praktisch ausgeschaltet. Außerdem hätte Madame Milot sie vermutlich gar nicht reingelassen.»

«Bleibt also Gurde ...» Merlin nickte langsam. «Aber der hat, wie ich schon sagte, ein bombensicheres Alibi. Zur Tatzeit – da du ja darauf bestehst, daß ein Verbrechen vorliegt – war er im *Café du Cycle*, fünfzehn Kilometer von Saint-Mandé entfernt.»

«Ja. Und von dort hat er Madame Milot angerufen. Er wußte ja, daß sie nie das Radio einschaltete, wenn ihr Sohn im Ring war. Und da ist ihm ein ganz teuflischer Gedanke gekommen – warum auch immer; vielleicht war er besoffen, vielleicht ist er wirklich so bösartig, und schließlich hat sie ihn damals mehr oder weniger rausgeschmissen – wie auch immer: Er hat seine Ehemalige angerufen und ihr – wahrscheinlich mit verstellter Stimme – mitgeteilt, ihr Sohn sei fürchterlich zusammengeschlagen, sei schwer verletzt worden. Vielleicht hat er auch gesagt, Milot sei tot ... Eine furchtbare Rache, die in ihren Auswirkungen wohl auch weit über Gurdes Absichten hinausgegangen ist ... Und was geschah dann? Wie wir wissen, war Madame Milot herzkrank. Sie hat eine Attacke erlitten, sich aber trotzdem bis zum Zimmer ihres Sohnes geschleppt, ihres Kindes, für das sie so viele Opfer gebracht hat. Ihr Kleiner ... Ist es möglich, daß er nicht mehr zurückkommt? Sie schaut die Fotos an, die ihren ganzen Lebensinhalt darstellen; sie greift nach der Flinte, dem Lieblingsspielzeug ihres Jungen ...

Sie überlebt den Anfall nicht. Über eine Entfernung von 15 Kilometer wurde sie umgebracht – so präzise, als wenn sie von einer tödlichen Kugel getroffen worden wäre . . . Und das erklärt auch alles Übrige: das Besetztzeichen, als Milot um zehn Uhr zum erstenmal anrief, und die Tatsache, daß zehn Minuten später niemand mehr abgenommen hat . . . Tja, jetzt müssen wir diesen Gurde nur noch zum Geständnis bringen.»

«Ja, eben. Wird nicht ganz einfach sein. Und wenn – was können wir ihm nachweisen? Einen üblen, einen sehr üblen Scherz. Womöglich unter Alkohol. Na und? Außerdem streitet er's vermutlich einfach ab.»

«Soll ich . . .»

«Nein, laß mal.» Merlin winkte ab. «Das übernehme einstweilen noch ich . . . Du hast begriffen, worauf es ankommt. Daß es mit der Wahrheit so ist wie mit dem Anrauchen einer Pfeife . . . Das andere – das bring ich dir auch noch bei. Aber jetzt bin ich dran. Bestell mir diesen Gurde. Du hast deinen Erfolg gehabt; jetzt darfst du zuschauen, wie ich auf den Bauch falle.»

# Der Commissaire und die drei Verdächtigen

Ich werde oft gefragt, wie ich vorgehe, wenn ich einen besonders verwickelten Fall aufzuklären habe. Tja . . . Das weiß ich eigentlich selbst nicht recht. Natürlich gibt es da Routinemaßnahmen, aber im Grunde läuft dann die Sache irgendwie ganz von allein. Merlin, unser guter alter Lehrmeister, den wir zum Spaß oft den ‹Zauberer Merlin› nannten, hat die Ermittlungsarbeit in einem Kriminalfall oft mit einem abstrakten Gemälde verglichen. Wenn man einen Blick dafür hat, sagte er immer, dann merkt man eben, ob man das Bild richtig oder falsch herum hält . . . Ein guter Vergleich. Die Sache hat nur einen Haken: man muß das Bild meistens ein paarmal hin und her drehen, immer wieder, bis man endlich Bescheid weiß. Und manchmal läuft man Gefahr, sich dabei die Augen zu verderben.

Die Sache mit den drei Verdächtigen damals – das war so ein Fall. Wir haben uns tagelang den Kopf zerbrochen, meine Mitarbeiter und ich, bis wir schlagartig dahinterkamen, daß wir ganz einfach das Bild die ganze Zeit falsch herum gehalten hatten . . .

Es war während der Ferienzeit – genauer gesagt an einem 10. August. Paris war wie üblich praktisch leergefegt; wer nur irgend konnte, hatte die Stadt verlassen. Und so wäre das Verschwinden von Raymond Laffaye wahrscheinlich gar nicht so schnell entdeckt worden – wenn die Concierge des Hauses in der rue Lauriston, in dem er wohnte, etwas weniger mißtrauisch gewesen wäre. Laffaye hatte ihr nämlich immer Bescheid gesagt, bevor er verreiste, und als sie ihn zwei Tage lang nicht zu

Gesicht bekommen hatte, wurde sie unruhig und benachrichtigte die Polizei.

In der Wohnung brannte Licht. Die Beamten klingelten, klopften – nichts rührte sich. Sie ließen einen Schlosser kommen, der die Tür, die nicht zusätzlich gesichert war, mühelos öffnete. Und was die Kollegen vom Revier dann sahen, veranlaßte sie, uns einzuschalten.

Wir fuhren hin.

Das Wohnzimmer sah aus, als habe ein erbitterter Kampf stattgefunden – ein Sessel war umgefallen, der Couchtisch hatte bestimmt nicht an dieser Stelle gestanden, der Teppich war völlig verrutscht, und überall lagen Scherben einer großen Vase ... Ein Kampf auf Leben und Tod? Alles sprach dafür, auf den ersten Blick. Andererseits ... Ich zögerte, das Naheliegende zu akzeptieren. Das Durcheinander war zu perfekt, zu ... zu aufgebaut.

Im Schlafzimmer war keine Unordnung festzustellen, nur fehlte sonderbarerweise die Bettdecke. Ich ging in die Küche. Auf dem Küchentisch lag ein fast völlig aufgebrauchtes Knäuel einer ziemlich starken Schnur, und in der Diele fand ich, hinter einer offenstehenden Tür verborgen, ein blutbeflecktes Taschentuch mit den Initialen R. L.

Ich sortierte meine Beobachtungen und Indizien. Alles sprach dafür, daß Raymond Laffaye im Wohnzimmer angegriffen und überwältigt – vielleicht ermordet worden war. Der Täter hatte ihn dann in eine Bettdecke gewickelt, das ‹Paket› sorgfältig verschnürt, nach unten geschafft und vermutlich in ein bereitstehendes Auto verladen. Jemand – wahrscheinlich Laffaye, vielleicht auch der (oder die?) Täter war zumindest verletzt worden, dafür sprach das blutige Taschentuch.

So glatt, so überschaubar bekommt man selten ein Verbrechen serviert. Ich witterte eine Inszenierung. Der umgestürzte Sessel, zum Beispiel: Er war niedrig und schwer; es gehörte schon einiges dazu, ihn umzuwerfen – ich probierte es mehrere Male aus. Aber das war nicht alles. In einem Zimmer, in dem ein Kampf stattgefunden hat, sieht es einfach anders aus – mit den Jahren bekommt man einen Blick dafür.

Das Taschentuch konnte ich im Labor untersuchen lassen; ich war aber sicher, daß Laffaye, der alte Fuchs, natürlich sein eigenes Blut am ‹Tatort› zurückgelassen hatte.

Denn Laffaye war keineswegs ein unbeschriebenes Blatt für mich. Schon vor Jahren hatte ich mit ihm zu tun gehabt – wegen eines Diebstahls, der in seinen Büroräumen begangen worden war. Im Grunde eine ziemlich belanglose Angelegenheit; aber einige Details, die bei den Ermittlungen zutage kamen, hatten mich mehr und mehr darin bestärkt, daß Laffaye Dreck am Stecken hatte, daß er ein gerissener Hund war und daß ich ihn bei Gelegenheit wiedersehen würde.

Nun, einstweilen sah ich ihn nicht.

Ich setzte also den Polizeiapparat in Bewegung und fing wie üblich an, die Leute auszufragen. Zuerst nahm ich mir die Concierge vor; sie hatte jedoch nichts Aufschlußreiches zu berichten. Raymond Laffaye führe ein ziemlich regelmäßiges Leben, meinte sie. Er gehe spät zu Bett und stehe spät auf. Besuch? Nein. Nie ... So gut wie nie. Die anderen Mieter? In den Ferien, Monsieur. Alles ausgeflogen.

Mit anderen Worten: falls Laffaye umgebracht worden war – und ich schloß diese Möglichkeit nicht von vornherein aus –, dann konnte der Täter ohne allzu große Risiken die Leiche zum Aufzug geschleppt, nach unten und dann nach draußen befördert haben. Ohne großes Risiko, ja – aber nicht ohne erheblichen Kraftaufwand; Laffaye – ich erinnerte mich genau – war größer als ich, und ich schätzte ihn auf etwa 85 Kilo.

Aber so war es ja vermutlich eben *nicht* gewesen. Ich beschloß, zunächst einmal davon auszugehen, daß sich Raymond Laffaye aus dem Staub gemacht hatte. Und zwar so, daß er keinerlei Vefolgung zu befürchten brauchte. Natürlich mußte es, wenn mein Ausgangspunkt richtig war, einen Grund für sein Verhalten geben. Vielleicht einen Grund geschäftlicher Art?

Laffaye leitete eine kleine Filmproduktion. Werbespots hauptsächlich. In letzter Zeit ausschließlich. In allerletzter Zeit auch das nur noch selten ... Yvonne Hardouin, Laffayes Sekretärin, gab zu, daß die Firma kurz vor der Pleite stand. Es liege am Chef, meinte sie. Er sei nicht nur schlampig, sondern auch skrupellos; er habe mehr Schulden als Haare auf dem Kopf. Er schulde ihr die letzten zwei Monatsgehälter ... Und jetzt auch noch die Kündigung ... Die Tränen liefen ihr über die Wangen.

Henri Felgraud, Laffayes Teilhaber, bezeichnete den Verschwundenen kurzerhand als Schuft und Betrüger. Sie seien Schulkameraden gewesen, berichtete er. Ein netter Kumpel, damals, dieser Laffaye. «Stinkfaul, aber er hat sich immer so durchgewurschtelt. Und bluffen konnte er – na! Manchmal hat er bei den Leuten geschellt und behauptet, er sammelt für irgendeinen wohltätigen Zweck – und alle haben sie geblecht, keiner ist mißtrauisch geworden...» Felgraud holte tief Luft. «Eigentlich hätt's schon damals bei mir klingeln müssen», fuhr er fort. «Aber, mein Gott – das war ja alles noch relativ harmlos, nicht wahr? Und wem macht es in diesem Alter keinen Spaß, die Leute reinzulegen? – Ja, und dann sind wir einander rein zufällig wieder über den Weg gelaufen, zwei Jahre sind das jetzt her. Raymond hat gleich mächtig auf die Pauke gehauen; er hatte Ideen, Pläne. Er wolle expandieren, Fernsehspiele produzieren, was weiß ich. Und dann fing er an, mit Zahlen zu jonglieren ... Das können Sie sich einfach nicht vorstellen, Commissaire, was der mit Zahlen alles machen kann! Kurz und gut, ich hab mich breitschlagen lassen; ich hab eine runde Summe in den Laden gesteckt. Nicht ganz blindlings; ich habe immerhin ... Die Firma war damals gesund, sag ich Ihnen! Aber seitdem ... Mein Geld bin ich los. Ich weiß nicht mal, wo es geblieben ist – er kann nicht alles für englische Maßanzüge und Havannazigarren auf den Kopp gehauen haben. Aber es ist weg. Er hat den smarten Businessman gespielt, mit fürstlichen Trinkgeldern um sich geschmissen – und dauernd Ebbe in der Kasse. Aber er hat immer das letzte Wort gehabt, wenn ich mal was gesagt habe, und immer ein überhebliches Lächeln – möglichst, wenn ein Spiegel in der Nähe war ... Ein Blender ist das, ein Schaumschläger! Wissen Sie, er hat so eine bstimmte Art, den Leuten auf die Schulter zu klopfen und betont lässig zu sagen: ‹Lassen Sie's gut sein; Sie sind ein Kaufmann vom alten Schrot und Korn, aber vom Geschäft verstehn Sie nichts ...› Mit mir hat er's auch so gemacht. Man bekam direkt Lust, ihm eine zu scheuern! Einmal, da hab ich's getan. Ich hab ihm in meiner Wut eine geknallt. Ich war außer mir, verstehen Sie ... Und er? Den Großmütigen hat er gespielt, den Gentleman, der über eine unbedachte Handlung hinwegsieht. Er hat nur gesagt, er kann sich eine produktivere Form der Zusammenarbeit vorstellen – das war alles ... Kaltblütig erwürgen hätt ich ihn können, den Kerl!»

«Hmhm ... Haben Sie ihn erwürgt?»

«Ob ich ... Na, hören Sie mal!»

«Immerhin ist er weg. Spurlos verschwunden. Was halten Sie von der Sache?»

«Abgehauen ist der! Schlankweg abgehauen. Vor seinen Gläubigern davongelaufen ... Fragen Sie doch mal seinen Bruder – von dem werden Sie auch einiges zu hören bekommen!»

Ich suchte also Denis Laffaye auf, der nach einer Suchmeldung im Radio seinen Urlaub abgebrochen hatte. Er schäumte. «Raymond? Wenn Sie glauben, der ist bloß so ein mieser kleiner Schnorrer, dann irren Sie sich! Ein Dieb ist das – ein richtiger Dieb ...» Dann erzählte er mir, wie sein Bruder bei ihrem Vater größere Beträge geborgt und sich verpflichtet habe, bei Eintritt des Erbfalls das Geld ihm, Denis, zurückzuzahlen. Er habe auch Quittungen über die betreffenden Beträge ausgestellt ... «Ich kann sie Ihnen zeigen! Aber jetzt, wo unser Vater tot ist – jetzt hat er die Stirn und behauptet, ich hätte die Quittungen gefälscht ... Ich hab ihn natürlich angezeigt. Aber ich bin noch nicht mal sicher, daß ich den Prozeß gewinne. Stellen Sie sich vor: Hat doch dieser Gauner damals mit leicht verstellter Schrift geschrieben – und jetzt wollen sich die Sachverständigen nicht festlegen ... Das sagt doch alles, oder?» Denis mußte tief Atem holen. «Na, und dann – seine Sekretärinnen!» fuhr er fort. «Direkt ein Skandal! Er hat sie alle miteinander vernascht, und nach drei Monaten, wenn er genug hatte – ab die Post, und auf zur nächsten! Wie jetzt wieder die kleine Hardouin ... haben Sie schon mit ihr gesprochen? Niedliches Ding, nicht? Die hat er jetzt auch gefeuert. Genau wie die anderen. Erst goldene Berge versprechen, und dann ab mit Schaden ... Sie hat einen Bruder, Albert ... Der hat Raymond die Meinung gestoßen, ihm gedroht, was weiß ich. Na, jetzt sieht er ja, was das bringt: Überhaupt nichts bringt das. Das läuft doch an Raymond runter wie Wasser ... Wissen Sie, ich bin nicht bösartig, aber wenn der eines schönen Tages mal auf die Schnauze fällt – also, das gönn ich ihm! Von ganzem

Herzen gönn ich ihm das.»

«Vielleicht ist Ihr frommer Wunsch gerade in Erfüllung gegangen.»

«Ach du meine Güte! Doch nicht Raymond! Der treibt sich doch mit dem ganzen Geld, das er zusammenkratzen konnte, irgendwo in der Schweiz rum, oder in Belgien – und natürlich mit falschen Papieren ... Nein, nein, um den brauchen Sie sich keine Sorgen zu machen! Der hat spätestens in ein paar Wochen wieder einen Dummen gefunden, den er ausnehmen kann. Bei dem schauspielerischen Talent ... Der hat die Zukunft noch vor sich, glauben Sie mir!»

«Immerhin, wenn einer mal achtundvierzig ist ...»

«Das ist es ja eben! Darauf fallen sie doch alle rein! Er wirkt so seriös. Wenn Sie sich mit ihm unterhalten ... Sie glauben, er wägt jedes seiner Worte sorgfältig ab. Er hat eine Art, die Stimme zu senken, ein bißchen zu zögern, die Achseln zu zucken und dann zu sagen: ‹Na, also *Ihnen* kann ich's ja anvertrauen ...› Das haut Sie um, sag ich Ihnen. Damit legt er Sie aufs Kreuz ... Ich hab mich manchmal schon gefragt, ob man ihn nicht am besten einsperren sollte; Größenwahn kann man heutzutage doch behandeln!»

Ich hatte keine Mühe, Albert Hardouin aufzutreiben, den Bruder der entlassenen Sekretärin. Er war Anfang Zwanzig, wirkte sportlich und hatte ein offenes, lustiges Gesicht. Aber als ich auf Raymond Laffaye zu sprechen kam, sah er auf einmal gar nicht mehr lustig aus.

«Dieser Lump! Wenn ich den in die Finger kriege ...» Und dann erzählte er mir, wie seine Schwester sich in ihren Chef verliebt hatte – er sei so unwahrscheinlich höflich gewesen, so reserviert, ein wenig väterlich. Er habe immer so getan, als wolle er sich ihr anvertrauen, sie an seinen Plänen teilhaben lassen ... «Ein Typ wie der braucht eben ständig jemand, der ihm zuhört, ihn bewundert, verstehen Sie ... Einmal, ganz zu Anfang, da hat er mich zum Mittagessen eingeladen. Und ich muß sagen, auch ich bin auf ihn reingefallen, Commissaire. Obwohl er so angegeben hat. Nein, weil er *so* angegeben hat ... ‹Vorhin hab ich mit Belmondo einen Vertrag gemacht. Hat sich ein bißchen angestellt, der Gute – Starallüren, klar. Wollte aber unbedingt 'ne Rolle bei uns ... Was soll's? Er hat unterschrieben ...› Und ich hab dagesessen wie ein Vollidiot; ich hab alles geschluckt, jedes Wort ... Wie blöd kann man werden, Commissaire? Und Yvonne, die dumme Gans, die hat doch tatsächlich geglaubt, der heiratet sie! Na, Sie können sich vorstellen, was los war, als er ihr sagte, tut mir leid, Mädchen, war nett mit dir, aber jetzt such dir was anderes ... Ich hab gedacht, sie dreht durch, kann ich Ihnen sagen.»

Jetzt war ich sicher, daß ich mit meiner Hypothese richtig lag: Laffaye hatte sich abgesetzt, um allem zu entgehen, was da an Unannehmlichkeiten auf ihn zukam.

Zwei Tage später hatte ich seine Leiche.

Sie wurde aus der Seine gefischt, ziemlich weit flußabwärts von Paris.

Aber das war noch nicht alles. Er war nicht etwa ertrunken, sondern jemand hatte ihn über den Haufen geschossen. Mit einer Pistole, und mitten ins Herz. Seine Ausweispapiere fehlten; die Bettdecke, die ja offenbar zu dem makabren Transport benutzt worden war, fehlte auch. Sollte sich die Verschnürung gelöst haben, die Decke abgetrieben worden sein? Ich konnte es mir nicht so recht vorstellen. Näher lag, daß der Mörder den Toten ausgwickelt hatte, bevor er ihn in die Seine stieß ... Der Mörder hatte wahrscheinlich eiskalt kalkuliert. Möglichkeit eins: die Leiche wird nicht gefunden. Möglichkeit zwei: sie wird so spät gefunden, daß sie nicht mehr identifiziert werden kann. Möglichkeit drei: Sie wird früh gefunden, aber man zieht Selbstmord in Betracht ... In jedem Fall hatte der Mörder nichts zu befürchten.

Aber nun war die Leiche gefunden und identifiziert worden, und Selbstmord war nach Lage der Dinge ohnehin auszuschließen ... Wie war das überhaupt? Ob er auf ‹Selbstmord› spekulierte oder nicht – warum hatte der Mörder die Kampfspuren in Laffayes Wohnung nicht beseitigt? Hatte er es etwa vergessen? Schwer vorstellbar ...

Ich hatte mich derart in meine Theorie von der Flucht Laffayes verbissen, daß ich nicht mehr wußte, wo ich neu ansetzen sollte.

Ich wartete erst einmal den Obduktionsbericht ab. Also Laffaye war erschossen worden, und zwar in der Nacht vom 8. auf den 9. August, etwa gegen Mitternacht. Und zwar aus einer Entfernung, die Selbstmord ausschloß. Das hatte ich alles schon vorher gewußt, mehr oder weniger.

Immerhin hatte ich – nach dem bisherigen Stand der Ermittlungen – drei Verdächtige: den Teilhaber Henri Felgraud; den Bruder des Ermordeten, Denis Laffaye, und Albert Hardouin, den Bruder der Sekretärin. Alles sprach dafür, daß einer von den dreien der Täter war: Jeder von ihnen hatte ein Motiv, und jeder von ihnen war kräftig genug, um die Leiche zum Aufzug und von dort zum Auto zu schleppen. Was das anging, war das Risiko des Täters allerdings recht groß gewesen – jeder andere Mitbewohner des Hauses, der etwa vorzeitig aus dem Urlaub heimkehrte, jeder Passant auf der Straße, jedes zufällig vorbeifahrende Taxi konnte ihm zum Verhängnis werden ... Das schien mir so ungewöhnlich, daß ich geneigt war, vorsätzlichen Mord auszuschließen; es mußte sich wohl eher um einen unvermittelt ausgebrochenen Streit gehandelt haben, der dann jäh ein übles Ende genommen hatte. Und danach war der Täter in Zugzwang geraten ...

Ich setzte alle verfügbaren Männer auf den Fall an. Die ersten Ergebnisse waren enttäuschend: Meine Verdächtigen hatten ein Alibi. Alle drei.

Der junge Hardouin hatte seinen Urlaub – der am 10. August zu Ende gegangen war – mit Freunden in Ancenis bei Nantes verbracht. Für den letzten Tag – den 9. also – hatten sie eine Angelpartie verabredet und waren deshalb am Vorabend schon gegen halb neun Uhr auseinandergegangen, um sich am nächsten Morgen bereits um sechs Uhr an den

Booten zu treffen. Der springende Punkt war nun, ob Hardouin innerhalb dieser Zeit die Strecke Ancenis–Paris–Ancenis zurückgelegt und in Paris auch noch Laffaye umgebracht haben konnte. Im Grunde ein einfaches Rechenexempel: von Nantes nach Paris sind es 400 Kilometer; wenn er einen Schnitt von 100 Stundenkilometer herausgefahren hatte – und das war mit einem schnellen Wagen ohne weiteres möglich, zumal nachts, bei geriger Verkehrsdichte –, dann hatte er acht Stunden reine Fahrtzeit zur Verfügung gehabt; genau eine Stunde war ihm geblieben, um Laffaye... Ich schlug mir mit der flachen Hand an die Stirn. Sollte ich mich eigentlich mein ganzes Leben lang mit solchen blödsinnigen Rechenaufgaben herumschlagen? – Also gut; Hardouin hatte die Möglichkeit gehabt. Verflucht knapp allerdings... Sollte ich nun anfangen, seine sämtlichen Ferienkumpane auszuquetschen? Meine Leute sämtliche Tankstellen mit Nachtdienst zwischen Nantes und Paris abklappern lassen? Schließlich hatte Hardouin ja irgendwo tanken müssen, falls er je... Nein. Ich beschloß, Hardouins Alibi einstweilen zu akzeptieren.

Henri Felgraud wohnte in Versailles. Er versicherte, den ganzen Abend zu Hause gewesen zu sein; bis zehn habe er mit seiner Frau zusammen das Fernsehprogramm angesehen, dann seien sie schlafen gegangen. Seine Frau bestätigte diese Aussage... Ich hasse diese Art von Alibi; so ganz simpel, unkompliziert, überschaubar – wenn man da nämlich keinen handfesten Grund hat, die Aussage eines Verdächtigen in Zweifel zu ziehen, kann man einpacken. Oder hätte ich vielleicht ins Blaue hinein sagen sollen, mein lieber Felgraud, Sie lügen? So knackt man kein Alibi. Kein *solches* Alibi... Im weiteren Verlauf wurde es dann ohnehin von zwei weiteren Personen bestätigt: von Madame Felgrauds Mutter, die, wie sie aussagte, schlecht schlief und jedes Geräusch im Hause wahrnahm, und außerdem von der Hausangestellten, deren Zimmer über der Garage lag. Beide sagten aus, sie hätten nichts gehört... Sollte ich etwa davon ausgehen, daß sie alle vier im Komplott waren?

Mein dritter potentieller Täter, Denis Laffaye, hatte auf einem Campingplatz bei Arcachon vom Verschwinden seines Bruders erfahren – ganz zufällig hatte er im Radio die Durchsage gehört: *Monsieur Denis Laffaye, der mit einem grauen Peugeot 404 mit Wohnanhänger unterwegs ist und sich vermutlich in der Gegend von Bordeaux aufhält, wird dringend ersucht, die folgende Telefonnummer anzurufen...* Die Nummer des Polizeireviers natürlich, das dann den Fall an uns abgegeben hatte. Nun ja. Auf den ersten Blick hatte von meinen drei Verdächtigen Laffaye das überzeugendste Alibi. Ein Campingplatz ist schlimmer als eine Kleinstadt – die Nachbarn kriegen alles mit. Aber wenn er den Peugeot samt Anhänger stehengelassen und einen Leihwagen genommen hatte? Oder den nächsten Zug? Haß und Haß ist nicht unbedingt das gleiche, und der beste Haß gedeiht manchmal in der Familie...

Ich nahm also alle drei Alibis noch einmal unter die Lupe. Die Autos der Verdächtigen waren natürlich sofort untersucht worden – ohne Ergebnis. Jetzt ließ ich Fotos von Hardouin und Denis Laffaye bei allen in Frage kommenden Tankstellen zirkulieren – nichts ... Bei den Felgrauds knöpfte ich mir die Hausangestellte noch einmal vor, setzte sie unter Druck, versuchte sie einzuschüchtern – sie brach in Tränen aus, blieb aber bei ihrer Aussage. Ich telefonierte mit Bordeaux; sie schickten einen Beamten auf den Campingplatz bei Arcachon – hoffnungslos. Meine Kleinstadt-Theorie war falsch; dort herrschte während der Ferien ein ständiges Kommen und Gehen – und keiner achtete auf den andern. Die Meldezettel wurden schlampig ausgefüllt, oder auch gar nicht. Denis hätte – falls er tatsächlich dort war – ohne weiteres am 7. oder 8. August morgens aufbrechen, seinen Bruder in Paris umbringen und in derselben Nacht wieder zurückfahren können, ohne daß es jemand aufgefallen wäre. Und er wäre dann immer noch am Vormittag des 9. August in Arcachon zurück gewesen – also mehr als 24 Stunden vor der Suchmeldung.

Überall rannte ich gegen eine Mauer. Und zu allem Überfluß machte der Mord Schlagzeilen. Der August ist für die Pariser Presse immer Saure-Gurken-Zeit, und so hielt sich der Tod von Raymond Laffaye hartnäckig auf den Titelseiten.

Wenn wir uns morgens zu der täglichen Einsatzbesprechung zusammenfanden, war ich jedesmal nicht weiter als am Tag zuvor. Es war wie verhext. Immer wieder nahm ich mir meine drei Verdächtigen vor ... Dabei hatte ich nichts gegen sie; ich fand sie sogar recht sympathisch, alle drei. Aber wir konnten ermitteln, soviel wir wollten – außer ihnen bekamen wir nichts ins Visier. Ich hatte schon gleich zu Anfang den ganzen Bekanntenkreis des Toten abgegrast, mir notiert, wer wann wo gewesen war und eventuell ein Motiv gehabt haben könnte ... Gewiß, Laffaye hatte sich eine Menge Feinde gemacht. Aber ein Gläubiger ist kein Mörder – im Gegenteil, er ist daran interessiert, daß sein Schuldner am Leben bleibt. Und die Frauen, die Laffaye an der Nase herumgeführt hatte? Es waren einige darunter, die ihm sein Schicksal gönnten, es zum Teil sogar zugaben – aber keine von ihnen wäre in der Lage gewesen, eine 85 Kilo schwere Leiche wegzuschaffen.

Inspecteur Graux, mein Mitarbeiter, wollte mir weiterhelfen: «Vielleicht hat ihr jemand geholfen?»

Ich machte eine wegwerfende Handbewegung – nichts sprach dafür. Und wenn man erst einmal anfängt, die Lücken in einer Indizienkette mit vagen Vermutungen zu schließen, dann ist man endgültig verloren ... Nein, man muß immer von den gesicherten Fakten ausgehen. Und in meinen Augen stand bisher nur zweierlei fest: Raymond Laffayes Mörder war zum einen ein Mann, und zwar ein kräftiger Mann. Zum anderen mußte dieser Mann einer von meinen drei Verdächtigen sein – das waren die Fakten. Ich sagte sie mir jeden Tag von neuem vor, immer wieder;

morgens beim Rasieren, mittags, wenn ich im Büro ein belegtes Brötchen hinunterschlang, während ich weiter über den dürftigen Unterlagen brütete, und schließlich abends noch einmal, beim Zubettgehen. Ich war besessen von diesem Fall, und ich hegte und pflegte diese Besessenheit, weil ich aus Erfahrung wußte, daß mir meistens irgendwann plötzlich ein Licht aufgeht, wenn ich eine Sache lang genug wiederkäue. Zum hundertsten- und aber hundertstenmal ließ ich den Hergang der Tat, vor allem den Abtransport der Leiche, vor meinem geistigen Auge abrollen: vom Wohnzimmer zum Aufzug, durch den Flur zur Haustür, zum Auto, dann die Fahrt zum Seine-Ufer ... Und Schluß. Aus. Gar nichts mehr.

Aber ich gab nicht auf.

Stell dir vor, du bist der Mörder, redete ich mir ein. Du hast gerade Laffaye umgebracht. Warum machst du dir dann soviel Mühe mit dem Abtransport der Leiche? Warum nimmst du dieses Risiko auf dich? Das ist doch die reine Idiotie! Warum läßt du die Leiche nicht einfach liegen und haust in aller Ruhe ab? Und wenn du sie schon unbedingt beseitigen willst, aus welchem Grund auch immer – warum bringst du dann nicht wenigstens noch die Wohnung in Ordnung?

Und plötzlich ...

Mit einem Schlag war es da. Ich hatte das Bild von Anfang an verkehrt herum gehalten ... Dabei war das alles so einfach!

Der Mörder mußte ja gar nicht vom Tatort Wohnzimmer den ganzen Weg bis zur Seine ... nein; er konnte doch auch vom Tatort Seine in das Wohnzimmer ...

Na endlich!

Nur ein Mann konnte die Kraft haben, die Leiche aus der Wohnung zu schaffen – das war logisch; davon war ich ausgegangen. Aber mal umgekehrt: Wenn eine Frau ... Wenn ich es mit einer Mörder*in* zu tun hatte ... Ja, dann kam man zwangsläufig zu dem Schluß, daß der Mord nicht in der *Wohnung* begangen wurde, sondern anderswo – und zwar am Seine-Ufer ... Dort, wo sie sich mit ihrem Liebhaber verabredet hatte; vielleicht am Ort ihres ersten Rendezvous ... Denn sie liebt ihn noch immer; sie hat gerade diese Stelle gewählt, um Erinnerungen an verliebte Spaziergänge in ihm zu wecken, um ihn zu bitten – ja, anzuflehen, sich nicht von ihr zu trennen ... Aber Laffaye zuckt nur gleichgültig die Achseln; dieses ewige Gejammer hängt ihm schon lange zum Hals heraus ... Da verliert sie den Kopf; sie zieht die Pistole, die sie sich irgendwo besorgt hat, aus der Handtasche und schießt. Sie trifft ihn ins Herz; er ist sofort tot.

Und jetzt wird ihr erst klar, was sie getan hat. Was nun? Sie begreift, daß es nur eine Möglichkeit gibt, den Kopf aus der Schlinge zu ziehen: Es muß aussehen wie ein Verbrechen, das *nur von einem Mann* begangen werden konnte ... Sie nimmt dem Toten die Papiere ab – wer weiß – vielleicht wird er ja gar nicht identifiziert ... sein blutbeflecktes Taschentuch wird bestimmt auch gute Dienste leisten ... Sie schiebt die Leiche ins Wasser. Nun braucht sie nur noch in Laffayes Wohnung zu gehen und dort ein wenig Unordnung schaffen – wenigstens in diesem Punkt hatte ich von Anfang an den richtigen Riecher gehabt; die Sache *war* inszeniert ... So wird jeder glauben, die Leiche sei dort umgebracht, eingewickelt und von da in einen Wagen verladen worden; kein Mensch wird je auf den Gedanken kommen, daß eine Frau ... 85 Kilo ...

Ich nahm Yvonne Hardouin fest.

Sie legte sofort ein Geständnis ab. Sie war ohnehin im Begriff gewesen, sich zu stellen, weil sie in ständiger Angst lebte, ein Unschuldiger müsse für ihre Schuld büßen ... Arme Yvonne! Sie tat mir ehrlich leid ...

Ein Glück, daß in unserem Land Verbrechen aus Leidenschaft im allgemeinen ziemlich milde bestraft werden.

# Der Vampir

«Einen Kaffee, Alice!»

Die Theke war verwaist. Madame Mouffiat saß an der Kasse und war in eine Zeitung vertieft. Alice räumte geräuschvoll Geschirr ab, wedelte flüchtig mit ihrer Serviette über die Tische und stellte die Stühle aufeinander. Dann ging sie zur Kaffeemaschine an der Theke und goß eine Tasse voll. «Nimmt er doch sonst nie», flüsterte sie im Vorübergehen der Kassiererin zu. «Was ist denn los mit ihm heut abend ...»

Désiré Lambourdin starrte gebannt auf die Titelseite des France-Soir.

### DER VAMPIR ERWÜRGT ZIMMERMÄDCHEN
#### Polizei steht vor einem Rätsel

Das war nun schon das vierte Opfer! Und alle vorher vergewaltigt, wie sich das gehört ... Lambourdin seufzte auf und legte seinen Zahnstocher in den Aschenbecher.

Alice stellte ihm den Kaffee hin und schob einen Teller beiseite, auf dem sich Apfelschalen vom Dessert um einen abgenagten Kotelettknochen ringelten.

«Kommt aber nicht oft vor, daß Sie Kaffee bestellen», sagte sie.

«Stimmt», murmelte er. Er sah sie starr an und fuhr sich dann mit der Zungenspitze über die Lippen. «Aber heut abend ... Ich bin in Form, irgendwie ... Könnten wir nicht ins Kino gehen, Alice?»

«Ins Kino?» Sie warf den Kopf zurück und lachte; die Bluse spannte sich über den Brüsten, und Lambourdin senkte den Blick. «Nein, danke, Monsieur Lambourdin. Heute abend nicht.»

Er trank den Kaffee mit hastigen kleinen Schlückchen, tupfte sich dann umständlich den feuchten Schnurrbart ab, faltete seine Serviette zusammen und schob sie in den hölzernen Serviettenring. Dann stand er auf, zupfte mechanisch seine Krawatte zurecht und ging zum Kleiderständer, um Hut und Mantel zu holen. Alice verteilte Sägemehl auf dem Boden und sorgte dafür, daß er sie streifte.

«Auf Wiedersehen, Monsieur Lambourdin», sagte die Kassiererin, ohne von der Zeitung aufzublicken.

Draußen schlug er den Mantelkragen hoch und stellte dabei fest, daß an seinem Nacken ein Pickel zu sprießen begann. Widerlich, dieser Nieselregen ... Die Straße glänzte wie mit Lack überzogen, und die roten und blauen Reklamelichter des Kinos malten Flammenschwerter auf den nassen Asphalt. Was wird denn gespielt? Lambourdin sah zu dem Plakat hoch. Ach, so 'ne Mafiasache ... Er mochte keine Krimis. Und außerdem hatte die Vorstellung bereits begonnen; da würde er nur noch einen miesen Platz ganz vorn oder an der Seite erwischen ... Dann schon lieber nach Hause.

Er hielt sich dicht an der Hauswand, als er die dunkle Straße hinunterging; so blieb er einigermaßen trocken. Ab und zu schreckte er auf, wenn sich ein dicker Tropfen von einem Hausdach löste und ihm auf die Schulter klatschte. Die Wetterfrösche hatten auch wieder mal das Blaue vom Himmel runtergelogen – buchstäblich, sozusagen ... Man konnte sich auch auf niemand mehr verlassen. Alle logen sie. Alice zum Beispiel. Immer diese leeren Versprechungen ... Lambourdin kam an einer Apotheke vorbei, deren Fassade aus imitiertem Marmor bestand. Er blieb stehen und betrachtete das Spiegelbild auf der polierten Fläche. Alles in allem gar nicht übel. Ja, gewiß, etwas untersetzt. Weiche Gesichtszüge. Aber der Mund war doch ziemlich ausdrucksvoll. Der Schnurrbart machte vielleicht ein bißchen alt, gab ihm irgendwie das Aussehen eines kleinen Angestellten. Na und? War ein kleiner Angestellter etwa zu verachten? Im Gegenteil. Madame Lambourdin ... Eines Tages würde sie vielleicht gar nichts dagegen haben, Madame Lambourdin zu sein.

Er ging weiter bis zur nächsten Ecke und bog in die rue Mocquechien ein. Auf dem holprigen Trottoir hatten sich Pfützen gebildet; Lambourdin holte seine Taschenlampe hervor und knipste sie von Zeit zu Zeit an, um zu sehen, wo er hintrat. Er hatte ohnehin schon nasse Füße, verdammt noch mal. Heute hatte sich aber auch alles gegen ihn verschwo ...

Mit Wucht prallte er gegen die Hauswand.

Der Mann, der ihn so unsanft gerempelt hatte, war mit einem Satz aus dem Haus geschossen gekommen.

«Sie könnten sich wenigstens entschuldigen!» schimpfte Lambourdin und knipste die Lampe an.

Für den Bruchteil einer Sekunde traf der Lichtkegel das Gesicht des Mannes, dann schlug er Lambourdin die Lampe aus der Hand. Sie fiel aufs Pflaster und erlosch. Der Mann rannte davon, erreichte die Kreuzung, bremste kurz ab und war verschwunden.

Lambourdin atmete schwer – so etwas setzt einem schließlich zu ... Das Bild des Unbekannten hatte sich in seine Netzhaut eingefressen wie die leuchtenden Umrisse eines Gegenstandes, den man zu lange angestarrt hat: Bürstenschnitt, blaue Augen mit einem unbestimmt-vagen Ausdruck, ein kleiner Schnurrbart, schmal wie ein Bleistiftstrich, und dazu ein Kinn wie Gary Cooper ... Lambourdin hob die Taschenlampe auf; sie funktionierte noch. Er richtete den Strahl in den Hausflur und zuckte zusammen.

Da lag jemand am Boden. Jemand, der ... Nein, die Frau schlief nicht. In einer solchen Stellung schläft man nicht ... Lambourdin trat einige Schritte näher und hielt dabei instinktiv die hohle Hand über die Lampe, die jetzt einen sanften Schimmer ausstrahlte und einer eigenartig glühenden Blume glich. Er atmete rasch und stoßweise – aber irgendwie ganz anders als vorhin nach dem Zusammenprall mit dem Unbekannten. Hier war etwas, das ihn magisch anzog ... Er nahm die Hand von der Lampe.

Die Frau war tot.

Verzerrtes Gesicht, weit aufgerissener Mund, am Hals ein tiefes Loch ... Man konnte noch sehen, wo sich die Zähne eingegraben hatten.

Er steckte die Lampe hastig in die Manteltasche und tastete sich nach draußen. Er keuchte. Er hatte plötzlich schrecklichen Durst. Seine Beine waren aus Blei. Auf der Straße regte sich nichts; nur der Nieselregen zog feine, dichte Striche durch den Lichtschein der Laternen. Lambourdin wischte sich mit dem Taschentuch den Schweiß von Stirn und Nakken ... Autsch! Verdammter Pickel! Kommt nur vom vielen Fleischessen.

Aber ... Ja!

Der Vampir. Das war wirklich und wahrhaftig der Vampir gewesen ... Jetzt erst wurde Lambourdin bewußt, daß er eigentlich gar keine Angst gehabt hatte. Oder doch – ganz zuerst, als der Mann zugeschlagen hatte. Aber dann ... Er hatte plötzlich geahnt, was es mit dem seltsamen Blick der blauen Augen auf sich hatte, und er hatte – ja, er hatte fast Verständnis gehabt! Mehr Verständnis jedenfalls, als wenn ihm der andere die Brieftasche abgeknöpft hätte ... Das Bild auf der Netzhaut wurde wieder lebendig: der Bürstenschnitt, das feine Schnurrbärtchen, diese eigenartigen Augen ... Das Gesicht begleitete ihn wie ein Schatten; er analysierte es kritisch. So also sah einer aus, auf den die Frauen reinfielen ...

Zu Hause schob Lambourdin sorgfältig den Riegel vor und zog die nassen Schuhe aus, ehe er über den Vorplatz in die Küche ging. Dort hängte er den Regenmantel über einen Stuhl und stellte die Heizung an, um sich die Füße zu wärmen. So ein Sauwetter ... Komisch, das Zusammentreffen mit diesem Typ, mit diesem Ungeheuer, das in den Zeitungen Schlagzeilen machte, dessentwegen die Polizei ganz Paris auf den Kopf stellte. Und dabei hatten sie keine blasse Ahnung, wie der Bursche aussah ... Er stellte den Wasserkessel aufs Gas, nahm die Rumflasche aus dem Küchenschrank und tat drei Stück Zucker in die Tasse. Er schniefte. Du meine Güte – bloß keine Erkältung!

Also, eigentlich ... So schlimm war das ja nun auch wieder nicht, so ein Vampir. Selber schuld, die Weiber. Das macht der doch bestimmt nur, wenn sie sich wehren ... Warum wehren sie sich immer! Er stellte das Radio an. Nachrichten. Die Polizei war dem Vampir auf den Fersen, und in mehreren Stadtteilen waren Haussuchungen durchgeführt worden. Lambourdin stellte verärgert ab.

Na ja, dann war er wohl einem falschen Vampir in die Arme gelaufen – einem Epigonen, sozusagen. Und den anderen, den richtigen, den würden sie bald schnappen ... Oder? Quatsch! Doch alles gelogen, was sie im Radio ... Nein: das war der richtige, der echte Vampir gewesen!

Ahh! Geht doch nichts über einen schönen, heißen Grog! Ja, und der Vampir ... Lambourdin fühlte sich leicht berauscht – ähnlich wie damals, als er erfahren hatte, daß er zum stellvertretenden Abteilungsleiter aufgerückt war. Er zog sich aus, putzte sich die Zähne und beschäftigte sich dann mit diesem elenden Pickel, den er mit Hilfe des dreiteiligen Spiegels im Bad endlich lokalisierte und mit einem Desinfektionsmittel betupfte. Das tat ziemlich weh, aber schlimmer war noch, daß er sich durch dieses hinterhältige Biest, das seinen Nacken verunzierte, geradezu erniedrigt fühlte. Pickel, das war etwas für Hilfsarbeiter.

Als er dann im Bett lag, ließ er das Licht noch brennen und überlegte lange hin und her, wie er sich verhalten sollte. Natürlich konnte er einfach zur Polizei gehen. Aber irgend etwas – vielleicht Angst vor Polizeischikanen – hielt ihn davon zurück; er hatte im vorigen Jahr in der Bank erlebt, wie zwei Beamte einen kleinen Angestellten wegen einer Unterschlagung durch die Mangel gedreht hatten. Unzivilisiertes Pack, diese Polizisten. Befummeln schamlos das Gewissen anderer Leute mit ihren dicken Pfoten ... Das ist einfach mein ganz privates Geheimnis, dachte Lambourdin. Ich bin Herr über mein Geheimnis. Ich bin Herr über mich selbst! Er lutschte noch ein Pfefferminzbonbon, knipste die Nachttischlampe aus und schlief ein.

Zartleuchtendes Morgenlicht, das sich wie die Hand eines Freundes auf die Schulter legte ... Es tauchte die Hausfassaden in warmes Gold, spiegelte sich glitzernd auf den Kastanienblättern, die noch naß waren vom Regen der Nacht, und zauberte den Passanten einen Anflug von Heiterkeit ins Gesicht.

FÜNFTES OPFER!
DER VAMPIR HAT WIEDER ZUGESCHLAGEN

Die Schlagzeilen sprangen Lambourdin groß in die Augen. Er trat in den Salon seines Friseurs, der ihm mit ungewohnter Wärme die Hand schüttelte; es war ein langer, ausdrucksvoller Händedruck, in dem alles zu liegen schien, was man nicht über die Lippen bringt. Ein Händedruck wie auf dem Friedhof.

«*Haben* Sie's schon gelesen, Monsieur Lambourdin? Und erst *zwanzig* Jahre – überlegen Sie sich das mal: *zwanzig!* Aber . . . das muß doch bei *Ihnen* in der Nähe passiert sein, oder? Haben Sie sie *gekannt?* Nein? *Sehr* nettes Mädchen, kann ich Ihnen sagen. Und so ernsthaft, so solid . . . Meine Frau hat ihr noch *letzte Woche* eine Dauerwelle gemacht . . . Haare schneiden, ja? Wie immer . . . Also, *ich* frag mich tatsächlich, wozu die Polizei überhaupt *da* ist. Heutzutage ist der Bürger einfach *Freiwild* – genau, das ist er! Also, wenn Sie *mich* fragen: ein *Verrückter* ist das . . . Und *wissen* Sie, was sie entdeckt haben?» Er beugte sich zu Lambourdin hinunter und flüsterte ihm ein paar Worte ins Ohr. «. . . Und das ist die *reine* Wahrheit, ich *schwör's* Ihnen! . . . So ein *nettes* kleines Ding; das hat sie wirklich nicht verdient! Na ja, er hat sie eben eingewickelt, Sie verstehen schon . . . Die Ohren schön frei, ja? . . . Was für *Zeiten* das sind! Als ob die *Linken* uns nicht schon genug zu schaffen machten! Nein – wir brauchen auch noch einen *Vampir!* . . . Und *keiner* hat ihn je gesehen; *keiner* weiß, wie er aussieht!»

«Ach, das ist einer wie Sie und ich», brummelte Lambourdin.

«*Monsieur Lambourdin!*» Der Friseur trat einen Schritt zurück und sah Lambourdin im Spiegel an; die Schere klapperte im Leeren. «Also, *da* mach ich nicht mit . . . Das ist doch ein Vampir – *verstehen* Sie? Ein *regelrechter* Vampir!»

«Ach was!» Lambourdin wehrte ab. «Das ist ganz einfach einer, mit dem die Leidenschaft durchgeht; einer, der heftiger ist als andere Männer.»

«Sie sehen das wohl mehr als Philosoph», murmelte der Friseur höflich. «Aber mir dreht sich alles *um*, wenn ich von so was höre. Ich war im *Krieg*, Monsieur: ich habe *einiges* mitgemacht. Trotzdem: Wenn mir der *Vampir* plötzlich über den Weg liefe – also, ich glaube, ich würde zur *Salzsäule* erstarren wie Lots Weib!»

Lambourdin schloß die Augen. «Ich hab mal einen getroffen», flüsterte er fast andächtig.

Die Schere stand still. Der Friseur sah starr in das bleiche Gesicht über dem Umhang.

«Ist aber schon lange her», sagte Lambourdin hastig.

«Also, *so was* . . .» Der Friseur schluckte. «Wissen Sie, wenn ich ganz *ehrlich* sein soll . . . Ich meine . . . Also, Sie sind ein *sonderbarer* Mensch, Monsieur Lambourdin . . . Soll ich Ihnen den Schnurrbart auch schneiden?»

«Gute Idee. Und . . . Wissen Sie was? Schneiden Sie ihn schmal.

Lassen Sie nur einen schmalen Streifen über der Lippe stehen ... Verstehen Sie, was ich meine?»

«Ja, sicher. Sie möchten etwas *jünger* wirken, stimmt's? Im Vertrauen: Frauen sind *ganz verrückt* nach so was ... Ist im übrigen auch *tatsächlich* schick.» Er schnippelte emsig. «Soo! Schon geschehen ... Sehen Sie sich mal an ... *Toll!* Verändert Sie enorm, wirklich.»

Lambourdin betrachtete sich aufmerksam. Nicht übel, ganz und gar nicht übel ... Er lehnte sich bequem im Sessel zurück, schlug die Beine übereinander und machte eine hoheitsvolle Handbewegung. «Ach, wo Sie schon mal dabei sind ... Machen Sie mir doch noch einen Bürstenschnitt.»

Als Lambourdin in der Bank eintraf, begrüßte ihn Firmin, der Portier, höflich als Kunden. Dann erkannte er ihn und wurde rot.

«Ach, Sie sind das, Monsieur Lambourdin? Also so was! Ich hab Sie ja fast nicht erkannt!»

Die Stenotypistinnen verstummten bei seinem Anblick. Er durchquerte die eindrucksvolle Sprachlosigkeit, erreichte sein Büro und rief Firmin an:

«Ich bin für niemand zu sprechen, klar?»

«Jawohl, Monsieur», stammelte Firmin, hörbar noch immer außer Fassung.

Lambourdin zog sein Jackett aus und die Bürojacke an. Dann betrachtete er sich in einem Taschenspiegel, bedachte sein Spiegelbild mit einem Lächeln und begann die Post durchzusehen. Um zehn Uhr aß er ein Brötchen und dazu einen Riegel Schokolade. Dabei ging er ganz gegen seine sonstige Gewohnheit im Raum auf und ab; er hatte plötzlich ein starkes Bedürfnis, sich zu bewegen. Von Zeit zu Zeit legte er die Hand flach auf den Kopf – seine Haare fühlten sich straff an und elastisch wie Sprungfedern. Ganz einfach *gut* fühlten sie sich an ... Er setzte sich wieder, schob mit dem Ärmel den Papierkram beiseite, der sich vor ihm auftürmte, und zog ein weißes Blatt aus der Schublade. Seine Hand verharrte einen Augenblick reglos und setzte dann in einem schwungvollen Bogen zum Schreiben an. *Sehr geehrter Herr Staatsanwalt! Mir ist der Mörder der fünf Frauen bekannt, die* ... Er legte den Federhalter beiseite. Ein völlig neues Gefühl war das. Und es stimmte ja tatsächlich, in gewisser Weise. Da lebte ein Mann in dieser Stadt, ein Unbekannter, wegen dem die gesamte Polizei Überstunden machte – und dieser Brief würde ausreichen, um ... Du bist mir ausgeliefert, dachte er; mir, Lambourdin! Dein Leben ist wie eine Münze, die ich in die Luft werfe. Kopf oder Zahl – Leben oder Tod. Wenn ich es verlangte, müßtest du dich mir zu Füßen werfen – du, vor dem sie alle zittern ... Ich bin dein Richter. Ich bin dein allmächtiger Richter!

Lambourdin knüllte den Bogen zusammen und warf ihn in den Papierkorb. Derart hochfliegende Gedankengänge waren ihm zu neu, zu ungewohnt; sie machten ihn etwas schwindlig. Elf Uhr. Na wenn schon . . . Einmal ist keinmal! Er nahm seinen Hut, drehte und wendete ihn und warf ihn dann auf den Stuhl. Nein, einen Hut brauchte er jetzt nicht mehr.

«Sie gehen schon, Monsieur Lambourdin?» fragte Firmin. «Sie sind doch nicht etwa krank?»

Lambourdin zuckte statt einer Antwort nur die Achseln und stieg langsam die Stufen hinunter. Er versuchte, so unbeteiligt auszusehen wie die Minister auf dem Fernsehschirm, wenn sie aus dem Palais d'Élysée kommen.

Neben einem Zeitungskiosk bot ein kleines Mädchen Blumen an. Lambourdin kaufte eine Nelke, steckte sie ins Knopfloch und steuerte auf die Terrasse des *Sidi-Brahim* zu.

«Garçon! Einen Cinzano!»

An allen Tischen in seiner Umgebung war vom Vampir die Rede, und das erfüllte ihn mit einer schwer zu definierenden Genugtuung. Es war so ähnlich, wie wenn ein Verwandter, der es plötzlich zu Ruhm und Ehren gebracht hat, zum Stadtgespräch geworden ist.

«Ganze 10 000 Francs Belohnung!» nörgelte ein älterer Herr. «Was sind heutzutage schon 10 000 Francs? Bei dieser Inflationsrate . . .»

Halb verborgen hinter einem dschungelähnlichen Arrangement aus allen möglichen Zimmerpflanzen spielte eine Band zärtliche Melodien. Die Musiker waren ganz in Rot; sie erinnerten Lambourdin an Dompteure. Er ließ seine Gedanken schweifen. War das ganze Leben eine Art Dschungel? So ein richtig schöner, schauriger Dschungel voller exotischer Blüten und Gewächse, ein Dschungel, in dem man die Beute verschlingt und dann die Witterung des Weibchens aufnimmt?

«So einer gehört einfach abgeknallt wie ein Hund!» sagte jemand hinter ihm.

«Blödmann», murmelte Lambourdin.

Er zahlte und schlenderte zum Restaurant hinüber. Er war der erste Gast. Madame Mouffiat begrüßte ihn zuerst mit größter Beflissenheit, erkannte ihn dann und ließ ihren Gefühlen freien Lauf.

«Alice!» rief sie aufgeregt, «Alice, schau dir mal Monsieur Lambourdin an! Also nein . . . Sie sehen ja phantastisch aus, Monsieur Lambourdin! Als Sie reinkamen eben . . . Den hast du doch schon mal irgendwo gesehen, dachte ich. Und dann waren *Sie's*!»

Alice prustete los.

«Na, gefall ich Ihnen etwa nicht?» erkundigte sich Lambourdin.

«Sie sehen vielleicht ulkig aus!» brachte sie schließlich heraus. Aber es klang unsicher, und ihr Lachen hatte etwas Gezwungenes. Außerdem machte sie schneller als sonst Anstalten, Lambourdin zu bedienen.

«Die Karte!» Heute wollte er's ihnen zeigen.

«Nanu – Sie essen doch sonst im Abonnement . . . Haben Sie vielleicht 'ne Erbschaft gemacht, Monsieur Lambourdin?»

«Vielleicht mach ich bald eine», flüsterte er und legte seine Hand auf die ihre. «Alice ... Wenn ich reich wäre – würden Sie dann mit mir ins Kino gehen?»

Sie lachte wieder auf und warf dabei den Kopf in den Nacken, wie sie es immer tat. Aber sie zog ihre Hand nicht zurück. «*Sie* und reich?» Es sollte herausfordernd klingen.

«Ja, ich. Reich. Und außerdem noch berühmt?»

«Jetzt langt's aber, Sie ...»

Er lächelte ihr zu und fuhr sich lässig mit der Hand über das kurze Haar. «Also, erst mal ein Dutzend Austern ... Und dazu bringen Sie mir den Muscadet, den Sie da auf der Karte haben.»

«Jetzt hat's ihn erwischt», füsterte Alice im Vorbeigehen der Kassiererin zu. «Er wird berühmt, sagt er ... Der hat ja wohl 'ne Meise!»

Er hatte es ihnen zeigen wollen – und er zeigte es ihnen. Es wurde ein richtiges kleines Festessen. Die anderen Stammgäste hatten ab und zu eifersüchtig zu ihm hinübergeschielt.

«Das 'n Ding!» sagte Casseron leise zu seinem Tischnachbarn. «Jetzt ißt er auch noch Froschschenkel ... Ich kenn mich doch aus bei den Banken: wer immer da reich wird – die Angestellten sind's nicht ... Und was der sich da in den Bauch schlägt, das kostet gut und gern 50 Francs!»

Jetzt trat Torche ein, und alle wandten sich ihm zu, weil er meist irgendwelche aufregenden Neuigkeiten auf Lager hatte – dank seinem Vetter, der irgendwas bei der Presse war. Bei der Provinzpresse, aber immerhin ... Alice stellte ihm das Brot auf den Tisch; er tätschelte ihr den Po.

«Was gibt's Neues?» fragte sie.

«Nicht viel los ... Streiks; aber das ist nichts Neues.»

«Und was ist mit dem Vampir?»

Torche knöpfte den Kragen auf, lockerte den Schlips und goß sich genüßlich Wein ins Glas. «Der ist praktisch geliefert», sagte er. «Sie haben jetzt eine Personenbeschreibung.»

«Wie? Was?»

30 Gabeln blieben zwischen Teller und Mund in der Luft hängen. 60 Augen waren auf Torche gerichtet. Der trank gemächlich, wischte sich mit dem Handrücken den Mund ab, zog das Jackett aus und hängte es über die Stuhllehne.

«Na, wenn ich Ihnen sage – er ist dran! Mein Cousin hat's von einem hohen Tier bei der Kripo ... Und wissen Sie, wie er aussieht, der große Vampir? Er schielt, und ein Holzbein hat er auch ... Ein ganz kaputter Typ ist das.»

«Und Sie glauben das, ja?» Lambourdin klang gereizt.

«Ob ich es ... Na, Mensch! Haben Sie vielleicht erwartet, daß so einer aussieht wie Sie und ich?»

«Wenn Sie mich fragen ...» Lambourdin kämpfte mit seiner Käseportion; das ungewohnte schwere Essen machte ihm zu schaffen. «Einer, der schielt und obendrein hinkt – glauben Sie im Ernst, auf so einen fallen die Frauen gleich reihenweise rein? Nee, mein Lieber – Ihr Hinkebein, also das läßt sich einfach nicht aufrechterhalten.»

«Finden Sie das geistreich?» Torche grinste. «Ich hab schon bessere Witze gehört.»

«Wie bitte?»

«Na ja, ein Hinkebein, das sich nicht aufrecht hält . . .» Er brach in schallendes Gelächter aus, verschluckte sich und lief rötlich-violett an; seine Augen quollen aus den Höhlen, aber er winkte beruhigend ab – mir fehlt nichts, sagte die Geste; ich amüsiere mich bloß über diesen komischen Kauz, diesen Lambourdin . . .

Lambourdin faltete seine Serviette zusammen und legte sie auf den Tisch. «Ich finde Ihre Heiterkeit deplaciert», sagte er scharf. «Er hat fünf Frauen umgebracht – schön; vielleicht hat er seine Gründe gehabt . . . Aber vor allem, überlegen Sie doch mal: Hinter dem ist jetzt die gesamte Polizei her, und zwar bisher ohne Erfolg. Glauben Sie, das schafft ein kaputter Typ? Ein ganz cleverer Bursche ist das, sag ich Ihnen. Und ein Holzbein hat er bestimmt nicht!»

«O ja!» Torche hustete nicht mehr. Er war jetzt wütend. «Wenn ich Ihnen doch sage . . .»

«Lächerlich! Der kann gar kein Holz . . .»

«Was wissen *Sie* denn schon von ihm?» schrie Torche. «Sie haben ihn gesehen, ja?»

Lambourdin fing sich noch eben. Er machte den Mund wieder zu, blickte verachtungsvoll in die Runde und dachte: Ihr armen Idioten.

«Wenn das wenigstens noch ein ganz gewöhnlicher Sadist wäre», fuhr Torche etwas ruhiger fort, «einer, der mildernde Umstände kriegt und in der Klapsmühle landet . . . Aber der klaut ja noch obendrein. Der plündert seine Opfer ja aus! Der Tante heute nacht, der hat er alles abgenommen, was sie dabei hatte!»

Lambourdin mußte innerlich zugeben, daß das zu weit ging. Er war enttäuscht. So etwas hätte er ‹seinem› Vampir nicht zugetraut . . . Er bestellte einen Cognac; er brauchte Zeit, um mit diesem neuen Aspekt der Angelegenheit fertig zu werden.

«Möchten Sie eine Rechnung, oder soll ich's anschreiben?» fragte Alice.

Alle lauerten auf seine Antwort.

«Die Rechnung!» erwiderte er. Er sagte es etwas zu laut. Dann zog er seine Brieftasche und blätterte Alice die Scheine hin. «Der Rest ist für dich, Kleine.»

Alice wurde krebsrot.

Lambourdin war aufgestanden, hatte eine Brotkrume vom Ärmel geschnippt und steckte sich jetzt betont lässig einen Cigarillo an. Das Streichholz warf er achtlos auf den Boden. «Also dann, bis heut abend,

Alice», sagte er über die Köpfe hinweg und ging hinaus.

Alle sahen ihm nach. Sie sahen, wie er draußen vor der Tür die Hand hob und ein Taxi anhielt. Torches Miene verdüsterte sich.

Casseron beugte sich zu seinem Nachbarn hinüber: «Unglaublich! Das ist ja ein völlig anderer Lambourdin ...» Er hielt Alice, die grade vorbeikam, am Ärmel fest: «Sagen Sie mal – hat der vielleicht beim Pferderennen gewonnen?»

«Dieses Sparbrötchen? Sollte mich aber wundern!»

«Er benimmt sich aber ... Also, irgendwie beunruhigend.» Casseron schüttelte den Kopf.

Lambourdin stieg an den Anlagen aus und suchte sich eine Bank im Schatten. Er versuchte nachzudenken, aber dann wurde ihm klar, daß es nichts mehr zu überlegen gab, daß er sich – eigentlich ohne es selbst zu merken – bereits entschieden hatte. Es gab kein Zurück mehr. Er mußte den Vampir anzeigen. Eigentlich schade ... Lambourdin fand ihn eher sympathisch. Aber andererseis, 10 000 Francs ... Oder vielleicht mehr: falls nämlich der Vampir auf die gute Idee kommen sollte, noch ein oder zwei Mädchen ... Auf jeden Fall brauchte man ja nichts zu überstürzen.

Lambourdin stand auf und ging einen breiten, schattigen Parkweg entlang. Niemand beachtete ihn. Wie wird das in einer Woche sein? dachte er. Dann werden sie hinter mir her tuscheln: Das ist doch ... Das ist dieser Lambourdin – Sie erinnern sich doch, das Foto in der Zeitung ... Na der, der den Vampir erledigt hat!

Lambourdin ging ins nächste Café und ließ sich einen Bogen Briefpapier bringen. Er brauchte nicht lange zu überlegen; den Text hatte er bereits fertig im Kopf. *Suchen Sie nicht weiter nach einem Hinkenden! An Ihrer Stelle würde ich mich nach einem jungen und elegant gekleideten Mann umsehen, mit sportlichem Haarschnitt und schmalem Schnurrbart ... ausdrucksvolles Gesicht, außergewöhnlich männlich ...* So, das reichte fürs erste. Er nahm eine kleine Schere aus seinem Nécessaire, schnitt den Briefkopf mit dem Namen des Cafés ab, legte den Bogen in einen Umschlag ohne Aufdruck und adressierte ihn an das *Palais de Justice.* Sekundenlang trat ihm das Bild des Vampirs vor Augen, wie er in der Stadt umherirrte, immer wieder über die Schulter blickend, nach allen Seiten sichernd ... Lambourdin ließ den Brief in den Kasten fallen. Tut mir ja aufrichtig leid, Kumpel – aber es muß sein.

Lambourdin richtete es so ein, daß er am Abend schon sehr früh im Restaurant war. Alice war noch dabei, Papiertischdecken und Besteck aufzulegen.

«Ich habe zwei Karten bekommen», sagte er, als ob überhaupt nichts wäre. «Sehr gute Plätze.»

«Aber Monsieur Lambourdin ...»

«Ach, nicht so förmlich! Nennen Sie mich doch einfach Désiré, ja?»

An diesem Abend aß Lambourdin Kalbskopf, und hinterher Hasenrücken nach Jägerart. Was soll's? beruhigte er sich; schließlich brauch ich's letzten Endes ja nicht zu bezahlen! Der Gedanke, daß der Vampir ihm dazu verhalf, Alice zu erobern, hob seine Stimmung. Das ist er mir schließlich schuldig – alles, was recht ist ... Ist doch wahr! Schließlich hätte ich ihn schon früher hochgehen lassen können!

Alice fand sich schließlich bereit, mitzukommen. «Aber nur, um Ihnen einen Gefallen zu tun!» erklärte sie unfreundlich. Und dann waren ihr die Plätze zu weit hinten. «Rühren Sie mich bloß nicht an!» fauchte sie.

Als dann das Licht ausging, legte er den Arm um ihre Taille, und sie traute sich nicht, zu protestieren.

«Alice», flüsterte er, «ist es nicht schön, so zu zweit? Sie haben keine Angst mehr vor mir, nicht wahr? Ich werde Sie verwöhnen...» Er versuchte sie zu küssen, aber Alice drehte hastig den Kopf weg.

«Na, nun hab dich nicht so! Komm, sei lieb – du weißt doch, daß ich dich mag.»

«Ich ... ich hab schon einen Freund ...» stotterte sie.

«Na und? Haben Sie etwa nicht das Recht, sich einen anderen ...»

«... und der versteht keinen Spaß! Lassen Sie mich ... Lassen Sie mich los, oder ich schreie!»

«Na, na, na ...» Lambourdin ließ sie los. «Ich bin ja schließlich kein Satyr!» knurrte er verärgert.

Jetzt entstand Unruhe um sie herum. «Klappe, da vorn!» rief schließlich jemand.

Alice stand auf.

«Sie bleiben!» Er packte sie am Handgelenk. «Sie können doch nicht einfach ... Seien Sie doch nicht kindisch! Ich werd Sie schon nicht beißen!»

Sie riß sich los und war gleich darauf in der Dunkelheit verschwunden. Lambourdin zitterte vor Wut. Na warte, du Aas! dachte er. Aber er wagte nicht, die Verfolgung aufzunehmen – die Leute aufstehen zu lassen, der Platzanweiserin gegenüberzutreten ... Und außerdem hatte er schließlich die Plätze bezahlt.

Er blieb sitzen.

Zu Hause brühte er sich Kamillentee auf. Aber es half nichts – er konnte kein Auge zutun. Die Gedanken fielen über ihn her. Wie sollte das jetzt mit dem Vampir weitergehen? Sollte er einen zweiten – nicht anonymen – Brief mit einer vollständigen Personenbeschreibung abschicken? Aber wozu? Er brauchte das Geld nicht mehr – Alice wollte nichts von ihm wissen ... Sollte er doch weitermachen, der Vampir! Es liefen ohnehin zu viele herum von solchen dummen Gänsen. Schlampen wie diese Alice. Eine mehr oder weniger ... Gar nicht so verkehrt, was der Vampir da machte. Er befreite die Welt von einem Gesindel, das kein Mitleid verdiente ... Vielleicht war Alice die Nächste ...

Er dämmerte zwischen Schlaf und Wachen dahin, schreckte immer wieder hoch, von wirren Traumfetzen gepeinigt, und nahm schließlich ein Schlafmittel. Er wußte zwar, daß er ein paar Tage lang einen verkorksten Magen haben würde – aber darauf kam's jetzt auch nicht mehr an. Und wenn Alice die Nächste war, dann hatte er seine Rache. Auch für den verkorksten Magen.

Er erwachte in aller Frühe und fühlte sich so zerschlagen, als ob er die Nacht im Wartesaal auf einer harten Bank verbracht hätte. Seine Wut hatte sich nicht gelegt. Er kochte Kaffee, merkte, daß er nichts herunterbekam, und kippte ihn in den Ausguß. Nur dem Pickel waren die Aufregungen der vergangenen Nacht offenbar gut bekommen: er hatte sich enorm entwickelt und einen eitrigen Kopf getrieben. Das wird bestimmt ein Furunkel! dachte Lambourdin. In dem dreiteiligen Spiegel sah er drei grünlich-graue Gesichter mit rotgeränderten Augen und scharfen Falten um Mund und Augen . . . Ich muß was essen! beschloß er. Ein *croissant* vielleicht; an der frischen Luft, im Park, beim Aufundabgehen . . .

Die Bäckersfrau las die Zeitung, als er in den Laden trat. «Heut nacht hat er keine umgebracht!» informierte sie ihn.

«Schade!» knurrte er.

«Aber Monsieur! So was darf man doch nicht sagen! Wenn jemand Sie hören könnte . . .»

«Na und? Ich halte den Vampir für einen Wohltäter der Menschheit – was dagegen? Geben Sie mir ein *croissant*, bitte.»

Die Bäckersfrau kam hinter der Theke hervor bis zur Ladentür und schaute ihm kopfschüttelnd nach.

Lambourdin hatte den Kopf zwischen die Schultern gezogen. Er dachte angestrengt nach. Was für ein Kerl mochte das wohl sein, dieser Freund von Alice? Also, den wollte er mal sehen . . . Wie macht man das? Da gab's nur eins: er mußte Alice auflauern und ihr nachgehen . . . Das *croissant* hatte einen Nachgeschmack, und Lambourdin warf den Rest in den Gully. Dann ging er zur Bushaltestelle.

In der Bank verbrachte er den halben Vormittag damit, alle möglichen Rachepläne zu schmieden, die sich bei näherem Hinsehen sämtlich als ziemlich undurchführbar erwiesen. Mittags ging er mit dem festen Entschluß, die Sache irgendwie zum Abschluß zu bringen, ins Restaurant hinüber.

Aber Alice war nicht da.

«Was haben Sie ihr bloß getan, Monsieur Lambourdin?» fragte die Kassiererin leise. «Sie heult sich die Augen aus . . . Angèle muß heute für sie einspringen.»

«Gott – ich hab ihr wohl ein bißchen Angst gemacht», sagte Lambourdin wegwerfend. Es klang ziemlich überheblich.

«Angst, so . . . Sie sind ein sonderbarer Mensch, Monsieur Lambourdin.»

«Sonderbar? Was wissen Sie denn von mir, Madame Mouffiat?» Lambourdin zwinkerte ihr zu, ging an ihr vorbei und setzte sich auf seinen Platz. Als er zu der Kassiererin hinüberschielte, stellte er fest, daß sie nervös wirkte . . . Weiber! Alle gleich – es klappte immer nur auf die harte Tour.

Angèle bediente ihn auffallend hastig; sie wagte kaum ihn anzusehen. Und auch die anderen – Torche, Casseron und all diese kleinkarierten Angestellten mit ihrem Abonnementessen zu 10 Francs – alle vermieden es, ihn anzusehen.

«Angèle! Einen Vouvray!»

Angèle war offensichtlich nervös und kam mit dem Korkenzieher nicht zurecht.

«Angèle! Die Erbsen sind ja noch roh!»

«Sofort, Monsieur . . .» Sie nahm die Erbsen widerspruchslos zurück.

Als Lambourdin zum Dessert Pfirsich Melba bestellte, entstand so etwas wie eine stumme Revolte; Torche stemmte sich halb vom Stuhl hoch und sah aus wie ein Hund, der Männchen macht.

«Na?» Lambourdin gab sich jovial. «Was Neues vom Vampir?»

«Das geht nicht mehr lange», brummelte Torche.

«Ach ja? Das heißt es ja nun schon eine ganze Weile . . .» Lambourdin stand auf und ging wie am Tag zuvor betont langsam aus dem Lokal.

Als er die Straße hinunterblickte, entdeckte er ein Stück weiter vorn Alice. Hoppla! Benutzte sie die Essenszeit vielleicht dazu, ihren Freund zu besuchen? Lambourdin eilte ihr nach. Alice lief schnell und ohne sich umzudrehen weiter. In ihrem stark taillierten Kostüm sah sie auch von hinten sehr attraktiv aus . . . Alle Rachepläne waren vergessen – Lambourdin lief hinter ihr her. Bald war er außer Atem.

Aber an der nächsten Ecke war Alice plötzlich in einem Haus verschwunden. Im Erdgeschoß war ein *bistrot*; Lambourdin ging hinein und kaufte ein Päckchen Gitanes. Er hätte dem Inhaber gern noch ein paar Fragen gestellt, aber er wußte nicht so recht, wie er es anstellen sollte. Dann fielen ihm die Briefkästen ein; er ging hinaus und trat in den Hausflur. *M. Georges Villeneuve, 5e Etage* . . . M. für Monsieur. Auf allen anderen Briefkästen *M. et Mme.* Der einzige Junggeselle – das mußte er sein!

Lambourdin ging in das Lokal zurück und bestellte einen Anisette. «Was macht der eigentlich so, dieser Villeneuve im fünften Stock?» fragte er wie nebenbei und nippte an seinem Glas.

«Villeneuve?» Der *patron* schob die Schirmmütze zurück, kratzte sich am Haaransatz und ließ seinen Zigarettenstummel kunstfertig von einem Mundwinkel in den andern rollen. «Tja . . . Der ist Maler, glaub ich . . . Warum?»

«Ach, nur so.» Lambourdin brach überstürzt auf. Maler! Und natürlich stand sie ihm Modell – was denn sonst! Mit *der* Figur! Er sah es geradezu vor sich, wie *seine* Alice . . . Und *der* darf sie so sehen! Dieser . . .

«Oh, pardon!»

Er war mit einem Soldaten zusammengeprallt. Der Soldat sagte etwas außerordentlich Ordinäres und ging weiter.

Lambourdin setzte sich auf eine Bank am Straßenrand. Das halt ich nicht mehr lange aus, dachte er. Chromblitzende Autos schossen an ihm vorbei, und der Fahrtwind war jedesmal wie eine Ohrfeige. Er konnte keinen klaren Gedanken fassen. Das Blut hämmerte gegen seine Schläfen. Nein, das halt ich nicht mehr ... Er stand auf, ging zu dem Haus zurück und lehnte sich neben dem Eingang an die Wand.

Sie sah ihn sofort, als sie herauskam. Sie hob abwehrend den Arm, aber er rührte sich nicht. Sie ging rasch weg, rannte fast die Straße hinunter. Er lief halbherzig ein kurzes Stück hinter ihr her, dann gab er diese lächerliche Verfolgung auf. Er hatte die Nase voll; es kotzte ihn einfach an, das alles. Er lief planlos durch die Straßen, blieb manchmal gedankenlos vor einem Schaufenster stehen. Und dann war er plötzlich bei seiner Bankfiliale angelangt – wie ein alter Gaul, der den Hafer riecht. Er bog rasch um die nächste Ecke, ehe der Portier ihn gesehen hatte, und irrte bis zum Abend durch die Stadt. Als die ersten Wagen mit Licht fuhren, schlug er den Weg zum Restaurant ein. Er war sicher, daß Alice wieder zu diesem Burschen rennen würde. Er stellte sich in eine Toreinfahrt und wartete.

Sie bemerkte ihn diesmal nicht. Lambourdin trat aus seinem Versteck heraus, versuchte mit Alice Schritt zu halten und legte sich nochmals genau zurecht, was er ihr sagen wollte.

Der Maler stand schon unten vor dem *bistrot* und wartete. Er drückte Alice an sich; sie küßten sich.

Lambourdin ging über die Straße. Er war jetzt sehr ruhig. Die Gegend war wie ausgestorben; nur ein großer schwarzer Citroën parkte am Straßenrand. Lambourdin schaute nach rechts und nach links, schob die Hände in die Taschen und ging auf die beiden zu.

Der Mann drehte sich um.

Lambourdin erkannte sofort den Bürstenschnitt, die blauen Augen, den hauchdünnen Schnurrbart und das Gary Cooper-Kinn mit dem langgezogenen Grübchen. Er biß die Zähne zusammen und wollte sich auf den anderen stürzen.

Schüsse peitschten durch die Nacht.

Er brach in die Knie, einen Arm nach Alice ausgestreckt. Alles um ihn herum drehte sich. Das Straßenpflaster schien auf ihn zuzukommen; dann hörte er, wie sein Schädel auf dem Asphalt aufschlug. Schatten kamen von dem Citroën herübergelaufen. Ein Lichtkegel traf ihn mitten ins Gesicht.

«Erkennen Sie ihn, Mademoiselle?» fragte eine Stimme.

«Ja, sicher, das ist er», antwortete Alice.

Die Stimmen kamen von sehr weit her. Dann wurde es wieder dunkel.

«Los, schafft ihn weg ... Da haben Sie aber Glück gehabt, Mademoiselle! Und Sie wahrscheinlich auch, Monsieur ... Gerade wollte er auf

Sie los.»

«Sind Sie auch sicher, daß es der Richtige ist?» fragte jemand. Vielleicht der Freund von Alice.

«Keine Angst», antwortete eine andere Stimme, «das ist er schon . . . Hat uns noch selbst geschrieben, das Schwein; wollte die Polizei wohl auf die Schippe nehmen. Na, und die komischen Sprüche, die er gekloppt hat . . . Nicht wahr, Mademoiselle? Und dann vor allem: Das Geld! Auf einmal hat er Geld gehabt. Ist doch klar, woher . . . Schaun Sie doch bloß die Visage an – wenn das kein Sadist ist!»

Und wieder das grelle Licht.

«Ich glaub, der ist schon hin», fuhr der Polizist fort, «oder so gut wie . . . Was hat er denn da im Gesicht . . .»

Die Stimme war jetzt viel näher. Der Polizist beugte sich wohl über ihn.

«. . . Tränen? Na so was.»


## Gewissensbisse

Daß verheiratete Leute ein Verhältnis haben und mit dem oder der Geliebten Pläne zur Beseitigung des lästigen Ehepartners schmieden, das ist heutzutage keine Seltenheit, wenn man gewissen Romanen glauben darf. Und in den Romanen setzen die beiden die Pläne dann auch zumeist in die Tat um. In der Realität hingegen . . . Sicher, Seitensprünge gibt es auch in der Realität, weiß Gott. Aber so leicht wie im Roman wird da keiner zum Mörder.

Thierry hatte gerade diese Erkenntnis gewonnen. Es war eine schmerzliche Erkenntnis. Und er war sicher, daß auch Yvonne . . . Oder? Eigentlich war er eben *nicht* ganz sicher. Sonst wäre die Sache ja völlig unproblematisch gewesen. Dann hätte er nur zu sagen brauchen, *chérie*, ich hab mir das noch mal gründlich überlegt: Es geht nicht! Nach so einer abscheulichen Tat könnten wir uns ja nicht mehr in die Augen sehen, und das schlechte Gewissen würde unsere Liebe zerstören . . . Wenn Yvonne dann antworten würde, ja, du hast recht; unser Plan war unsinnig. Machen wir halt so weiter wie bisher – Philippe stört ja nicht so sehr . . . Wenn sie so reagieren würde, dann wäre alles in Ordnung. Aber, wie gesagt, das blieb abzuwarten.

Es konnte ebensogut sein, daß sie wieder einmal schmale Lippen bekommen würde, und . . . Er hörte sie geradezu: Das hätte ich mir ja denken können! Pläne machen – ja, darin bist du groß. Phrasen dreschen, das kannst du . . . Aber sobald du Farbe bekennen sollst, geht dir die Luft aus! Wenn du mich *wirklich* liebtest . . .

Dabei wäre das sehr ungerecht. Thierry liebte Yvonne *wirklich*. Aber sollte ein Mord die einzige Möglichkeit sein, es ihr zu beweisen? Gab es denn keinen Ausweg aus dieser Zwickmühle? Blieb ihm denn nur die Wahl, zu töten oder tödlich zu kränken?

Er hatte über diesen Gedanken unwillkürlich seine Schritte verlangsamt, und als er bei der Villa von Philippe Delaure angelangt war, setzte er schleppend einen Fuß vor den andern. Dann verharrte er eine Zeitlang mit dem Finger auf dem Klingelknopf. Endlich faßte er sich ein Herz und schellte.

«Thierry!» Yvonne sank in seine Arme. «Thierry, Philippe ist ... Er hat ...»

«Na, na, na ... Du macht mir ja angst! Was ist denn mit Philippe?»

Yvonne brachte vor Erregung kein Wort hervor.

«So sag doch was! Philippe ist doch nicht etwa ...»

Nein, Philippe Delaure war nicht tot. Aber es fehlte nicht viel, und ... Eine Herzattacke. In der Badewanne ... «Ich habe natürlich gleich Rodilleau gerufen. Herzinfarkt, sage er. Er hat Philippe zwei Spritzen gegeben; er schaut später noch einmal nach ihm. Aber er hat mir keine Hoffnung gemacht – eine Sache von Stunden, hat er gesagt ... Philippe ist nicht mehr transportfähig.»

Thierry spürte, wie ihm die Knie weich wurden; er mußte sich gegen die Wand lehnen. Ein Infarkt ... Eine Sache von Stunden ... Aber das war doch die Lösung! Er wollte etwas sagen, aber er fand keine Worte. Jeder Ausdruck des Bedauerns mußte doch wie eine abscheuliche Heuchelei wirken, und jedes Wort der Befriedigung konnte nur als Zynismus aufgefaßt werden. Er verharrte deshalb in einem Schweigen, das Yvonne auslegen moche, wie sie wollte.

Sie schien sich darüber jedoch nicht den Kopf zu zerbrechen. «Möchtest du ... ihn sehen?» fragte sie.

«Aber selbstverständlich!»

Philippes Atem ging rasselnd und stoßweise. Der Sterbende hatte die Augen geschlossen; die Hände waren über der Brust in die Bettdecke verkrallt, und über die fahlen, eingefallenen Wangen lief ein unablässiges Zucken. Thierry trat näher, den Kopf gesenkt wie einer, der sich seiner Schuld bewußt ist. Am Fußende des Bettes blieb er stehen und stützte sich auf die hölzerne Bettlade. Er spürte, wie ihm die Tränen kamen. Armer Philippe! So vertrauensselig, so leichtgläubig, so ... diskret, hätte man fast sagen können, wenn er nicht so ahnungslos wäre ... Ich hätte es nie fertiggebracht, gestand sich Thierry ein. Und nun sogar im Sterben war Philippe noch rücksichtsvoll. Er schickte sich an, in genau dem Augenblick abzutreten, in dem es für ihn, Thierry, brenzlig zu werden begann. Er ersparte ihm sowohl Yvonnes Verachtung als auch das Schuldgefühl, das er nach einem Mord sein Leben lang mit sich herumgeschleppt hätte.

Das Schuldgefühl des Verbrechers, ja. Und das Schuldgefühl des Betrügers, des Verräters? Denn Thierry hatte seinen Freund Philippe verraten.

Sie kannten sich jetzt seit 30 Jahren. Sie hatten in der Schule nebeneinander gesessen, und bei Philippes Hochzeit war Thierry Trauzeuge gewesen ... Seltsam; damals war ihm Yvonne eher unbedeutend erschienen, farblos. Hübsch, ja gewiß, aber auch nicht mehr. Wenn ihm damals einer gesagt hätte, daß sie in seinem Leben einmal *die* Frau werden würde! Thierry mußte an all die Schliche denken, die sie ausgeheckt hatten; an ihre Vorsichtsmaßnahmen, ihre Lügen ... Aber auch an ihre Angst, wenn Philippe hin und wieder irgendeine ganz harmlose Frage stellte, bei der ihnen das Blut in den Adern stockte, weil sie so verfänglich klang. Und dann, hinterher – Gott, hatten sie sich jedesmal über den falschen Alarm amüsiert! Der gute Philippe ... Sein anständiges, ein wenig weiches Gesicht, die klaren, aufrichtig und irgendwie erstaunt blickenden Augen – das sagte doch alles! Yvonne hatte ihn manchmal ‹ihren großen, braven Hund› genannt, wenn er es nicht hören konnte.

Thierry fuhr sich langsam mit der Hand über die Stirn. Armer Philippe, dachte er; ich habe dich verraten. Ich habe dein Vertrauen mißbraucht, deine Großzügigkeit. Und jetzt bin ich gewissermaßen schon auf dem Sprung, endgültig deinen Platz einzunehmen ... Er schämte sich. Er empfand Abscheu vor sich selbst. Worte der Reue stiegen in ihm hoch, und vielleicht hätte er sie auch ausgesprochen, wenn ihm nicht plötzlich bewußt geworden wäre, daß Yvonne neben ihm stand. Er sah sie an, und ihre Blicke begegneten sich. Er sah die naßglänzenden Streifen auf ihren Wangen und wußte, daß sie das gleiche gedacht hatte wie er.

Da klingelte es an der Haustür, und Yvonne verließ das Zimmer.

Nach einer Weile schlug der Kranke die Augen auf. Sein Blick war verschwommen, wanderte ausdruckslos von einem Möbelstück zum andern; dann, ganz allmählich, wurden die Augen klarer und blieben an Thierry haften. Er hatte ihn erkannt; über das wachsbleiche Gesicht flackerte ein schwacher Freudenschimmer.

«Thierry ... Du bist da ...»

Thierry beugte sich über Philippe und legte die Hand tröstend auf die verkrampften Hände des Sterbenden. Er konnte seine Tränen nicht mehr zurückhalten.

«Philippe ... Mein guter alter Philippe ...»

«Thierry ...» Philippe verzog das Gesicht zu einem seltsamen Lächeln: «Ich glaub, mit mir ... mit mir ist's aus, Thierry ... Nein, unterbrich mich nicht; ich hab nicht mehr viel Zeit, und ich bin so schwach ... Komm näher. Ganz nah ... Wo ist Yvonne?»

«Es hat gerade geschellt; sie ist aufmachen gegangen. Soll ich sie holen?»

«Nein ... Im Gegenteil. Hör zu ...» Philippe schien alle Kraft zu sammeln. «Weißt du, Thierry, ich war nicht immer ... Ich bin nicht immer der Mustergatte gewesen, den alle in mir gesehen haben ... Ein

Verhältnis, verstehst du. Schon lange her. Eine Dummheit. Vorbei ...
Frag nicht nach Einzelheiten. Es ist nur ... Da sind noch Fotos, Briefe ... gepreßte Blumen ... Erinnerungen halt. Du weißt ja, wie ich bin. Sentimental ... Und das alles ist in einer schwarzen Schatulle ...»

Philippe brach ab, vom Sprechen erschöpft. Sein Gesicht wurde starr, und er atmete so flach, daß Thierry einen Augenblick lang glaubte, es sei schon alles vorbei. Aus der Küche drangen Stimmen herüber. Yvonnes Stimme und die einer Fremden. Eine Nachbarin vielleicht.

«... in einer schwarzen Schatulle», fuhr Philippe mühsam fort. «In der untersten Schreibtischschublade ... Nimm sie an dich. Wenn ich davonkommen sollte, dann ... dann bringst du sie mir zurück. Wenn nicht ... Verbrennen, ja? Yvonne ... Sie darf das nicht ... Verstehst du? Sie darf nie erfahren ...»

Thierry glaubte zu ersticken. Ein Gemisch aus Mitleid, brüderlicher Liebe und überströmender Dankbarkeit saß ihm wie ein heißer Kloß in der Kehle. Diese unglaubliche, diese unerwartete Enthüllung ... Enthob ihn das nicht aller Skrupel, aller Gewissensbisse? Philippe hatte Yvonne betrogen – womöglich auch mit einer ihrer Freundinnen. Und das bedeutete nicht mehr und nicht weniger, als daß Yvonne ihm nur mit gleicher Münze heimgezahlt hatte ... Und welcher von den beiden nun zuerst ... Also, das spielte doch nun wirklich keine Rolle mehr! Thierry fühlte sich frei; die Schuld war von ihm abgewälzt. Philippe hatte seine Frau hintergangen und dadurch ihn, Thierry, freigesprochen.

«Thierry ...» Die Angst gab Philippes Stimme neue Kraft: «Versprich mir's, Thierry ... Wo bist du?»

Thierry drückte die eiskalten Finger des Sterbenden. «Ich bin ja da, Philippe ... Ich versprech's dir! Alles, worum du mich gebeten hast. Ich hole die schwarze Schatulle aus deinem Schreibtisch. Aber ...»

«... abgeschlossen. Zulassen. Verbrennen ...»

«Ja, ja. Aber du wirst sehen – ich bring dir das Ding zurück – bestimmt! Du wirst schon sehen.»

Philippes Kopf sank leicht zur Seite. Sein Gesicht sah auf einmal sehr friedlich aus, fast glücklich. «Danke», hauchte er. «Aber da ist noch ... noch etwas ... Yvonne ... Ich möchte, daß du Yvonne ...»

Thierry sollte nie erfahren, was sein Freund noch von ihm gewollt hatte. Yvonne trat ins Zimmer und verließ es nicht mehr, bis Philippe gestorben war.

Es hatte keine Stunde mehr gedauert.

Thierry hatte keinerlei Schwierigkeiten, die Schatulle zu finden. Sie war aus Ebenholz, mit hübschen Intarsien und einem ziselierten Schloß. Es gelang ihm auch, die Schatulle unbemerkt in seinem Aktenkoffer verschwinden zu lassen – Yvonne war am Telefonieren.

«Es ist etwas Furchtbares passiert ...»

Die Familienangehörigen würden sicher bald eintreffen; Klugheit und

Geschicklichkeit geboten es, daß Thierry das Haus verließ. Er mußte sich von Yvonne verabschieden, aber er wollte sie nicht in den Räumen des Toten küssen; er zog sie auf die Diele hinaus und hauchte einen Kuß auf ihre Wangen. Wie ein schüchterner Cousin.

Auf dem kürzesten Weg erreichte er das bescheidene Gartenhaus, das er kurz nach Beginn seiner Liaison mit Yvonne gemietet hatte, weil es nur knapp einen Kilometer von der Delaure-Villa entfernt lag. Ohne sich aufzuhalten stieg er in den Keller hinunter. Ja, er würde den letzten Wunsch seines Freundes erfüllen; Yvonne würde nie, nie erfahren, daß...

Er öffnete die Klappe der altmodischen Koksheizung und betrachtete den rötlichen Widerschein der Flammen auf dem dunklen Ebenholz. Dann warf er die Schatulle in die Glut.

In seinem ganzen Leben hatte er sich noch nicht so frei, so erleichtert gefühlt. Er hätte singen mögen. Mit diesen Fotos, den Briefen, den gepreßten Blumen verzehrten die Flammen auch die Erinnerung an sein eigenes Verhalten, an seinen Verrat. Die Vergangenheit verglühte zu Asche, aus der die Zukunft wie ein Phönix...

Die Explosion war um Umkreis von mehreren Kilometern zu hören, und in vielen Häusern zersprangen die Fensterscheiben.

Die Männer von der Feuerwehr brauchten zwei Tage, bis sie die Leiche Thierrys unter einem Berg von Schutt freigelegt hatten. In der anschließenden Untersuchung wurde rasch ermittelt, daß es sich um ein Attentat handelte und wie es ins Werk gesetzt worden war. Aber das Motiv – und damit der Täter – blieben im dunkeln.

Auch für Yvonne.

# Der Commissaire und der Raubmord im Wald

Als ich diesen verwickelten Fall aufzuklären hatte, war ich seit einigen Wochen ins Département Sarthe – genauer gesagt nach Le Mans – versetzt worden. Ich sollte schon bald feststellen, daß ich es hier mit einem besonderen Menschenschlag zu tun hatte, der noch am ehesten mit den Korsen zu vergleichen war. Nur daß sich hier alles ums Geld drehte, während es in Korsika um die Ehre geht – oder das, was die Korsen darunter verstehen. Aber hier wie dort gab es dieselben Familienfehden, Racheaktionen, die sich über Jahre hinzogen, dasselbe ungeschriebene Gesetz des Schweigens und ein tief im Volk verwurzelter Aberglaube, der sich oft auf die seltsamste Art äußerte.

Ich war deshalb alles andere als optimistisch, als ich in dem verlassenen Winkel ankam, an dem Émile Sourleux schätzungsweise ein bis zwei

Stunden vorher umgebracht worden war. Ich hatte Le Mans vor etwa einer dreiviertel Stunde verlassen und war jetzt, so schien es mir, bereits in eine Art Wildnis geraten. Große und düstere Kiefernwälder wechselten mit sumpfigen Strecken voller Tümpel ab, ich passierte Hohlwege und Abschnitte, in denen sich das Sträßchen verengte und rechts und links mit hohem Farnkraut bestanden war. Alles wirkte finster und abweisend. Sogar die Vögel schienen sich zurückgezogen zu haben.

Und dann, inmitten einer Lichtung, völlig unerwartet ein Auto: der 2 CV mit dem Toten.

Die Beamten von der örtlichen Gendarmerie hatten gewußt, daß ich aller Voraussicht nach rasch zur Stelle sein würde, und deshalb alles so gelassen, wie sie es vorgefunden hatten. Die Ermittlungen lagen also von Anfang an in meiner Hand. Es bestand kein Zweifel, daß es sich um ein Verbrechen handelte: eine Ladung Grobschrot hatte die Windschutzscheibe durchschlagen und Sourleux getroffen. Er war über dem Steuerrad zusammengebrochen – wahrscheinlich auf der Stelle tot. Der Wagen hatte offensichtlich noch einen Satz gemacht und war dann quer zum Fahrweg mit abgewürgtem Motor stehengeblieben.

«Der Schuß ist aus etwa zehn Meter Entfernung abgegeben worden», sagte der Brigadier. «Da, sehen Sie – sogar die Karosserie ist noch durchlöchert.» Er führte mich hinter einen dicken Baum und wies auf eine Patrone aus roter Pappe. «Der Täter muß hier gestanden haben», fuhr er fort. «Ich nehme an, er hat Sourleux aufgelauert, denn der Boden ist an einer Stelle ziemlich zertrampelt – so als ob jemand längere Zeit an ein und demselben Fleck gestanden hat.»

Ich hob die Patrone auf. Tatsächlich zeigte der Boden deutliche Spuren von Fußabdrücken, die sich jedoch mehrfach überlagerten, so daß die Umrisse nicht klar zu erkennen waren. Der Mann hatte offensichtlich Gummistiefel mit Profilsohle getragen, was uns natürlich auch nicht viel weiter brachte. Ich wandte mich dem Brigadier zu. «Erzählen Sie doch mal, was Sie so über Sourleux wissen, ja?»

«Er ist der ältere von zwei Brüdern – Émile. Der jüngere heißt Gaston.»

«Beruf?»

«Kaufmann ... Was immer das hier bedeutet – im allgemeinen sehr viel. Daß der Betreffende nämlich nicht nur Waren kauft und verkauft, sondern auch Geld gegen Zinsen verleiht, Pachtgelder eintreibt und was es sonst noch so gibt.»

«Demnach also begütert ...»

«Wahrscheinlich. Die Leute behaupten es jedenfalls. Nach außen hin war nichts davon zu merken: das macht man hier so in diesem Beruf – wegen der Steuer, verstehen Sie.»

«Und der Bruder?»

«Gaston? Der hat ein Stück weiter weg eine Mühle ... Ebenfalls wohlhabend.»

«Wie standen die beiden Brüder zueinander?»
«Sehr gut, ganz ausgezeichnet sogar.»
«War Émile verheiratet?»
«Nein. Der hat allein gelebt – wie ein alter Eber . . . Gaston dagegen ist verheiratet. Hat einen Sohn beim Militär.»
«Haben Sie ihn schon benachrichtigt?»
«War nicht nötig; er selbst hat seinen Bruder aufgefunden. Die beiden haben gemeinsame Geschäfte gemacht und ihre Interessen derart miteinander verschachtelt, daß man sich fragt, wie sie da selbst noch . . . Na ja, Gaston wird Ihnen das besser erklären können. Auf jeden Fall war er vorhin auf dem Weg zu Émile – wie an jedem Monatsende, wenn Émile alle möglichen Gelder einkassiert hatte. Die beiden haben sich dann zusammengesetzt und ihre Abrechnungen gemacht.»
«Doch nicht mitten im Wald, nehme ich an.»
«Nein, natürlich nicht. Aber Émiles Anwesen ist nur noch ein paar Schritte weit weg. Kommen Sie, ich zeige es Ihnen.» Er führte mich auf einen Weg, der sich wenige Meter weiter entfernt zwischen den Kiefern auftat und direkt auf ein großes Tor führte, das den Blick auf das verschnörkelte Dach eines alten Landhauses freigab. «Da – sehen Sie. Émile ist genau in dem Augenblick zusammengeschossen worden, in dem er zum Einbiegen abbremste.»
«Wenn ich recht verstanden habe, ist er bestohlen worden?»
«Möchte ich stark annehmen . . . Seine Geldtasche ist verschwunden. Gaston hat ausgesagt, daß Émile das einkassierte Geld immer in eine alte Tasche – eine Art Satteltasche – steckte. Meistens so um die 4000 Francs . . .»
«Aber . . . Wo ist denn dieser Gaston?»
«Der ist rasch mal nach Hause gegangen. Er wollte seiner Frau Bescheid sagen. Muß jeden Augenblick wieder zurück sein.»
Hinter uns hörte man jetzt das Brummen eines Motors, und wir gingen zur Lichtung zurück. Es war der Arzt. Händeschütteln, die üblichen Begrüßungsfloskeln . . . Während der Arzt den Toten untersuchte, versuchte ich, meine Gedanken zu ordnen – nicht etwa, um schon eine erste Bilanz zu ziehen, sondern vielmehr, um mir von den verschiedenen Personen, dem Ort und den Umständen der Tat ein Bild zu machen. Ich fühlte mich nicht besonders wohl in meiner Haut. Als Hintergrund für ein Verbrechen ist mir, wenn ich mal so sagen darf, die Stadt noch bedeutend lieber als der freie Himmel, wo der oder die Täter sich hinterher in alle Winde zerstreuen können. Eine Flinte, Grobschrot, eine Patrone! Was heißt das denn schon in einem Gebiet, in dem über die Hälfte der Einwohnerschaft zur Jagd geht! Flinten, Schrot und Patronen, die gab's bestimmt in jedem Haus. Und noch dazu vom gleichen Kaliber!
«Da steckt bestimmt Jules dahinter», flüsterte mir der Brigadier zu. Er schien meine Ratlosigkeit bemerkt zu haben.
«Jules?»

«Ja, Jules Marassin. Dauernd gibt's Knatsch wegen ihm. Früher war er mal Jagdaufseher beim Grafen, dem Comte de Saint-André. Als seine Frau dann plötzlich starb, hat er zu trinken angefangen. Unserem Graf blieb nichts anderes übrig, als ihm zu kündigen, und seither ist es mit Marassin schnell bergab gegangen. Jetzt wildert er herum und klaut auch schon mal – wie's gerade kommt. Und wenn er ein Glas zuviel getrunken hat, wird er vollends unberechenbar. Ist schon zweimal verurteilt worden – einmal wegen Schlägerei und Körperverletzung, das andere Mal wegen Diebstahl. Ich kann mir wirklich nicht vorstellen, wer sonst...»

«Sagen Sie – ist es weit zu diesem Marassin?»

«Nein. Mit Ihrem Wagen höchstens zehn Minuten.»

«Na dann... Worauf warten wir noch!»

Wir trafen Marassin auf dem freien Platz vor seiner Behausung, einer Art Hütte, an. Er war gerade dabei, einen Hasen auszunehmen. Ich schaute mich um. Hübsch hier... Eine Wiese voller Blumen, Pappeln, die silbrig-weiß in der Sonne glänzten, und am unteren Ende eines Pfades der dunklere Flußlauf der Sarthe, in dem sich die am Ufer weidenden Kühe spiegelten. Marassin trug einen Cordanzug; seine Augen blickten ein wenig irre. Er grunzte nur hämisch, als er uns sah.

«Zeig uns deine Flinte, los!» sagte der Brigadier. Er duzte ihn einfach – ein Zeichen, wie heruntergekommen dieser Mann in den Augen seiner eigenen Landsleute sein mußte.

Marassin machte mit dem Kinn eine Bewegung zur Hütte hin.

Wir gingen hinein. Die Flinte war in der Nähe des Kamins aufgehängt. Der Brigadier löst die Verriegelung, so daß die beiden Läufe herunterklappten. Er nahm zwei Patronen heraus – rote Pappe. Dann hielt er die Waffe prüfend an die Nase und schnupperte. «Na also... so 'n Schweinehund!» stieß er hervor. Er stürzte in den Hof hinaus, ohne die Flinte aus der Hand zu lassen. «Wo hast du das Geld versteckt?» schrie er Marassin an.

Der aber fuhr ungerührt in seiner Beschäftigung fort – er war jetzt dabei, dem Hasen das Fell abzuziehen. «Schön wär's, wenn ich Geld zum Verstecken hätte», sagte er.

Ich schaltete mich ein. «Wissen Sie, daß Émile Sourleux tot ist?» fragte ich.

«Nee... Na so was!»

«Erschossen, vor nicht viel mehr als einer Stunde... Mit einer Flinte, wie Sie sie haben, einer Patrone wie dieser hier...» Und ich hielt ihm die Hülse aus roter Pappe hin, die ich hinter dem Baum aufgelesen hatte.

«Und aus deiner Flinte ist ein Schuß abgegeben worden – das ist noch gar nicht lang her!» schrie der Brigadier.

«Soso... Und was glauben Sie, womit ich den Hasen da erschossen habe?» anwortete Marassin mit derselben herausfordernden Gelassenheit.

«Mal eins nach dem andern», lenkte ich ein. «Erzählen Sie mir doch, wie Sie den Nachmittag verbracht haben, ja?»

«Bitte ... Ich bin gegen drei Uhr von hier weg, über den Fluß und zum Croix-des-Bergers hinauf. Dort habe ich den Hasen geschossen und bin über die Quatre-Chemins wieder zurück.»

«Da siehst du's!» Der Brigadier war nicht zu bremsen. «Genau dort ist Sourleux niedergeschossen worden! Das ist ja ... Das ist ein Geständnis!»

«Ach nee ... Dazu gehört doch wohl mehr.» Marassin war nicht aus der Ruhe zu bringen.

«Was für Schuhe hatten Sie an?» fragte ich ihn.

«Sie sind wohl nie zur Jagd gegangen», meinte er verächtlich. «Natürlich meine Stiefel, was denn sonst ...»

«Und wo sind die?»

«Drin, in der Küche.»

Sie waren in der Küche. Alte Gummistiefel mit Profilsohle – dasselbe Profil wie das der Abdrücke in der Nähe des Tatorts.

«Der Kerl macht sich über uns lustig», schnaubte der Brigadier. «Ich nehm ihn gleich mit!»

«Augenblick noch!» Ich fing an, in der Küche und dem angrenzenden Schlafzimmer herumzustöbern.

«Ach, damit vergeuden Sie nur Ihre Zeit», kommentierte der Brigadier. «Der hat das Geld weiß Gott wo versteckt, wahrscheinlich gar nicht hier drin ... Draußen am Fuß eines Baumes oder sonstwo.»

Er hatte recht. Marassin war gefährlich und gerissen. Wenn er die Tat begangen hatte, dann hatte er auch entsprechende Vorsichtsmaßnahmen getroffen ... Ich ließ den Brigadier also schalten und walten, wie er es für recht hielt. Marassin ließ sich widerstandslos abführen und trug die ganze Zeit über ein verachtungsvoll-gleichgültiges Lächeln zu Schau.

Mir kam währenddessen mein früherer Chef Merlin in den Sinn. Was bedeutet schon ein Motiv, hatte er gesagt. Das ganze Leben besteht aus Motiven!

Auf der Lichtung erwartete uns eine große Überraschung. Der Arzt hatte während unserer Abwesenheit die Leiche aus dem Wagen gezogen; dabei war er auf den Riemen einer Tasche aufmerksam geworden. Es war die Geldtasche. Sie war ganz einfach unter den Sitz gerutscht. Sie enthielt 3650 Francs ...

«Stimmt genau», bemerkte Gaston, der inzwischen wieder am Tatort eingetroffen war. Er war eine eigenartige Erscheinung: ein kleiner, breitschultriger Mann, der in einer wattierten Jacke steckte und dadurch fast athletisch wirkte. Aber das wirklich Komische war, daß auf dem stämmigen Körper der Kopf eines alten Mannes saß – mager, mit tiefen Furchen und einem weinerlichen Ausdruck im Gesicht. Er musterte Marassin erstaunt und neugierig zugleich.

«Sieht so aus, als ob wir ein bißchen zu vorschnell waren mit unseren

Schlußfolgerungen», wandte ich mich an den Brigadier.

Marassin gluckste nur. «Machen Sie sich nichts draus, Monsieur l'Inspecteur! Ich bin an so was gewöhnt. Es mag sein, wie es will – wenn hier in der Gegend was passiert, muß ich dafür herhalten!»

Ich wandte mich jetzt an Gaston Sourleux. «Wann haben Sie die Leiche Ihres Bruders entdeckt?»

«Kurz nach sechs. Ich erinnere mich, daß ich Glockenläuten hörte, als ich in den Wald einbog.»

«Das muß dann wohl ziemlich bald nach dem Mord gewesen sein», ließ sich der Arzt vernehmen.

Marassin stand wortlos da; er hatte die Lippen aufeinandergepreßt, wie um sich das Lächeln zu verbeißen. Unsere Ratlosigkeit mußte ein Freudenfest für ihn sein.

Ich nahm den Brigadier beiseite. «Im Augenblick können Sie ihn nicht festhalten», sagte ich. «Sie können ihn als Verdächtigen behandeln – aber Sie müssen ihn freilassen, da hilft nichts. Ich halte es für ausgeschlossen, daß er versucht, sich aus dem Staub ...»

«Wenn er's nicht war, dann muß es Boursat gewesen sein», unterbrach mich der Brigadier, der offenbar fürchterlich enttäuscht war.

«Aha ... Und wer ist das?»

«Clément Boursat ist der Vetter der beiden Brüder Sourleux.»

Wirklich amüsant, dieser Brigadier. Er kannte die ganze Gegend wie seine Westentasche, war über Familiengeheimnisse und -fehden orientiert. Man brauchte ihm nur zuzuhören, um über den Stand der öffentlichen Meinung Bescheid zu wissen.

«Das kann Ihnen jeder hier bestätigen, daß dieser Boursat und die Brüder Sourleux sich spinnefeind waren. 'ne lange Geschichte ... Hängt mit ihrem gemeinsamen Großvater zusammen, der als steinreich galt. Émile hatte ihn zuletzt bei sich aufgenommen, weil Boursats Frau den Alten nicht im Hause haben wollte – der hatte offenbar so seine Eigenheiten. Na, wie dem auch sei – als der Großvater tot war, stellte sich heraus, daß das Erbe gar nicht so überwältigend groß war. Seitdem ist Boursat fest davon überzeugt, daß die beiden Brüder den größten Teil des Vermögens eingesackt haben.»

«Ländereien? Immobilien?»

Der Brigadier lächelte. «Na, da kennen Sie die Leute hier aber schlecht! Der Alte ging auf Nummer Sicher. Natürlich hatte er Häuser – wie die meisten hier. Aber seine flüssigen Mittel – die hatte er in Gold angelegt. Die Leute haben hier alle einen Sparstrumpf – mit mehr oder weniger drin ... Politische Strömungen kommen und gehen – aber was wirklich von Dauer ist, das ist das Gold; es behält seinen Wert, ist leicht zu verstecken, und bei einer Erbschaft taucht es dann ganz einfach nicht auf ... Tja, Boursat hat damals, kurz vor Kriegsausbruch, gegen die beiden Sourleux prozessiert. Hat aber verloren. Während der Besatzungszeit hat er dann versucht, die Brüder ins Kittchen zu bringen. Die haben ganz schön Scherereien bekommen, aber es war ihnen nichts nachzuweisen. Später ist dann bei Émile aus ungeklärter Ursache ein Brand ausgebrochen. Émile hat Strafanzeige erstattet, aber die Ermittlungen haben zu keinem Resultat geführt. Die gegenseitigen Verleumdungskampagnen will ich Ihnen ersparen. AberBoursat ist ein Hitzkopf, der sich gern einen hinter die Binde gießt. An seinen Vettern läßt er kein gutes Haar. Und die Brüder Sourleux erzählen überall, daß es unverantwortlich sei, Boursat frei herumlaufen zu lassen.»

«Was macht dieser Boursat denn?»

«Betreibt ein Sägewerk, das recht gut geht.»

«Ist das weit weg?»

«Nein. Hier in der Gemeinde ist nichts weit weg. Vielleicht zehn Kilometer auf dem Weg durch den Wald.»

«Geht der auch auf die Jagd?»

«Aber sicher. Tun doch alle hier. Dieses Jahr sowieso, wo es so viele Hasen gibt, daß man beinahe darauf tritt . . .»

«Und Sie meinen, daß er . . .»

«Schwer zu sagen. Mal angenommen, er hat Émile ganz plötzlich gegenübergestanden . . . Also möglich wär's schon.»

«Aber würde dieser Boursat seinem Vetter aufgelauert, seine Rückkehr abgepaßt haben?»

«Hm. Wenn man erst mal anfängt, sich vorzustellen, was in den Hirnwindungen dieser Leute hier . . .»

Es dämmerte. Ich fröstelte etwas; vor allem aber hing mir dieser ganze Tratsch zum Hals heraus. Mir war das alles fremd. Einen richtig miesen Typ zum Reden zu bringen war für mich kein Problem; auch in Marassin konnte ich mich noch hineinversetzen. Aber die anderen hier . . . ein Sourleux, ein Boursat . . . Nein, wirklich, mit denen konnte ich nichts anfangen. Ich erledigte die notwendigen Formalitäten so schnell wie möglich – ich wollte so rasch es ging wieder nach Le Mans zurück. Wenn ich dabei an das Nachtleben von Le Mans denke . . .!

Am nächsten Morgen fuhr ich direkt zu Boursat ins Sägewerk. Boursat wirkte nicht sonderlich überrascht; ich hatte sogar den Eindruck, daß er auf mich gewartet hatte, denn auf einer Ecke seines Schreibtisches standen Gläser und eine Flasche Calvados. Er war das, was man sich unter einem Normannen vorstellt: groß und kräftig, mit sehr feinem blondem Haar, fast wie das einer Frau. Blaue Augen ohne Tiefe, die Haut vom Aufenthalt im Freien gegerbt, eine volle, schallende Stimme. Irgendwie eine Kreuzung zwischen Landadel und Roßhändler. Überall hing feiner, golden schimmernder Staub in der Luft – wie der von Getreide, wenn gedroschen wird. Die Sägen draußen waren so schrill, daß man sich nur schreiend unterhalten konnte. Er goß mir ein, und wir prosteten uns zu.

Er ging sofort in die Offensive. «Ich weiß nicht, was man Ihnen über mich erzählt hat», fing er an. «Aber ich kann es mir denken. Also Sie können denen, die Sie zu mir geschickt haben, ruhig ausrichten, daß ich mit dem Tod von Émile nichts zu tun habe. Leider, möchte ich fast sagen ... Eine Schmeißfliege war das, dieser Émile! Sein Vermögen hat er auf meinem Buckel gemacht. Ohne den Anteil, den er mir weggenommen hat, hätte er ganz anders herumkrebsen können!»

Genauso hatte ich ihn mir vorgestellt. Deshalb lauschte ich ihm auch mit der Andacht eines Autors, der einem Geschöpf seiner Phantasie begegnet ... Dann bat ich ihn, mir seine Flinte ansehen zu dürfen. Er benutzte dieselbe Munition wie Marassin. Ich hatte mir das schon gedacht – schließlich nicht weiter verwunderlich, wo doch alle hier Niederwild jagten und den gleichen Lieferanten hatten. Und mit den Stiefeln war es nicht anders.

«Darf ich fragen, wo Sie gestern nachmittag zwischen fünf und sechs Uhr gewesen sind?»

Er schien auf die Frage gewartet zu haben, denn er hatte sein Alibi sofort parat. Er sei gestern im Wald gewesen, um beim Fällen der Bäume mit aufzupassen, erklärte er mir. Seine Flinte habe er auch dabeigehabt. «Wissen Sie, so eine Flinte, die leistet einem Gesellschaft. Auch wenn man nicht zur Jagd gehen will; man tut eben so als ob ... Können Sie das verstehen? Irgendwie schaut man gleich viel aufmerksamer um sich, die Sinne sind viel wacher! Das Leben hat ganz einfach mehr Geschmack!» Er berichtete weiter, daß er sich eine Zeitlang bei den Waldarbeitern aufgehalten habe. «Hier – die Namen kann ich Ihnen auch geben!» Und er streckte mir einen Zettel hin.

«Sagen Sie ... Kennen Sie Marassin?»

«Na, wer kennt den nicht! Ein Halunke! Wenn's einen gibt, der zu allem fähig ist, dann der!»

Ganz kurz überlegte ich, ob vielleicht Boursat mit Marassin ... War es nicht möglich, daß Boursat diesen Marassin dafür bezahlt hatte, daß er Émile Sourleux um die Ecke brachte? Aber dann tauchte das Bild Marassins vor mir auf, und ich wies den Gedanken sofort zurück. Boursat wäre nie so unglaublich dumm gewesen, sich einem Menschen wie Marassin auszuliefern. Nein. Ich mußte mir schon etwas Besseres einfallen lassen.

Nach einer Weile verabschiedete ich mich. Die Waldarbeiter draußen bestätigten mir Boursats Alibi. Ob sie mit ihm unter einer Decke ...? Ziemlich unwahrscheinlich. Ich nahm mir aber doch vor, die Leute im Auge zu behalten.

Ich begann nun meine Ermittlungen weiter auszudehnen; tagelang befragte ich alle möglichen Leute, die auch nur das entfernteste Motiv gehabt haben könnten, Émile Sourleux umzubringen. Aber dann mußte ich es einsehen: Marassin und Boursat waren die einzigen Verdächtigen.

Leider. Denn damit war ich keinen Schritt weiter, im Gegenteil. Marassin hatte zwar kein Alibi, aber kein Motiv – da ja nichts gestohlen worden war. Boursat dagegen hatte ein Motiv – Rache. Er hatte jedoch ein Alibi. Der eine hätte folglich grundlos getötet; der andere hatte zwar einen Grund, war aber gar nicht in der Lage gewesen, die Tat auszuführen. Ein Rechenexempel, das also von vornherein unlösbar erschien.

Wieder kam mir ein Satz von Merlin in den Sinn. Wenn nur der Ansatz richtig ist, hatte er oft gesagt, dann ist die Aufgabe schon halb gelöst... Und ich war felsenfest davon überzeugt, daß in diesem Fall mein Ansatz richtig war.

Trotzdem fand ich die Lösung erst ein paar Tage später.

Marassin war der einzige, der theoretisch und praktisch in der Lage gewesen war, Émile Sourleux umzubringen. Er mußte also der Täter sein. Dabei war es ihm um das Geld gegangen, das Sourleux bei sich hatte und das er auch an sich gebracht hatte. Und das konnte wiederum nur bedeuten, daß ein anderer die leere Geldtasche wieder aufgefüllt hatte. Und dieser andere war zweifellos derjenige, der als erster am Tatort eingetroffen war: Gaston Sourleux. Der Grund lag auf der Hand: Gaston war sofort klargeworden, daß er hier die große Chance hatte, seinen alten Feind Clémont Boursat zur Strecke zu bringen. Gaston hatte natürlich sofort festgestellt, daß das Geld fehlte; indem er nun diese Tatsache vertuschte, verwandelte er den Raubmord an seinem Bruder in einen Racheakt. Die logische Folge: Man würde Boursat der Tat bezichtigen. Und selbst wenn ihm auch nichts nachgewiesen werden konnte – er wäre doch öffentlich zum Mörder abgestempelt, würde höchstwahrscheinlich wegziehen... Gaston lief also nach Hause, holte das erforderliche Geld und stopfte es in Émiles Tasche. Natürlich hatte er das Geld keineswegs abgeschrieben. Er hatte nämlich in Marassin sofort den Schuldigen gewittert. Marassin würde das Geld an einem völlig sicheren Ort verstecken, das wußte er. Die Sache würde also nie herauskommen, und er würde seinen Bruder beerben, somit auch die 3650 Francs wiederbekommen.

Marassin hat die Tat nicht eingestanden. Er wurde eigentlich nur durch das geraubte Geld überführt, das uns durch einen ganz großen Zufall in die Hände gefallen war: Es war in einer Metallkassette versteckt, die wiederum in einem in der Sarthe versenkten Behälter für Lebendfische eingeschlossen war – nicht weit von Marassins Behausung entfernt.

Aber auch Gaston konnte ich nicht einfach laufenlassen; schließlich hatte er den Tatbestand absichtlich und zu seinen eigenen negativen Zwecken verschleiert und versucht, die Justiz irrezuführen. Zwei Dinge wurden ihm zur Last gelegt: Strafvereitelung (Marassin gegenüber) und – indirekt – falsche Anschuldigung (Boursat gegenüber). Er kam mit einer Geldstrafe davon; die wirkliche Strafe aber bestand darin, daß er von den Leuten gemieden wurde, in aller Augen gebrandmarkt war... Auf die Dauer hatte er das wohl nicht ertragen, denn eines Tages hat er sich erhängt.

## Glück und Gips

«Mein lieber Duvallon! Sie arbeiten jetzt zwanzig Jahre in unserer Firma; Sie kennen sich in allen Abteilungen aus – und jetzt wollen Sie diese Beförderung ablehnen? Saint-Étienne ist schließlich eine große, eine wichtige Filiale ... Na, vielleicht überlegen Sie sich's noch mal!»

«Aber ich fühle mich sehr wohl hier, Monsieur le Directeur. Warum soll ich da wechseln? Außerdem, mein Junge studiert hier – politische Wissenschaften ...»

«Ja, gewiß. Hochinteressantes Gebiet.»

«... und meine Frau – also, die ist wie ich, Monsieur le Directeur. Sehen Sie, wir sind eben – wie soll ich sagen – wir sind häusliche Menschen, ja? Wir sind nicht so sehr darauf aus, nach außen hin zu glänzen. Ein ruhiges, beschauliches Leben; abends das Fernsehen, und am Sonntag mal essen gehen oder so ... Und wir sind glücklich dabei.»

«Das finde ich nicht ganz richtig, mein lieber Duvallon. Ein bißchen mehr Ehrgeiz sollte der Mensch haben ... Na ja. Immerhin möchten wir Ihnen – und dagegen werden Sie wohl nichts einzuwenden haben – auf unsere Art ein schönes Weihnachtsfest wünschen. Schließlich wissen wir die Dienste zu würdigen, die Sie unserer Firma ... Nein, nein, widersprechen Sie nicht! Sie sind ganz einfach zu bescheiden, Monsieur Duvallon ... Und überlegen Sie sich's noch mal über die Feiertage!»

Duvallon steckte den Briefumschlag in seine Jackentasche und ging hinaus. Er war ganz durcheinander. Während er sich dann in seinem winzigen Büro umzog, die gestreifte Hose sorgfältig über den Bügel legte und zusammen mit der Bürojacke in den Schrank hängte, überdachte er mit hochroten Ohren den Vorschlag der Direktion. Er hatte zwar keineswegs die Absicht, seine Entscheidung rückgängig zu machen, aber er hatte seine schöne Ruhe verloren. Er hatte das Gefühl, plötzlich vor Gericht zu stehen: *Was haben Sie aus Ihrem Leben gemacht, Angeklagter?*

Er war nun einmal kein großes Licht. Er war es gewohnt, in Diskussionen den kürzeren zu ziehen. Wie sollte er es ihnen erklären? Sollte er sagen, daß er ganz einfach seine Ruhe haben wollte? Da hatte er es wieder – ihm fehlten die richtigen Worte ... Daß er eben gewisse feste Gewohnheiten ... Aber das traf auch wieder nicht ganz zu. Es saß alles viel tiefer; es tat sogar ein bißchen weh ... Als kleiner Junge hatte er immer ein Baum sein wollen. Hinter dem elterlichen Bauernhof hatte eine riesige Eiche gestanden, über dreihundert Jahre alt. Und diese Eiche, die sich nie änderte, die immer eine Welt für sich allein war, die hatte er immer beneidet. Aber wie soll man so etwas einem Direktor erklären?

Duvallons Gedanken verhedderten sich, und zugleich erschrak er ein wenig über das krause Zeug, das da aus seinem Unterbewußtsein hochgestiegen war. Er öffnete den Umschlag: zehn Scheine. 1000 Francs. Zusammen mit den 3200 in seiner Geheimkasse konnte er damit ... Nun, er konnte zum Beispiel ...

Das war auch so etwas, was kein Mensch verstehen würde – Simone oder Jean-François so wenig wie alle andern: sein Bedürfnis zu sparen; einen Franc auf den andern zu häufen, einen geheimnisvollen Schatz wachsen zu sehen, von dem nur er wußte ... Das war sein kleines, sein ganz persönliches Märchen, das ihn innerlich wärmte, an dem er seine Freude hatte, das er sich immer wieder erzählte. Mit diesem Geheimnis war er auch noch in der altfränkischen Dienstkleidung, die von der Firma vorgeschrieben war, ein allmächtiger Zauberer – wie dieser Cagliostro, von dem es hieß, er sei unsterblich ...

Die Straßen waren festlich erleuchtet. Bevor Duvallon in seine Wohnung im vierten Stock hinaufstieg, sah er sich die Auslage des kleinen Ladens an, der im Souterrain des Hauses lag. Auch hier war weihnachtlich geschmückt. Er betrachtete ein Akkordeon, das da vor ihm lag. So eines würde er kaufen, wenn er einmal pensioniert war ... Auf dem Schulweg hatte er sich immer aus Schilfrohr Flöten geschnitten. Er hätte schon damals gern ein Instrument spielen wollen. Es war nie dazu gekommen. Er hatte auch nie Zeit gefunden, Noten zu lernen.

«Madame ist noch nicht zurück», sagte Yvonne, das Mädchen, als er die Wohnung trat.

«Und Jean-François?»

«Ist eben weggegangen.»

Na klar, sagte er sich, sie besorgen wahrscheinlich noch Geschenke, die beiden ... Zu blöd, das mit dieser Filiale in Saint-Étienne! Er fühlte sich hier doch so wohl – und so reich ... Er schloß sich in seinem Arbeitszimmer ein und nahm die Beethovenbüste vom Kamin. Sie stammte auch aus dem Lädchen unten im Haus. Er hatte sie an dem Tag erstanden, an dem er zum Abteilungsleiter aufgerückt war.

Behutsam, fast andächtig schraubte er die Büste vom Sockel ab. Hier, in Beethovens hohlem Gipsbrustkorb, hatte er seinen Schatz versteckt. Er summte ein paar Takte aus der Neunten, stellte das Genie auf den Kopf und erstarrte.

Der Hohlraum war leer.

Nein, er täuschte sich nicht: durch die Öffnung am Hals konnte er bis in das stark gebuckelte Innere des Schädels sehen – alles leer. Ohne Hirn, ohne Geist, ohne Leben ... Er mußte sich setzen. Er fühlte sich mit einemmal ebenso hohl wie der seines Inhalts beraubte Gipskopf da vor ihm. ‹Die Wut über den verlorenen Groschen› fiel ihm ein. Ein Klavierstück, auch von Beethoven. Aber ihm war nicht nach Ironie zumute. Er war wütend. Wütend und bestürzt.

*Wer?* Wer hatte das getan? Natürlich Yvonne, wer denn sonst ...

Oder Jean-François? Oder aber . . . seine Frau? Sonst kam niemand hier herein . . . Aber das war doch unmöglich! Schon allein deshalb, weil sie alle das Versteck nicht kannten! Und selbst wenn . . .

Yvonne hatte er vor etwas über einem Jahr aus der Bretagne mitgebracht. Sie war siebzehn, ein unschuldiges, naives Ding . . . Und dabei von einer geradezu pathologischen Ehrlichkeit. Und Jean-François? Der hatte doch nur seine Bücher im Kopf. Der verlangte ja nicht mal Taschengeld . . . Simone? Um Gottes willen! Simone war die Sparsamkeit in Person; ständig am Zählen, am Rechnen . . . Und außerdem ist sie meine Frau, und . . .

Ihr Schritt im Vorplatz.

Er schraubte die Büste hastig zusammen und stellte sie wieder auf den Kamin. Dann schloß er die Tür auf und versuchte eine heitere Miene aufzusetzen.

Simone strahlte. Sie hielt ihm eine Handtasche vor die Nase: «Rat mal . . . Nein, kein echtes Kroko – wo denkst du hin! Aber praktisch nicht zu unterscheiden . . . Findest du nicht? 40 Francs – stell dir vor! Na ja, ich hab ein bißchen gehandelt . . .»

Duvallon zwang sich zu einem Lächeln; aber der Verdacht, der in ihm aufstieg, setzte sich fest wie Seitenstechen. Heute die Tasche; vor acht Tagen die wunderhübsche Puderdose – auch ein ganz ungewöhnlicher Gelegenheitskauf . . .

Nach dem Abendessen, als Simone dem Mädchen in der Küche half, stahl sich Duvallon ins Schlafzimmer, wo Simone die Tasche abgestellt hatte. Er öffnete sie und entdeckte sogleich das winzige, ins Taschenfutter eingestanzte Firmenschildchen: *Urgande* . . . Eines der exklusivsten Lederwarengeschäfte!

Warum? Warum log sie ihn an?

Unter dem Vorwand, eine scheußliche Migräne zu haben, ging er früh zu Bett. Am nächsten Morgen erwachte er dann tatsächlich mit Kopfschmerzen. Bevor er das Haus verließ, nahm er die Tasche und verstaute sie in seinem Aktenköfferchen – Simone ging vormittags nie aus und würde sie nicht vermissen.

Bei Urgande, in der rue Royale, zeigte er die Tasche einer Verkäuferin.

«Meine Schwägerin hat diese Tasche gestern nachmittag hier gekauft», sagte er und wunderte sich, wie selbstsicher er klang. «Sie hat meiner Frau so gefallen, daß sie auch so eine haben möchte. Hätten Sie . . . ?»

«Tut mir leid», antwortete die Verkäuferin. «Das war die letzte in dieser Art. Aber wir können sie gern nachbestellen. Oder vielleicht . . . Wie finden Sie diese hier? Ich habe die Dame selbst bedient; ich weiß noch, daß ihr die Wahl zwischen den beiden Taschen schwergefallen ist. Ihr Mann hat sich dann für diese da entschieden . . . Im Preis sind sie auch gleich: 900 Francs.»

«Ach so, ja . . . Nein, lassen Sie nur», stotterte Duvallon. Die Selbstsi-

*Eine Beethovenbüste...*

... ist nicht die beste Sparbüchse. Ein Beethovenfreund steckt sein Geld in einen guten Tonkopf, aber nicht in einen hohlen Gipskopf, denn da hilft nur Beten und Hoffen. Was nicht heißen soll, daß Geld nicht auch zu einem Hohlkopf paßte.

Nun ja, Duvallon gibt's ja selbst zu, daß er keine Intelligenzbestie ist. Wer Köpfchen hat, legt sein Geld anders an, wenn er Spaß am Sparen findet. Im Kopf aus Gips gibt's nicht einmal Zinsen, und das Geld geht leicht in die Binsen.

# Pfandbrief und Kommunalobligation

**Meistgekaufte deutsche Wertpapiere - hoher Zinsertrag - schon ab 100 DM bei allen Banken und Sparkassen**

Verbriefte  Sicherheit

cherheit war wie weggeblasen. «Wissen Sie, mein eh... Schwager, der... Ich habe nicht so ein Einkommen wie er...»

Als er wieder draußen stand, drehte sich alles um ihn. Simone... Seine Frau... Simone hatte einen Liebhaber! Er konnte sie also nicht glücklich machen. Sie brauchte etwas anderes. Einen Mann, der reich war. Und wahrscheinlich jung und gut aussehend. Sie brauchte Abenteuer, Aufregung, Lügen... Er schleppte sich zu seinem Mini-Büro, zog sich um und musterte sich lange in dem schmalen Spiegel des Metallspinds. Er gefiel sich nicht... Wahrscheinlich reagieren alle betrogenen Ehemänner so, dachte er. Betrachten sich zweifelnd im Spiegel und stellen sich vergebens die Frage, wie es soweit kommen konnte...

Aber daß Simone einen Liebhaber hatte, das war ja noch nicht mal das Schlimmste. Das Schlimmste war, daß offensichtlich nicht *sie* das Geld gestohlen hatte – wozu denn? Wenn der Bursche mal eben so 900 Francs ausspuckte... Nein, Jean-François mußte es gewesen sein. Sein kleiner Jean-François, der immer ein so artiger Junge gewesen war... Duvallon schluckte zwei Aspirin und ging nach oben.

Er glaubte zu spüren, daß der Boden unter ihm schwankte. Sein Chef erblickte ihn und hob grüßend die Hand. «Denken Sie noch mal darüber nach!» rief ihm der Direktor über die Köpfe der Kunden hinweg zu.

Nachdenken! Was tu ich denn die ganze Zeit? Bloß nicht über deine dämliche Beförderung – die kannst du dir an den Hut stecken...

Irgendwie ging der Tag herum. Auf dem Heimweg mußte er sich mehrmals gegen eine Hauswand lehnen. Und nachdem er in der frischen Luft langsam wieder ein wenig zu sich gekommen war, schaute er sich um in der vertrauten Umgebung, in seiner kleinen, alltäglichen Welt, in der er sich wohl gefühlt hatte, die eben noch so sicher gewesen war – er schaute sich um, und von allen Seiten sprang es ihn an: Plakate, Lichtreklamen, Neonröhren schrien stumm in allen Farben: *Frohe Weihnachten*... FROHE WEIHNACHTEN...

Zu Hause ging er gleich ins Bett. Er war völlig fertig. Aber Ungewißheit und Zweifel setzten ihm derart zu, daß er nicht schlafen konnte. Mitten in der Nacht stand er auf und schlich in die Küche, um sich etwas zu trinken zu holen. Vor der Garderobe lag ein Mantel auf dem Boden. Der Mantel von Jean-François. Niemals kann er seine Sachen ordentlich... Er bückte sich, hob den Mantel auf und wollte ihn auf den Bügel hängen. Da fiel etwas heraus. Eine Brieftasche.

Eine sehr dicke Brieftasche.

Er ließ den Mantel wieder fallen, hob die Brieftasche auf und nahm sie mit in sein Arbeitszimmer.

Die Scheine ergossen sich über den Schreibtisch. Duvallon zählte halblaut, mechanisch, wie in der Firma: 2000... 3000... 4000... 4500 Francs! Was hatte denn das zu bedeuten? Ah, da war ja noch ein Brief... Hellblau und parfümiert, mit einer zwar energischen, aber doch unzweifelhaft weiblichen Schrift.

*Jean-François, mein Liebling,
mit dem Geld, das ich Dir hier schicke, bist Du wohl aus dem
Schlimmsten heraus; aber versprich mir, keine Schulden mehr zu
machen . . .*

Duvallon stand auf; er taumelte leicht und mußte sich am Schreibtisch festhalten. Beethoven sah vom Kamin aus mit leerem Gipsblick zu. Duvallon schlurfte zur Tür, schloß ab und nahm die Lektüre des Briefs wieder auf. Von Zeit zu Zeit wischte er sich den Schweiß von der Stirn. Bald waren auch seine letzten Zweifel verflogen: Nein, das hatte kein leidenschaftlich verliebtes Mädchen geschrieben, sondern eine ebenso betuchte wie betagte Dame – eine von denen, die er häufig in den Hutabteilungen sah, oder in der Schmuckabteilung: aufgetakelt, mit soviel Make-up, daß sie nicht einmal mehr zu lächeln wagten, und immer begleitet von irgendeinem Milchbart, der die Pakete tragen durfte . . .
Duvallon betrachtete nachdenklich die Brieftasche, während er den parfümierten Bogen und das Geld wieder hineinschob. Er hatte sie Jean-François vor zwei Jahren geschenkt. Er versank in tiefes Grübeln. Er war hellwach. Jean-François . . . Er war ganz ruhig. Er empfand keinerlei Abscheu. Sein Jean-François, der ihm jeden Morgen beim Frühstück gegenübersaß: ein klares, offenes Gesicht, verschlafen noch, was ihm etwas vom Schmelz der Kindheit zurückgab. «*Bonjour, papa . . .*» Und dann kam Simone herein, noch ungeschminkt, und hielt ihm die Lippen hin: «*Bonjour, chéri . . .*» Und nach dem Frühstück stand er auf und ging zur Arbeit und wußte, daß das Leben schön und friedlich und frei von Überraschungen war . . . Aus und vorbei. Er stöhnte.
Mein Gott! Warum hab ich bloß das Ding abgeschraubt? Er dachte nicht an ‹Die Wut über den verlorenen Groschen›. Er dachte an die Fünfte: *Ta – ta – ta – TAMM!* Die Schicksalssymphonie. Er überlegte, ob er Beethoven im Kamin zertrümmern sollte, und entschied sich dagegen. Beethoven konnte nichts dafür.
Und Jean-François hatte das Geld auch nicht gestohlen. Wenn er etwas brauchte, wußte er, an wen er sich wenden konnte: Ein paar neue Lügen, und seine ‹mütterliche› Freundin griff ins Portemonnaie . . . Äußerst bequem. Er selbst, er hatte ganze zwölf Jahre gebraucht, um die paar lumpigen Tausender zusammenzusparen.
Jetzt blieb nur noch Yvonne übrig. Die redliche kleine Yvonne. Das Geld mußte oben in ihrem Mansardenzimmer sein – wo sonst? Oben im sechsten Stock . . . Duvallon ging ins Eßzimmer hinüber, fand die Cognacflasche im hintersten Winkel des Büfetts, aus dem sie sonst nur an hohen Feiertagen hervorgeholt wurde, und schenkte sich tüchtig ein. Dann ging er wieder ins Arbeitszimmer.
«Du warst wenigstens taub», sagte er zu Beethoven; er hatte ihn noch nie geduzt. «Dein Glück . . . Weißt du was? Du wärst noch glücklicher gewesen, wenn du auch blind gewesen wärst. Taub und blind wie ein

Baum . . . Eigentlich haben nur Bäume es wirklich verdient, zu leben. Ganz für sich allein, ohne sich um andere zu kümmern, und dabei immer nur zu spüren, daß sich die Erde dreht, immer weiter, sanft, fast unmerklich . . .» Dann schlief er, den Kopf auf die Arme gestützt, an seinem Schreibtisch ein.

Am Morgen wurde er durch ein Geräusch aus der Küche wach – ach so, Yvonne machte sich am Herd zu schaffen . . . Der richtige Moment, um oben in ihrem Zimmer nachzusehen!

Er schlich sich auf Zehenspitzen aus der Wohnung, stieg in den sechsten Stock hinauf und machte sacht die Tür zu Yvonnes Mansardenzimmer auf . . .

Vom Bett her drang rasselndes Schnarchen zu ihm. Im matten Licht der Morgendämmerung erkannte er einen Quadratschädel mit kurzgeschorenem Haar und abscheulich großen Ohren. Auf einem Stuhl eine Uniformjacke und ein Koppel. Am Fuß des Bettes ein Paar derbe Schnürstiefel.

Duvallon schloß die Augen.

Yvonne hatte erschreckt aufgeschrien, und Madame Duvallon stürzte ins Arbeitszimmer, um nachzusehen, was passiert war.

«Madame! Um Gottes willen, Madame: beim Abstauben . . . ich kann wirklich nichts dafür . . . Die Nase von Beethoven . . . Da fehlt schon wieder ein Stück!»

«Schon wieder? Na, Sie halten sich aber wirklich ran, mein Kind!»

«Madame . . . Wenn Monsieur etwas merkt!»

«Unsinn. Sie wissen doch genauso gut wie ich, daß Monsieur nie etwas merkt . . . Na los! Nehmen Sie das Ding und schmeißen Sie's auf den Müll. Und dann gehen Sie runter in den kleinen Laden und kaufen einen neuen Beethoven – genauso wie das letzte Mal!»

## Der Commissaire und die andere

Philippe Fontanelle gehörte zu meinem entfernteren Bekanntenkreis. Ich hatte ihn einmal bei Freunden getroffen, und wir waren ins Gespräch gekommen. Wir waren uns beide von Anfang an sympathisch gewesen und hatten den Kontakt eine Zeitlang durch gemeinsame Bridgeabende aufrechterhalten. Auf die Dauer ging er mir dann aber doch etwas auf die Nerven, vor allem durch seine Art, mehr oder minder häufig auf seine akademische Bildung hinzuweisen. Immerhin stand er bereits jetzt an der Spitze einer Firma für Unternehmensberatung – Rationalitätsberechnungen und dergleichen – und war sicherlich das, was man einen Mann mit Zukunft nennt.

Natürlich war ich sehr bestürzt, als ich erfuhr, daß er umgebracht worden war. Ich begab mich deshalb auf schnellstem Weg an den Tatort: sein Büro in einem der großen Geschäftshäuser in den Champs-Élysées.

Seine Sekretärin, Marthe Berthier, die mich telefonisch benachrichtigt hatte, öffnete mir die Tür. Die Leiche lag zwischen zwei Sesseln auf dem Boden. Fontanelle war mit seinem Brieföffner, einer Art Stilett mit einem kunstvoll bearbeiteten Silbergriff, erdolcht worden. Einem Griff, auf dem wir kaum irgendwelche Fingerabdrücke finden würden, war mein erster Gedanke.

Der Stich hatte ihn direkt ins Herz getroffen; wahrscheinlich war er beinahe auf der Stelle tot gewesen. Ich schaute mich um; es herrschte keinerlei Unordnung im Zimmer. Ich dachte sofort an ein Verbrechen aus Leidenschaft, beschloß aber, diese Hypothese erst einmal in einen Winkel meines Gehirns zu verbannen; vorgefaßte Meinungen behindern nur die Ermittlungen.

Nach dieser ersten Besichtigung des Tatorts ging ich zu Madame Berthier ins Vorzimmer. Ich wollte ihr einige Fragen stellen. Zuerst bat ich sie, mir etwas über sich selbst zu erzählen, und erfuhr also, daß sie 55 Jahre alt und Witwe war. Ihr Mann sei bei der Post gewesen, berichtete sie. Um ihre Witwenrente aufzubessern und der Einsamkeit zu entgehen, habe sie sich nach einer passenden Stelle als Sekretärin umgesehen. «Seit zweieinhalb Jahren bin ich nun schon bei Monsieur Fontanelle», schloß sie ihren Bericht.

Man brauchte sie nur anzusehen, um zu begreifen, daß sie ein Musterexemplar von Sekretärin sein mußte: diskret, genau, tüchtig ... Sie kam ohne unnötiges Drumherumreden sofort auf das Wesentliche zu sprechen; übrigens auch ohne übertriebene Sentimentalität, obwohl ihr das Ganze sichtlich zugesetzt hatte.

«Ja, die Sache hat mich furchtbar mitgenommen», gestand sie. «Um so mehr, als es vielleicht gar nicht zu dieser schrecklichen Tat gekommen wäre, wenn ich wie sonst meinen Dienst pünktlich um neun Uhr angetreten hätte ...» Aber sie habe erst auf dem Weg ins Büro festgestellt, daß die Métro bestreikt werde, erzählte sie weiter. Sie sei deshalb mit etwa eineinhalb Stunden Verspätung eingetroffen. «Und als ich hier hereinkam, da lag er schon am Boden. Im ersten Augenblick dachte ich, es sei vielleicht nur eine Ohnmacht, und da habe ich instinktiv nach seinem Puls ...» Sie schluckte. Seine Hand habe sich noch warm angefühlt, berichtete sie. Wahrscheinlich sei er ganz kurz zuvor überhaupt erst von der Reise zurückgekommen. «Da – er hatte seine Aktentasche noch nicht einmal geöffnet.» Sie deutete auf eine Art Diplomatenköfferchen, das auf dem Schreibtisch abgestellt war. «Er hat nämlich in Redon zu tun gehabt – eine kleine Papierfabrik, die im kommerziellen Bereich umstrukturiert werden mußte ...»

«Ach bitte – geben Sie mir doch mal seine Privatadresse.»

«Rue de Lübeck, gleich hier um die Ecke, der erste Eingang ... Ich hab aber noch nicht dort angerufen; ich dachte, das ist eigentlich nicht meine Aufgabe.»

«Völlig richtig. Ich werde das gleich persönlich erledigen. Sagen Sie, Monsieur Fontanelle war doch verheiratet, wenn ich mich recht erinnere ...»

«Ja. Verheiratet, aber kinderlos.»

«Erzählen Sie mir mal, was Sie so über sein Privatleben wissen, ja?»

Sie wirkte plötzlich bedrückt. Sie schwieg.

«Ich begreife völlig, wie Ihnen zumute sein muß ... Aber trotzdem: Ich brauche Ihre Unterstützung. In zweieinhalb Jahren wird Fontanelle Ihnen doch bestimmt das eine oder andere aus seinem Privatleben erzählt haben, oder? Eine Sekretärin – ich meine, eine Sekretärin wie Sie – ist doch meistens eine Art Vertraute ihres Chefs. Stimmt's?»

Sie nickte.

«Na sehen Sie. Und nun helfen Sie mir bitte. Also, seit wann war er verheiratet?»

«Seit sechs Jahren. Er hat seine Frau – damals noch Hélène Péclet – auf einer Party kennengelernt und sie schon ein paar Monate später geheiratet.»

«Hm. Klingt nach einer Liebesheirat ...»

«Das war es wohl auch. Und trotzdem ... Irgendwie fand ich immer, daß die beiden nicht sonderlich gut zusammen paßten. Sie ist drei Jahre älter als er – also jetzt neununddreißig ... Aber das war es nicht; sie sieht sehr viel jünger aus, beinahe mädchenhaft. Nein – das geht tiefer. Irgendwie muß es damit zusammenhängen, daß Hélène schon in frühester Jugend die Mutter verloren hat. Da der Vater sich nicht wieder verheiratete, wurde das Kind von der älteren Schwester, Julia, aufgezogen. Und diese Julia hat sich, obwohl sie erheblich älter ist, wohl nie richtig durchsetzen können. Für sie ist Hélène immer das Nesthäkchen geblieben, dem man alles durchgehen läßt.»

«Sie kennen Hélène Fontanelle?»

«Gott, was heißt kennen ... Ich war manchmal bei ihnen eingeladen, das ist alles.»

«Und Sie mögen sie nicht?»

«Sagen wir lieber – ich habe nichts gegen sie. Wenn ich allerdings an Monsieur Fontanelle denke ... Sicher, Julia hat sich praktisch für Hélène aufgeopfert, und es ist verständlich, daß Hélène sich auch in der Ehe nicht von ihrer Schwester trennen wollte. Aber sehr glücklich war Monsieur Fontanelle nicht darüber.»

«Na ja, gleich die Schwägerin mitzuheiraten, das wäre auch nicht mein Fall.»

«Und vor allem eine wie Julia. Es gibt Menschen, für die Selbstaufopferung eine Lebensnotwendigkeit ist, aber diese Aufopferung darf nicht so weit gehen, daß sie zum Selbstzweck wird. Julia ist jetzt zweiundfünfzig. Ihr einziger Lebensinhalt ist Hélène, die sie ihrerseits jetzt nicht mehr braucht.»

«Ach so . . . Tja, eine schwierige Situation.»

«Monsieur Fontanelle hat mir wirklich oft leid getan. Er hat zwar versucht, aus alldem das Beste zu machen, aber er war oft ganz verzweifelt.»

«Soso . . . Aber konnte er seiner Schwägerin nicht in aller Freundschaft zu verstehen geben, daß ihre Aufgabe beendet . . .»

«Ein anderer vielleicht – er nicht. Sobald er seine Kurven und Statistiken hinter sich gelassen hatte, war er eher schüchtern und gehemmt. Andererseits war er aber auch ganz dankbar, daß Julia den Haushalt so tadellos führte – Hélène hatte Personal, soweit vorhanden, nämlich immer vergrault.»

«War er eigentlich oft verreist?»

«Ja. Meistens mehrere Tage pro Woche. Und manchmal blieb er länger weg, als notwendig war – wenigstens war das meine Empfindung. Kein Wunder – wenn man mit seiner Frau nie allein ist!»

«Soll ich mal raten, wie es weitergegangen ist?»

«Sie haben recht; es kam, wie es kommen mußte. Vor knapp zwei Jahren hat Monsieur Fontanelle die Bekanntschaft einer gewissen Éliane Collet gemacht – wie es dazu kam, habe ich nie genau erfahren. Und auch nie, was sie beruflich macht. Aber es muß wohl etwas mit Dekoration zu tun haben.»

«Haben Sie sie mal gesehen?»

«Ja, einmal. Da ist sie hier im Büro gewesen. Monsieur Fontanelle war das ziemlich peinlich; er hat sich beinahe entschuldigt deswegen.»

«Und? Ich meine, wie war sie?»

«Wie soll ich sagen . . .» Marthe Berthier verschränkte die Arme und lehnte sich im Stuhl zurück, wie um sich besser auf ein schillerndes, schwer zu beschreibendes Bild zu konzentrieren. «So widersprüchlich es klingen mag – ich fand, daß sie ein wenig auf Julia herauskommt», sagte sie dann. «Natürlich viel jünger – sie mag sieben- oder achtundzwanzig sein. Und auch viel eleganter. Und wahrscheinlich sehr viel weniger perfekt! Aber irgendwie wirkten beide sehr von sich überzeugt . . . so die Art Frauen, um die man besser einen Bogen macht . . .»

Ich mußte unwillkürlich lächeln.

Sie lächelte kurz zurück. «Denken Sie bitte nicht, daß ich voreingenommen bin», fuhr sie dann fort. «Aber wenn Sie den armen Monsieur Fontanelle gesehen hätten, wie er litt – ich wollte, ich könnte Ihnen das einigermaßen klarmachen. Die Sache hat nämlich noch einen weiteren Haken: Monsieur Fontanelle war gläubiger Katholik. Mit allen Konsequenzen. Und dieses Verhältnis mit Éliane hat ihn fast übermenschlich belastet.»

Das hatte ich nicht erwartet. Ich zeigte meine Verwunderung auch ganz offen.

«Ja, das dachte ich mir schon, daß Sie erstaunt sein würden», meinte

Madame Berthier. «Aber es ist genauso, wie ich Ihnen sage.»
«Aber ... Wollen Sie damit andeuten, daß er diese Éliane ... daß er sie liebte?»
«Ich glaube, schon, sofern ich das beurteilen kann. Monsieur Fontanelle hat mir gegenüber nie über seine Gefühle gesprochen. Ich konnte meistens nur aus Andeutungen meine Rückschlüsse ziehen. Ganz selten – wenn er völlig fertig war – sagte er schon mal: ‹Madame Berthier, ich bin der letzte Schuft ... Wie soll das alles nur noch enden?› Bruchstückweise habe ich dann erfahren, daß seine Frau über das Verhältnis Bescheid wußte – und damit natürlich auch seine Schwägerin. Die drei Frauen haben sich sozusagen über seinen Kopf hinweg bekämpft.»
«Haben Sie ab und zu versucht, ihm einen Rat zu geben?»
«Versucht schon. Aber ohne Erfolg. Er konnte sich einfach nicht zu einem Entschluß durchringen. Und wenn ich anzudeuten versuchte, daß er sich doch irgendwie für die eine oder die andere entscheiden müsse, hat er nur die Achseln gezuckt und gesagt, das könne ich eben nicht verstehen ... Und er hatte sogar recht damit! Glücklicherweise bin ich selbst von solchen Konflikten verschont geblieben; mein Mann war so offen und geradeheraus, wie's nur geht.»
«Hat er jemals eine Scheidung erwogen?»
«Nie im Leben! Aber dafür den Gedanken, mit Éliane ins Ausland zu gehen. Oder ... nein, eigentlich stimmt das auch wieder nicht – es war jeden Tag verschieden. Einmal wollte er mit ihr auf und davon, und gleich danach wollte er mit ihr brechen. Letzten Endes waren die Gewissensbisse bei ihm doch wohl stärker als die Liebe. Er fühlte sich beiden Frauen gegenüber schuldig. Er wollte niemand kränken. Wenn er zum Beispiel der einen ein Schmuckstück kaufte, so mußte die andere das gleiche, oder ein ähnliches, bekommen. Und das ist nur ein Beispiel unter vielen. Tja, so war er eben ... Und stellen Sie sich vor, was letztes Jahr passiert ist: Seine Frau ging zur Kur nach Vichy und fuhr also mit Julia dorthin. Und da sollte Éliane auch etwas Besonderes haben. Da hat er ihr doch tatsächlich den Schlüssel zu seiner Wohnung gegeben und erlaubt, sich dort häuslich niederzulassen, drei Wochen lang! Er hat sie lediglich ermahnt, vorsichtig zu sein, damit die Sache im Haus nicht auffiel ... Also, wenn Sie mich fragen, das ging denn doch zu weit; das hab ich ihm auch gesagt, als er mir davon erzählte. Aber, wie gesagt, so war er eben – irgendwie zu nachgiebig. Ja, und jetzt ...» Sie hatte nun doch Tränen in den Augen.
Gerade in diesem Augenblick kamen die Leute vom Erkennungsdienst. Ich verabschiedete mich also und ging zu Fontanelles Wohnung in der rue de Lübeck. Ich hatte irgendwie den Eindruck, daß sich die Schleier des Geheimnisses schon bald lüften würden. Ich jedenfalls war nach allem zu der Überzeugung gekommen, daß eine der drei Frauen ... Ich läutete.
«Madame Fontanelle?»
«Ja, bitte ...»
Sie trug einen Tailleur von raffinierter Einfachheit. Mir fiel sofort ihr

blasses und zugleich fiebriges Aussehen auf; trotz des Make-ups war zu erkennen, daß sie leicht verschwollene Lider hatte, so als ob sie kurz zuvor geweint hätte. Sie wirkte überhaupt nicht hektisch. Als ich mich vorstellte – Namen und Dienstgrad –, streckte sie wie haltsuchend die Hand nach dem Türknauf aus. «Ja, bitte? Was – was führt Sie zu mir?» fragte sie leise.

Ich war selbst etwas fassungslos und hatte zudem einige Skrupel. Ich war ja nicht nur gekommen, um ihr die Unglücksbotschaft zu bringen, ich wollte ihr auch Fragen stellen. Mutete ich ihr damit nicht zuviel zu? Aber andererseits war ich mit den Ermittlungen beauftragt... Behutsam und schonend teilte ich ihr mit, daß ihrem Mann etwas zugestoßen sei.

«Ein Unfall», murmelte sie.

«Leider nicht, Madame. Ein Mord.» Und ich setzte sie mit einigen kurzen Sätzen von dem Vorfall in Kenntnis.

«O Gott, mein Gott... Philippe...» hauchte sie. «Wo ich ihn doch...» Danach schnappte sie plötzlich nach Luft, als ob sie am Ersticken sei. Noch ehe ich Zeit fand, sie zu stützen, war sie vornübergekippt und glitt an mir entlang zu Boden. Sie war bewußtlos.

Sie war klein und zierlich, und ich hatte keine besondere Mühe, sie aufzuheben. «Ist da jemand?» rief ich in die Wohnung. Aber es kam keine Antwort. Julia, die Schwester, war offenbar ausgegangen. Ich mußte also sehen, wie ich allein zurechtkam, lief mit der bewußtlosen Hélène auf dem Arm durch mehrere Räume und legte sie dann in dem Zimmer, das mir am ehesten zu ihr zu passen schien, sachte aufs Bett. – Aus der Jackentasche ihres Tailleurs schaute ein Brief hervor. Und diesmal hatte ich wirklich keine Skrupel. Ich zog den Brief heraus und entfaltete ihn.

*Chéri,*
*ich bin zutiefst unglücklich. So unglücklich, daß ich endlich den Mut aufbringe, den Tatsachen ins Auge zu sehen. So wie es jetzt ist, kann es nicht weitergehen. Darum laß uns Schluß machen. Ich weiß, Du wirst mich verabscheuen, weil ich mich für die entschieden habe, die Du immer nur ‹die andere› genannt hast... Aber es gibt keinen anderen Weg, glaub mir. Ich hoffe nur, daß die Zeit langsam unsere Wunden heilen wird.*
*Ich werde Dich nie vergessen. Adieu.*

*Philippe*

Dieser Brief war praktisch soviel wert wie ein Geständnis. Hélène hatte ihren Mann umgebracht! Kein Wunder, daß sie in einer solchen Verfassung gewesen war – hektisch, fiebrig... Sie tat mir aufrichtig leid – aber andererseits empfand ich natürlich auch Genugtuung über meinen Fund. Ein Fall, der so gut wie abgeschlossen ist, bevor die Ermittlungen noch richtig begonnen haben – was für ein Erfolg! Und das in einem Beruf, in dem man es schon als gottgegeben hinnimmt, wenn man sich vergebens abschindet . . .

Hélène seufzte. Ich sah zu ihr hin – sie war wieder zu sich gekommen und blickte mich an. Sie tastete nach meiner Hand. «Das war ich . . .» sagte sie kaum hörbar. «Ich habe ihn umgebracht.»

«Bitte – das hat jetzt noch Zeit. Sie müssen erst mal wieder richtig zu sich kommen. Nachher sprechen wir darüber, ja?»

«Ach, es geht schon wieder . . . Vorhin, da hat sich plötzlich alles um mich gedreht, aber jetzt bin ich wieder in Ordnung. Also, es war so: gestern abend habe ich mich mit Julia gestritten, das ist meine Schwester . . . Natürlich wieder einmal wegen Philippe. Julia kann es nicht vertragen, wenn man ihr widerspricht. Sie regt sich jedesmal schrecklich auf, und hinterher ist sie dann stundenlang beleidigt. Manchmal sogar tagelang! Ich möchte meine Hand dafür ins Feuer legen, daß sie heute nicht zum Mittagessen heimkommt – nur um mir zu zeigen, daß . . .»

«Sachte, sachte», warf ich ein. «Nicht soviel auf einmal. Versuchen Sie, der Reihe nach zu erzählen.»

«Natürlich. Entschuldigen Sie. Also gestern, nach dem Streit, habe ich ein Schlafmittel genommen. Ich bin dann heute morgen erst gegen neun aufgewacht. Ich wollte mir eine Zigarette anzünden, aber mein Päckchen war leer. Da bin ich ins Arbeitszimmer meines Mannes hinübergegangen; er hat nämlich einen kleinen Zigarettenvorrat in einer Schublade. Natürlich ist mein Blick sofort . . .» Sie brach ab, faßte sich dann aber wieder. «Der Brief lag mitten auf dem Schreibtisch; man konnte ihn gar nicht übersehen. Wahrscheinlich ist mein Mann schon in aller Frühe zurückgekommen – das hat er oft so gemacht. Er hat diesen Brief geschrieben und die Wohnung dann ganz leise wieder verlassen. Ja, so muß es gewesen sein; Auseinandersetzungen ist er nämlich immer aus dem Weg gegangen, wissen Sie! Tja, und dann . . . Als ich den Brief gelesen hatte, war ich wie von Sinnen. Mir fiel nichts Besseres ein, als nach Julia zu rufen, aber sie war weg. Da habe ich mich rasch angezogen und bin zu meinem Mann ins Büro gestürzt . . . Und dann . . . Aber Sie wissen ja, wie es weitergegangen ist. Aber glauben Sie mir bitte . . .» Sie richtete sich auf. «Ich habe ihn beinahe auf den Knien angefleht, doch bei mir zu bleiben. Aber er blieb hart. ‹So geh doch schon!› hat er immer wieder gesagt. ‹Ich hab mich entschieden.› Und da habe ich plötzlich den Kopf verloren . . .»

«Ich verstehe . . . Ich muß Sie nun leider bitten, mit mir zu kommen. Es tut mir selbst leid, aber meine Pflicht . . . Glauben Sie, daß Sie imstande sind, ein Köfferchen mit dem Nötigsten . . . ? Wenn Sie wollen, bin ich Ihnen gern behilflich.»

Hélène setzte sich auf. «Es wird schon gehen, Monsieur», meinte sie.

Vorne an der Wohnungstür wurde ein Schlüssel ins Schloß gesteckt. Wir hörten, wie die Tür zufiel und Schritte näher kamen. Wir sahen uns an.

Julia blieb auf der Schwelle stehen. Sie war ein völlig anderer Typ als Hélène. Sie trug ein beigefarbenes Kostüm, das aussah, als sei es von der Stange gekauft. Aber ich achtete vor allem auf ihre Augen. Es gibt die verschiedensten Arten von blauen Augen – ihre waren kalt und intelligent und musterten mich argwöhnisch.

Ich stellte mich vor und erklärte kurz, warum ich da war.

Julia quittierte meine Worte mit Schweigen und beschränkte sich darauf, ihre Schwester zu beobachten.

Ich beschloß, gleich aufs Ganze zu gehen. «Hier, diesen Brief hat Ihre Schwester im Arbeitszimmer ihres Mannes gefunden . . . Sie ist sofort zu ihm ins Büro gelaufen. Zufällig war er allein; es kam zu einer Auseinandersetzung, und dabei hat sie ihren Mann in einem Anfall von geistiger Verwirrung erstochen . . . Sie hat im übrigen bereits alles gestanden. Nach Lage der Dinge möchte ich annehmen, daß sie mit einem Freispruch rechnen kann.» Darauf zog ich den Brief hervor und begann ihn langsam vorzulesen.

Aber Julia unterbrach mich, noch ehe ich zu Ende gekommen war. «Sie brauchen gar nicht weiterzulesen, Monsieur! Ich weiß genau, was da drin steht. Den Wisch da habe ich bereits heute früh gelesen, während Hélène noch schlief . . . Ich wollte die Sache sofort aus der Welt schaffen, noch ehe sie aufwachte, und habe sofort meinen Schwager im Büro aufgesucht. Ich habe ihn zur Rede gestellt, und dann ist er derartig ausfallend geworden, daß ich den Kopf verlor und . . .»

«Hören Sie nicht auf sie!» fuhr Hélène dazwischen. «Kein Wort davon ist wahr! Sie will mich nur retten!»

«Monsieur le Commissaire», sagte Julia nachsichtig, «schauen Sie sie doch bloß mal an! Wie hätte sie die Kraft aufbringen sollen, ihn . . .»

«Du solltest wissen, welche Kraft einem der Zorn . . .»

«Du weißt ja nicht, wovon du redest!»

«Hör mal, ich hätte dich schließlich sehen müssen, wenn du im Büro gewesen wärst!»

«Und ich? Ich hätte dich auch gesehen, wenn . . .»

Eine der beiden log also. Aber welche? Sie wirkten alle beide sehr überzeugend! Ob sich Julia wieder einmal schützend vor die jüngere Schwester stellen wollte? Vielleicht glaubte sie, Fontanelle, den sie zweifellos haßte, wirklich erstochen zu haben? Möglich war's schon . . . Und Hélène? Wahrscheinlich war ihr klargeworden, daß sie nicht ganz schuldlos an der ganzen Entwicklung war, und deswegen wollte sie nun alles auf sich nehmen. Auch möglich! . . . Oder sollte sich Julia jetzt eben, bei der Lektüre des Briefs, dieses Geständnis aus den Fingern gesogen haben? Andererseits konnte auch Hélène bei der Nachricht von der Ermordung ihres Mannes sofort geschaltet und beschlossen haben, ihre Schwester zu decken . . .

Vertrackte Situation . . . Da hatte ich zwei Schuldige zur Auswahl und wußte nicht, welche der beiden sich für die andere opfern wollte. Und von allen – bekanntlich kurzbeinigen – Lügen haben die von Liebe motivierten erfahrungsgemäß noch die längsten Beine. Wirklich großartig!

Diesmal setzte ich wirklich alle Hoffnungen auf das Labor, denn *eine* Chance gab es noch. Wenn alle beide – Hélène und Julia – den Brief in der Hand gehabt und Fingerabdrücke hinterlassen hatten, dann half mir das allerdings keinen Schritt weiter. Wenn es sich aber herausstellen sollte, daß Hélène allein . . . Wenn Julia vor Verlassen der Wohnung gar nicht im Arbeitszimmer gewesen war und auch nichts von dem Abschiedsbrief gewußt hatte . . . Obwohl – so richtig zwingend war das auch wieder nicht. Julia konnte sich über den Brief gebeugt und ihn gelesen haben, ohne ihn zu berühren . . .

Aber dann half mir das Labor tatsächlich aus der Klemme. Ich seufzte erleichtert auf.

Auf dem Brief befanden sich – außer meinen eigenen Fingerabdrücken – wie vermutet die von Hélène. Aber darüber hinaus ganz klar erkenntlich noch die einer dritten Person. Julia? Nein . . . Es waren die von Éliane, der Geliebten Fontanelles. Die Erklärung war ganz einfach: der Brief war an sie gerichtet gewesen. Fontanelle hatte sich entschieden, bei seiner Frau zu bleiben und sich von Éliane zu trennen.

Éliane legte ein Geständnis ab. Sie hatte den Brief am Tag vor Fontanelles Rückkehr per Post erhalten. Voller Erregung war sie gleich am nächsten Morgen zu Fontanelles Wohnung gelaufen, um ihm den Brief unter Protest zurückzugeben. Und da sie noch den Wohnungsschlüssel besaß, war sie einfach eingedrungen. Dann hatte sie in Fontanelles Arbeitszimmer gewartet – völlig unbemerkt übrigens, denn Julia war bereits ausgegangen, um sich nach ihrem Streit mit Hélène an der frischen Luft abzureagieren, und Hélène schlief noch fest . . . «Aber dann» – ich zitiere aus dem Protokoll von Élianes Geständnis – «dann ist mir die Zeit zu lang geworden, und ich dachte, Philippe ist vielleicht direkt in sein Büro gegangen . . . Ich wollte ihn dann dort zur Rede stellen, habe den Brief aber für den Fall, daß er doch noch zu Hause eintreffen sollte, gut sichtbar auf den Schreibtisch gelegt. Als meine Visitenkarte sozusagen. Ich dachte, Philippe würde dann sofort verstehen, daß ich nicht gewillt war, mich so einfach abschieben zu lassen.»

Ja, und dann hatte sie Fontanelle in seinem Büro angetroffen . . .

In der Zwischenzeit war Hélène aufgestanden und hatte den Brief entdeckt. So, wie er formuliert war, mußte sie annehmen, er sei an sie gerichtet. Als ich ihr kurz darauf dann noch mitteilte, ihr Mann sei umgebracht worden, da brannte bei ihr, wie man so sagt, eine Sicherung durch. Ihre erste Reaktion: Julia hatte den Brief gelesen und sie gerächt! Worauf wieder sie es als ihre Pflicht ansah, die Tat der Schwester auf sich zu nehmen und das falsche Geständnis abzulegen.

Für Julia ihrerseits war es klar – und dazu brauchte sie den Brief gar nicht zu Ende zu hören –, daß Hélène die Tat begangen hatte, weil sie die Erniedrigung nicht verkraften konnte. Und Julia, die sich immer schützend und aufopfernd vor Hélène gestellt hatte, tat es auch diesmal.

Wie dem auch sei – ohne die Hilfe des Labors hätten wir den Fall wahrscheinlich nie gelöst. Vielleicht hätten wir letzten Endes doch noch eine der beiden Schwestern festgenommen, die zwar beide unschuldig, aber jeweils so fest von der Schuld der anderen überzeugt waren, daß jede die andere durch eine Selbstbezichtigung zu retten versuchte. Éliane jedenfalls hätte von allein den Mund nicht aufgemacht . . .


## Toto

«Georges! Los, eil dich ein bißchen! Dein Bruder ist fertig!»

Georges knurrt etwas vor sich hin und tut so, als habe er nichts gehört, um Zeit zu gewinnen.

«Georges, ich leg dir 2 Francs auf den Kamin. Kauf Maurice was zum Lutschen, ja?»

Nicht mal bei dieser Hitze lassen sie einen in Ruhe! Georges stößt wütend seinen Stuhl zurück.

«Und ihr geht im Schatten, ja? Du weißt ja, wie empfindlich Maurice ist . . . Hast du gehört, Maurice? Du mußt schön brav sein, mein Schatz. Immer schön machen, was Georges sagt . . . Und du nimmst ihn an der Hand, Georges, wenn ihr über die Straße geht, verstanden!»

«Also, Mama!» Georges hat die Nase nun wirklich voll. «Du tust ja so, als sollte ich ihn zum erstenmal Gassi . . .»

«Georges, ich verbitte mir diese . . .»

«Ich hab mit der Zeit kapiert, worauf's ankommt. Und es kotzt mich an, verstehst du . . . Los, Toto – mitkommen!»

«Georges, wie oft hab ich dir . . . Du sollst ihn nicht ‹Toto› nennen! Er ist doch dein Bruder! Also, wenn dich Papa hören könnte . . .»

«Kann er aber nicht . . . Auf geht's, Toto – rechts schwenkt marsch!» Er schlägt die Tür zu und drückt den Fahrstuhlknopf. Er fühlt den Zorn in sich reifen wie ein eitriges Geschwür; der Zorn ist wie ein stechender Schmerz in der Brust.

«Finger weg!»

Er schlägt Maurice auf die Hand, die sich zielstrebig den Bedienungsknöpfen des Fahrstuhls genähert hat. Es gibt nichts Schöneres für Maurice, als die Kabine zwischen zwei Etagen zum Halten zu bringen . . . Bin ich eigentlich ein Kindermädchen? denkt Georges erbittert. Das alles hängt ihm nun wirklich zum Hals raus. Meterlang.

Unten auf der Straße zögert er etwas. Er weiß genau, daß oben im vierten Stock ein Fenster einen Spalt breit geöffnet ist, daß zwei wachsame Augen zu ihnen hinunterspähen. Er nimmt seinen Bruder an der Hand. Er packt zu, als ob er ein nasses Handtuch auswringen wolle.

Maurice stößt einen Wehlaut aus.

«Paßt dir wohl nicht, was?» murmelt Georges. «Um so besser...» Als sie um die Ecke sind, läßt er die Hand los. «Du bist weiß Gott allmählich groß genug, um allein zu laufen – hm, Toto?»

Georges ist in dem Alter, in dem man Verschiedenes unter seiner Würde findet – zum Beispiel ein Paket zur Post tragen oder mit seinen Eltern spazierenzugehen. In dem Alter, in dem man immer meint, in den Augen der Mädchen Spott zu lesen... Und nun ständig mit diesem Toto im Schlepptau!

Ohne jede Vorankündigung überquert Georges die Straße. Ein verstohlener Blick über die Schulter: Toto folgt in einem Meter Abstand... Hier knallt die Sonne auf das Trottoir. Die Hitze ist fast unerträglich. Wenn dieser gräßliche Toto doch wenigstens mal einen Sonnenstich kriegte! Wenn er irgendwas kriegte, was ihn ein paar Wochen krank ins Bett... Georges bleibt vor einem Schaufenster stehen, schaut sich Taucherausrüstungen an – Flossen, Sauerstoffflaschen, Brillen, Schnorchel... Toto steht neben ihm und hat den Daumen im Mund.

Ach ja – nur ein paar Wochen. Ein paar Wochen der Freiheit. Nicht jeden Tag Bericht erstatten müssen: Na, wie war's? – Er war brav. – War er wirklich brav, ja? – Sag ich doch. – Wie schön. Dann darf er morgen ins Kasperltheater. Du gehst mit ihm hin, ja?

Kasperltheater! Das ist das Schlimmste. Das Erniedrigendste.

Nein – so kann das nicht weitergehen! Wollen sie ihn zum Äußersten treiben? Die schaffen's, wenn sie so weitermachen... Alles dreht sich um Toto: *Haach – unser armes kleines Hühnchen... Ja, wie geht's ihm denn, unserem Liebling? Hat er's auch nicht zu warm?* Und man betastet den Hals und die Stirn – *Schwitzt er womöglich? Nein? Na wunderbar... Dann gehn wir jetzt brav in die Heia...*

Und ich, verdammt noch mal? Zähle ich überhaupt noch? Was bin ich denn? Meines Bruders Hüter? Okay. Aber doch nicht sein Lakai, sein Sklave, sein... Ach, was weiß ich!

Toto bückt sich und hebt eine Zigarettenkippe auf – seine neueste Masche... Soll er doch! Soll er doch dran lutschen, wenn's ihm Spaß macht. Von mir aus kann er sie runterschlucken... Aber dann nimmt er ihm doch das Ding weg, erklärt ihm – zum wievieltenmal? –, daß das Pfui ist, und schmeißt die Kippe in den Rinnstein... Diese Hitze! Er wischt sich mit dem Handrücken über die Stirn. Toto, das arme kleine Hühnchen, beschwert sich nicht; aber *ihm* ist zu heiß. Wieder überquert er die Straße, erreicht die schattige Seite... Toto?

Toto ist da.

Die Straße führt jetzt leicht bergab, zur Seine hinunter. Es herrscht ein ziemliches Gedränge. Viele Leute sind unterwegs. Fröhliche Leute, die sich an dem schönen Wetter freuen... Soll ich ihn in der Menge verlieren?

Na und?

Papa, Mama, die Großeltern: *Du herzloser Bengel! Du bist doch alt genug, um* ... *Aber du bist ja eifersüchtig! Du willst bloß selbst im Mittelpunkt* ...

Nein, so geht's nicht.

Und außerdem – natürlich bringen sie Toto zurück, und dann sitzt er gleich wieder auf seinem Thron, und der ganze Zirkus geht weiter ... Nein, ich muß mir was anderes ausdenken. Es muß doch ein Mittel geben ... Ach, wahrscheinlich gibt's überhaupt kein Mittel.

Da ist die Seine. Glitzern und Gleißen auf dem Wasser, tanzende Lichtreflexe unter der Brückenwölbung. «Schön ... Schön ...» Toto ist begeistert. Georges läßt sich von ihm zur nächsten Treppe zerren; sie steigen zum Quai hinunter – hier sind wenigstens keine Leute, denkt Georges. Toto ist vom Wasser fasziniert: er hockt sich auf den äußersten Rand des Quais und läßt die Beine baumeln. Ab und zu deutet er auf einen Schleppzug und dreht sich zu Georges um: «Schön ... schön ...»

Ja, in Gottes Namen – schön. Ach, mach doch, was du willst! Aber laß mich zufrieden ... Georges steckt sich eine Zigarette an und schaut sich um. Rechts pennt ein Clochard. Links, ein bißchen weiter weg, döst ein Angler und kratzt sich von Zeit zu Zeit an seinem Sonnenbrand. Sonst kein Mensch. Oben auf der Uferstraße braust der Verkehr. Hier ist es still. Hier kann man in Ruhe denken. Denken, was man will. Auch das, was man sich sonst nie zu denken traut.

Ein kleiner Stoß, und ...

Die Seine ist hier offenbar tief; der Angler hat den Schwimmer ziemlich hoch auf der Schnur, damit der beköderte Haken tief sinken kann.

Und nachher? Was soll er ihnen erzählen? *Maurice wollte unbedingt ans Wasser; er hat keine Ruhe gegeben. Und dann war es plötzlich passiert* ... Warum eigentlich nicht? Totos Launen haben Befehlscharakter – das weiß schließlich die ganze Familie. Und außerdem ... Irgendein kühner Retter jumpt bestimmt im letzten Moment hinterher und holt ihn raus. Dann brauch ich ihn bloß in ein Taxi zu packen und so schnell wie möglich nach Hause ... Es gibt ein entsetzliches Theater, aber eines ist sicher: *Danach* vertrauen sie mir den kostbaren Toto nie mehr an ...

Georges schaut zu Toto hinüber. Der hat die Hände zwischen die Schenkel geklemmt und hackt mit den Absätzen rhythmisch gegen die Quaimauer. Ein ganz kleiner Stoß ... Der Clochard schnarcht. Der Angler döst. Georges geht auf Toto zu. Toto schaut zu ihm auf: «Durst», sagt er.

Durst, so ... Gleich kriegst du was zu saufen – Ehrenwort! Er steht jetzt dicht neben Toto. Er hält den Atem an; jeder Muskel ist angespannt ...

Und dann geht alles sehr schnell.

Georges hat den Mund voll Wasser. Er fuchtelt mit den Armen. Die Strömung zerrt ihn schon zur Flußmitte. Wenn ich schwimmen könnte ... Wenn ich nicht damals die Mittelohrentzündung ... Das letzte, was er sieht, ist Totos rundes Gesicht. Die mongoloiden Schlitzaugen. Die platte Nase. Das blöde Grinsen ... Dann ist der strahlendblaue Himmel weg. Das Wasser ist grün. Dunkelgrün. Schwarz. Er denkt, komisch, daß einer mit achtzehn so stark ist wie ein Gorilla und doch nur das Hirn eines kleinen Kindes ...

Dann denkt er gar nichts mehr.

## Der Hund

Cécile war an jenem Punkt angelangt, an dem der Schmerz in Erschöpfung umschlägt. Wo man nur noch den einen Wunsch hat: sich fallenlassen und schlafen, endlos lang schlafen ... Sie konnte sich nicht einmal mehr daran erinnern, wo sie ihren 2 CV abgestellt hatte; sekundenlang ging es ihr wie einem Menschen, der aus tiefem Schlaf auftaucht und vorübergehend weder weiß, wo er sich befindet, noch sich an seinen eigenen Namen erinnern kann. Aber dann kam ihr das Bewußtsein für die Gegenwart zurück; sie machte kehrt und hielt sich energisch vor Augen, daß sie die ganze Angelegenheit überbewertet hätte, daß sie so ungeheuerlich nun auch wieder nicht gewesen wäre. Wahrscheinlich geht es allen so, dachte sie. Wahrscheinlich kommt bei jedem jungen Ehepaar über kurz oder lang der Augenblick, in dem man den anderen so sieht, wie er wirklich ist. Aber ist das dann auch das Ende der Liebe? Oder vielleicht der Anfang einer neuen Liebe? Vielleicht eine Art Lehrzeit, an deren Ende Traurigkeit und Resignation stehen? Würde Maurice nun für immer der Fremde bleiben, zu dem er vorhin für sie geworden war? Die Wandlung hatte sich in Bruchteilen von Sekunden vollzogen – nach außen hin war es derselbe Mann – ihr Mann, den sie so geliebt hatte ... Der Unterschied lag nur darin, daß sie sich jetzt schämte, zu ihm zu gehören. Erstens einmal war er schmutzig. Und dann diese Angewohnheit, beim Malen den Pinsel zwischen den Zähnen zu halten! Ganz abgesehen von dem dämlichen Schlagergesumme ... Und überhaupt – seine Zeichnungen! Strichmännchen, wie von Kinderhand stammend: einen Kreis für den Kopf, ein paar Striche als Haare, ein strichförmiger Körper ... Und diesen Quatsch nannte er dann Ideogramme! Werbung muß schockieren, wenn sie ankommen soll, war einer seiner Aussprüche. Na ja, um Erklärungen war er ja ohnehin nie verlegen! Genauso, wie er nie unrecht hatte ... Sämtliche Wände im Atelier waren mit fürchterlichen Skizzen bepflastert, in denen eine Seife, eine Mine oder ein Apéritif angepriesen wurde ... Sein neuester Einfall: Eine Art Zapfsäule, die mit einer roten Flüssigkeit gefüllt war; ein Zuleitungsschlauch war an das Handgelenk eines Strichmännchens – eine Art Zwerg – angeschlossen.

Neben der Pumpe ein völlig absonderliches Wesen, das eine Schirmmütze mit der Aufschrift *Blutbank* trug. Und unter dem Zwerg der Werbetext: *Zehn Liter, bitte!* Und so was wollte er verkaufen! Zum erstenmal war sie richtig böse geworden; der ganze angestaute Groll war mit einemmal in ihr hochgestiegen. Was war das für ein Leben? Überall Schulden, keine Aussicht auf eine gesicherte Existenz, und die Erbschaft, die er gemacht hatte, in zwei Jahren auf den Kopf gehauen!

Und dann war plötzlich der Knacks dagewesen. Sie hatte Maurice nicht mehr wie bisher mit den Augen einer liebenden Frau gesehen. Sondern mit denen eines Fremden, etwa eines Arztes oder Polizisten. In seinem Gesicht hatte die Wut des Versagers gestanden, der aufmucken möchte, der am liebsten blindlings um sich schlagen möchte, aber zu feige ist . . .

Und jetzt mochte sie nicht mehr nach Hause, weil sie wußte, daß sie in Tränen ausbrechen würde, sobald sie diesem Mann gegenübertrat, der seine Maske verloren hatte. Es war zwecklos, sich etwas vorzumachen: was ihr da zugestoßen war, war grauenhaft. Wenn Maurice zum Beispiel krank geworden wäre – es hätte ihr nichts ausgemacht, arbeiten zu gehen. Materielle Schwierigkeiten schreckten sie nicht. Aber noch nicht mal diese Zuflucht war ihr vergönnt – Maurice hatte nicht erlaubt, daß sie sich einen Job suchte. In seiner Familie blieben die Frauen zu Hause, hatte er gemeint. Schön und gut, aber in seiner Familie, da war man eben wohlhabend gewesen!

Cécile kramte in ihrer Tasche nach den Autoschlüsseln. Das Auto: auch so ein Streitobjekt. Ein Verwandter – Onkel Julien – hatte Geld für den Kauf vorgeschossen, 4000 Francs . . . Er hatte eingesehen, daß Maurice seine Entwürfe nicht gut unter dem Arm durch Paris tragen konnte. Maurice hatte sich da wieder mal erfolgreich etwas zusammengemogelt, wie er überhaupt . . . ja, der Mann, den sie geheiratet hatte, war ein Hochstapler. Einer, der ständig darüber nachsann, wie er sich selbst und die anderen erfolgreich zum Narren halten konnte. Nein – so konnte es nicht weitergehen. Cécile knallte die Wagentür zu und scherte aus der Reihe der parkenden Wagen aus. Nie mehr würde sie diesen Wagen benutzen. Er gehörte ihnen ja gar nicht! Sie würde zu Fuß gehen. Sie würde sich daran gewöhnen, ohne allen Luxus auszukommen. Sie würde nie zu Kreuze kriechen, *sie* nicht . . . Elternlos und geschieden, würde sie sich trotzdem irgendwie durchwursteln.

Während des Fahrens fiel ihr ein, daß sie Brot und Aufschnitt vergessen hatte. Ach was! Sollte Maurice doch sehen, wie er zurechtkam! Sie hatte es satt, ihn hinten und vorn zu bedienen!

Sie bog in das Sträßchen am Rande des Bois de Vincennes ein, in dem sie wohnten. Doch dann nahm sie den Fuß vom Gas. Dort vorn, vor ihrer Wohnung, das große grüne Auto, ein Buick oder Pontiac . . . Das war doch bestimmt . . . Noch bevor sie nahe genug heran war, um die Nummer des Départements lesen zu können, hatte sie sie instinktiv erraten: es war eine 85! Also jemand aus der Vendée . . . Also der Onkel! Der will sein Geld, war ihr erster Gedanke. Natürlich! Maurice konnte hundertmal erzählen, daß Onkel Julien eine Seele von Mensch sei – sie hatte immer gewußt, daß er sein Geld eines Tages zurückverlangen würde. War doch klar! Nur ihr lieber Maurice konnte es fertigbringen, vor den Tatsachen des Lebens die Augen zu verschließen. Und jetzt? Sie würden den Wagen wieder verkaufen ... Blieb immer noch eine Differenz von etwa 1000 Francs!

Da – das grüne Auto fuhr los. Cécile hätte beinahe Gas gegeben. Um den Onkel einzuholen, sich ihm vorzustellen, ihm zu erklären ... Was eigentlich? Aber der Wagen sauste davon ... Weg!

Cécile stellte den 2 CV dort ab, wo vorher der grüne Wagen gestanden hatte. Sie hatte es keineswegs eilig, zu Maurice hinaufzugehen. Kochen, Kippen wegräumen, immer dasselbe. Und immer von Maurices Begeisterungsausbrüchen begleitet, bei dem jeder Entwurf *der* Schlager war!

Warum hatte sie auch nur unbedingt heiraten müssen! Sie wäre allein bestimmt gut zurechtgekommen. Sie schloß sorgfältig den Wagen ab und stieg die Treppe hinauf. War denn heute alles anders? Auch das Haus kam ihr plötzlich fremd vor. Gerüche, die sie früher nie wahrgenommen hatte, stiegen ihr in die Nase. Sie war angeekelt. Sie fühlte sich so allein und verlassen wie jemand, der plötzlich seinen Glauben verloren hat.

Maurice sang, als sie die Wohnung betrat.

«Cécile! Cécile, bist du's?» rief er ihr entgegen. Er kam sogar auf den Vorplatz herausgerannt. In der linken Hand hatte er ein Bündel Krawatten und in der rechten ein Paar Schuhe. «Cécile! Wir gehen auf Reisen! Wir fahren weg, meine kleine Cécile ... Aber – was hast du denn?»

«War das eben dein Onkel?»

«Ja. Wieso – hast du ihn gesehen?»

«Nein – nur noch sein grünes Auto ... Mit einer 85 ... Was hat er gewollt – sein Geld, nicht wahr?»

«Geld? Ach soo! Nein, nein, davon redet jetzt kein Mensch mehr. Das sind ganz olle Kamellen, verstehst du? Komm, ich erzähl dir alles.» Er legte den Arm um ihre Schulter und führte sie in den Raum, den er sein Atelier nannte. Er wischte einen Stapel Papiere von einem Stuhl und nötigte sie, Platz zu nehmen. «Also, es ist so: Julien muß ganz plötzlich verreisen – warum, hat er nicht gesagt, aber das ist auch egal. Er hat nur gesagt, daß wir ihm einen Riesengefallen täten, wenn wir in seiner Abwesenheit im Schloß nach dem Rechten sehen würden ... Wart doch, wart's ab! Ich weiß, die beiden Aguerez, das alte spanische Dienerehepaar ... Eben das ist es ja: die sind nach Spanien zurück. Die Arbeit ist ihnen schon lange zuviel gewesen, schließlich sind sie beide in den Siebzigern, und da hat er sie gehen lassen. Und weil Julien noch keine Zeit hatte, sich nach jemandem umzusehen, da hat er halt an uns gedacht.»

Cécile hatte ihn noch nie so aufgedreht gesehen. Er ist ein richtiges Kind, dachte sie. «Aber so Hals über Kopf ... Er wird uns doch Zeit lassen, unsere Sachen...»

«Ausgeschlossen!» Die Krawatten flogen in den Koffer, der bereits am Überquellen war. «Ich hab dir doch mal erzählt, daß er einen Hund hat. An dem er mächtig hängt, den er aber nicht mitnehmen kann. Na, und der Köter muß versorgt werden, sonst krepiert er noch. Und was der am Tag so zu vertilgen scheint... Ein deutscher Schäferhund – eigentlich sogar ein Wolfshund... Aber du magst Schäferhunde, nicht wahr? Sag mal... Cécile, freust du dich nicht?»

«Ach, ich weiß nicht recht. Wenn wir deinem Onkel nicht soviel Geld schuldeten... Aber so...»

Maurice kniete sich vor ihr nieder und legte seine Arme um ihre Taille. «Das ist alles geregelt, Kleines. Bestens geregelt. Julien erläßt uns die Schuld – unter der Bedingung, daß wir sofort aufbrechen. Es ist ja nicht allein der Hund, auch das Schloß. Man kann so einen Kasten nicht ohne Aufsicht lassen – mit allem, was darin ist. Gemälde, Silber und das Mobiliar! Wenn er ihm gehörte, würde er sich wahrscheinlich weniger anstellen. Aber so – wo er nach dem Tod seiner Frau sozusagen nur das Nutzungsrecht hat und das Schloß nach seinem Tod an einen Vetter geht – da hat er doch die Verantwortung!»

Cécile betrachtete das zu ihr emporgewandte Gesicht, die glatte Stirn, die warmen braunen Augen mit den hellen Tupfen, in denen sich zwei nachdenkliche Céciles spiegelten. Sie legte ihm sanft die Hände auf die Augen und verdeckte ihr Spiegelbild. Dann beugte sie sich – fast gegen ihren Willen – zu ihm hinunter und murmelte: «Ja, gut... Wir fahren ab.»

Maurice sprang auf. Er war jetzt nicht mehr zu halten, holte ihre Kleider, Schuhe und Wäsche aus dem Schrank. «Laß nur, laß», wehrte er ab. «Ich mach das schon!» Er steckte mit halbem Oberkörper in mehreren Koffern zugleich, hatte sie in Windeseile gefüllt und preßte sie mit Gewalt zu. Dabei redete er ununterbrochen. «500 Kilometer, ganz schön... Bis heut abend haben wir's geschafft. Übrigens, ich war selbst auch noch nie dort... In der Gegend von Légé – irgendein gottverlassener Ort. Die Leute dort sind die reinsten Hinterwäldler und obendrein noch Royalisten! Denen ist Julien heut noch ein Dorn... Ach, gib mir doch mal die Pullover... Also, was glaubst du, meine Tante hatte nicht mal den Mut, sich dort trauen zu lassen. Die hätten das Paar mit faulen Tomaten beschmissen! War ja auch zuviel für die Leute: eine Forlange, die in direkter Linie von – na, von mir aus von den Rittern der Tafelrunde abstammt, und Julien, von dem du dir inzwischen bestimmt auch schon ein Bild gemacht hast... Du könntest vielleicht ein paar belegte Brötchen... Was ist? Du hast keine...? Ach was, macht nichts. Julien hat mir 100 Francs für die Reise gegeben. Wenn wir Hunger kriegen, essen wir irgendwo unterwegs.»

Sie fuhren los. Maurice war furchtbar aufgekratzt; er redete und lachte in einem fort, so daß sich Cécile allmählich zu fragen begann, ob er und

Onkel Julien ihr Wiedersehen vielleicht begossen hatten. Es war sonst nicht seine Art, dauernd Geschichten wiederzukäuen, die sie bereits in- und auswendig kannte: zum Beispiel wie Madeleine de Forlange und Julien Médénac sich kennengelernt hatten, wie sie sich so leidenschaftlich in ihn verliebt hatte, daß sie es zu einem Bruch mit ihrer Familie kommen ließ, und schließlich, wie sie sieben Jahre später – als Folge einer Bauchfellentzündung – auf den Kanarischen Inseln gestorben war. Das wußte sie doch alles! Onkel Julien war für Maurice eine Art Halbgott, den er – so vermutete sie – in allem und jedem nachzuahmen suchte. Nur daß ihr lieber Maurice offensichtlich nicht aus demselben Holz geschnitzt war wie dieser Julien, für den eine Frau aus adliger Familie alles geopfert hatte . . .

«Hat er seine Frau sehr geliebt?» fragte sie.

«Du stellst aber auch Fragen, hör mal! Natürlich hat er sie sehr geliebt! Wenn einer wie er sich bereitfindet, sich in einem Schloß in der Vendée einmotten zu lassen, dann muß es ihn doch wirklich erwischt haben, oder?»

«Aber . . . Er war doch immer viel auf Reisen, oder?»

«Na klar. Mit seiner Frau sowieso . . . Und nachher . . . Wenn die Einsamkeit ihm zuviel wurde, dann hat er eben das Weite gesucht. Stell dir das doch mal vor: als einzige Gesellschaft dieses Dienerehepaar!»

«Sag mal . . . Was hättest du an seiner Stelle gemacht?»

«Aber Cécile! So 'ne dumme Frage! An seiner Stelle . . .» Er brach ab, starrte schweigend auf die Straße und zuckte dann die Achseln. «An seiner Stelle hätte ich erst mal sein mögen! Oder . . . nein», lenkte er rasch ein. «Weißt du, ich glaube, daß er im Grunde doch nicht so besonders glücklich . . . Heute morgen jedenfalls ist er mir sehr verändert vorgekommen – wie jemand, dem so ein Leben ohne konkrete Aufgabe keinen Spaß mehr macht. Abgemagert und alt geworden . . .»

«Warum verkauft er den Kasten nicht und läßt sich irgendwo in Cannes oder in Italien nieder? Dort hat er wenigstens Kontakt, kann sich mit anderen Menschen unterhalten . . .»

«Verkaufen? Ich hab dir doch gesagt, daß ihm selbst gar nichts gehört. Er erhält die Zinsen von dem Vermögen seiner Frau – und davon kann er sorgenfrei leben. Aber das Schloß bleibt Eigentum der Familie Forlange. Ist doch verständlich, oder?»

«O ja . . . Sicher.»

«Julien kann noch nicht mal einen Kerzenhalter verscherbeln, nichts, verstehst du?»

Cécile nickte nur. «Wenn er aber nun lange wegbleibt – müssen *wir* dann dort hinziehen?» fragte sie.

«Lange weg? Ach, das glaub ich nicht. Der macht eine kleine Spritztour von vierzehn Tagen, vielleicht drei Wochen, und dann kommt er zurück. So jung ist er schließlich auch nicht mehr.»

Maurice schwieg eine Weile, und Cécile nutzte die Zeit zum Überlegen. Drei Wochen! Und danach? Wie sollte es weiter . . . Das Schaukeln des Wagens machte sie allmählich schläfrig. Dennoch versuchte sie, das Gespräch aufrechtzuerhalten.

«Wenn dieser Hund nicht wäre, hätte er nie daran gedacht, uns einzuladen.»

«Na hör mal! Also das find ich jetzt einfach mies von dir. Julien ist in Ordnung! Du wirst es ihm doch nicht zum Vorwurf machen, daß er das Tier liebt!»

Cécile hörte nicht mehr hin. Sie überließ sich der bleiernen Müdigkeit, die sie von nun an vielleicht nie mehr abschütteln konnte. *Nicht-Liebe*, dachte sie . . . Was für ein komisches Wort – *Nicht-Liebe* . . . Woher das wohl kommt? Dann schlief sie ein.

Sie wachte auf. Die Kälte kroch an ihr hoch. Maurice war aus dem Wagen gestiegen und studierte im Scheinwerferlicht die Landkarte.

Cécile schrie auf, als sie sich aufrichten wollte. Sie war völlig steif; jeder einzelne Muskel schien sich verspannt zu haben. Als sie den Fuß aus dem Wagen setzte, wäre sie beinahe hingefallen.

«Na, da bist du ja», sagte Maurice, als er ihrer ansichtig wurde. «Ich hab schon gedacht, du wolltest überhaupt nicht mehr aufwachen. Also – wir sind da. Oder wenigstens fast. Seit zwanzig Minuten kutschiere ich jetzt schon um Légé herum, ohne die richtige Straße zu finden. Aber es muß hier rüber sein . . .» Er faltete die Karte wieder zusammen.

In einiger Entfernung zeichnete sich die schwarze Silhouette eines Kirchturms gegen den Himmel ab. Um sie herum war eine so völlige Stille, daß die Schritte auf der unbefestigten Straße ein Echo gaben – fast wie in einem Gewölbe. Cécile fror, und ohne Maurice hätte sie auch Angst gehabt. Sie hatte immer in der Stadt gelebt – dort waren ihr die nächtlichen Geräusche vertraut. Aber das hier war eine ganz andere Welt; sie hatte die Grenzen passiert, ohne es zu merken. Alles, woran sie sich für gewöhnlich orientierte, galt hier nicht mehr. Sie stieg rasch wieder in den Wagen.

Maurice bog in einen Feldweg ein, der gerade breit genug für einen Wagen war. Von Zeit zu Zeit streiften Büsche am Wagen entlang. Das Licht der Scheinwerfer tanzte auf dem holprigen Weg vor ihnen auf und ab. Sie sahen, wie ein Tier von der einen Seite zur andern huschte.

«Was war das?»

«Wahrscheinlich ein Hase . . . Ich nehme an, daß hier alles voller Wild steckt», antwortete Maurice. «Hast du Hunger?»

«Nein. Und du?»

«Ich auch nicht.»

Der Weg führte jetzt bergauf. Die Scheinwerfer trafen plötzlich auf eine Mauer, die oben mit Glassplittern gespickt war. Dahinter eine Reihe uralter Bäume.

«Da – der Park», sagte Maurice.

Sie fuhren an der Mauer entlang, die dick mit Efeu bewachsen war und sich ölig-schwarz an ihnen vorbeischob. Der Weg war jetzt völlig mit Laub zugedeckt. Dichtes, überhängendes Gebüsch zog schwadenartig über sie hinweg. Cécile war wie erstarrt, sie brachte kein Wort hervor. Und diese Mauer nahm und nahm kein Ende.

Maurice schien Ähnliches zu empfinden. «Armer Julien», murmelte er vor sich hin. «Der wird's manchmal auch nicht so besonders lustig da drin finden!»

Der Weg machte jetzt einen Knick. Ein mächtiges und reichverziertes Parktor tauchte auf.

Maurice hielt an und kramte in der Ablage einen Bund mit riesigen Schlüsseln hervor, den er mit einer komischen Grimasse in die Höhe hob. «Wird wohl 'ne Weile dauern!» meinte er. Aber dann hatte er den richtigen Schlüssel doch gleich gefunden und schloß auf. Unter Aufbietung aller Kräfte gelang es ihm, das Tor mit den schweren Eisenstäben aufzuziehen.

Sie passierten das Parktor; das Licht der Scheinwerfer erhellte jetzt eine breite Allee und – ziemlich weit entfernt – die Fassade des Schlosses, das völlig ausgestorben dalag.

«Nicht übel», meinte Maurice, «wirklich nicht übel!» Er machte eine drollige Verbeugung. «Gräfin ... Sie sind auf Ihren Ländereien angelangt.» Danach schloß er das Parktor wieder ab und setzte sich ans Steuer.

Cécile deutete auf ein Gebäude, das links von ihnen lag. «Was ist denn das?»

«Nach der Skizze, die Julien mir mitgegeben hat, müßten es die ehemaligen Stallungen sein. Und weiter vorn ist noch ein ausgebauter Teil, ein Gartenhaus ... Was das andere ist, weiß ich nicht – irgendwelche Nebengebäude.»

Plötzlich hörten sie den Hund bellen, und Cécile zuckte zusammen. Ein wütendes Bellen in der Nähe des Schlosses.

«Keine Angst – er ist eingeschlossen», sagte Maurice. «Aber Julien hat mir versichert, daß er gutartig ist.»

Der Hund knurrte, bellte ein paarmal heiser auf, stieß dann einige kurze und spitze Heultöne aus, die unvermittelt wieder in ein drohendes und wütend-heiseres Bellen übergingen.

«Wie unheimlich», sagte Cécile. «Weißt du wenigstens, wie er heißt?»

«Jury. Komischer Name, aber so heißt er eben.»

Sie stellten den Wagen direkt vor der großen Freitreppe ab und gingen zu dem Verschlag hinüber, aus dem das Bellen kam. Es war ein Schuppen, in dem alles mögliche Gartengerät abgestellt war; eine Ecke war als eine Art Zwinger eingerichtet, mit einem in kleinere Quadrate aufgeteilten Fenster und einer durch einen Riegel gesicherten Tür. Der Hund hatte sich aufgerichtet; hinter dem verstaubten Fenster waren die Umrisse seines Kopfs zu erkennen. Sein Atem bildete einen runden, beschlagenen Fleck auf der Scheibe. Seine Augen glänzten – wie die eines wilden Tieres, mußte Cécile unwillkürlich denken.

«Ich habe Angst», sagte sie. «Man könnte fast meinen, da steht ein Mensch!»

«Unsinn! Ein braver Schäferhund ist das, der mehr Angst hat als du.»

Der Hund heulte, dann hörten sie ihn hinter der Tür atmen und am Boden scharren.

«Wir müssen ihn wohl oder übel rauslassen», sagte Maurice. «Weißt du was? Wir geben ihm was zu fressen – da wird er sich schon beruhigen. Wart du hier auf mich – versuch, ihm gut zuzureden. Ich will sehen, ob ich was für ihn finde.»

Maurice ging zum Schloß. Der Hund lief in seinem Verschlag offenbar im Kreis; sein Atem ging sehr schnell. Wahrscheinlich hat er Durst, dachte Cécile. Er winselte leise, als sie ihre Hand auf die Türklinke legte. Das Winseln ging dann in ein langgezogenes und so menschlich anmutendes Wimmern über, daß Cécile ihre Scheu überwand und den Riegel zurückschob. Sie stieß die Tür eine Handbreit auf. Der Hund schob seine feuchte Schnauze durch den Spalt und leckte Céciles Hand. Dann drehte er den Kopf ein paarmal hin und her, verbreiterte dadurch die Öffnung und zwängte sich schließlich hindurch.

Ein großer dunkler Schatten kam auf die überraschte Cécile zu und lief schweigend um sie herum.

«Jury!»

Der Schatten richtete sich vor Cécile auf; eine Pfote legte sich schwer auf ihre Schulter. Die Augen des Hundes waren in gleicher Höhe mit den ihren. Sie fühlte seinen heißen Atem in ihrem Gesicht – dann fuhr ihr etwas Warmes, Weiches über Nase und Wange. Es war wie ein zärtlicher Schlag ins Gesicht.

«Jury! Dummer Kerl . . . Sitz!»

Der Hund gehorchte, und Cécile kauerte sich neben ihn und streichelte ihm über den Kopf. «Braver Hund», murmelte sie dabei. «Aber eben hast du mir wirklich Angst gemacht, hör mal . . . Mir zittern jetzt noch die Knie . . . Warum siehst du eigentlich so böse aus, Jury?»

Der Hund rollte mit den Augen, während Cécile ihn streichelte. Die Liebkosung war ihm so angenehm, daß er seinen mächtigen Kopf hob und mit halb geschlossenen Augen reglos verharrte.

«Dein Herrchen hat dich allein gelassen, ich weiß», fuhr Cécile fort. «Du bist auch nicht glücklich, genau wie ich . . . Aber siehst du, jetzt bin ich da, und ich mag dich.»

Der Hund streckte sich lang hin, vertrauensvoll und beruhigt; das eine Ohr war gespitzt, als wolle er keines von Céciles Worten verpassen. «Ein schöner Hund bist du, ja . . . ein schöner großer Jury. Morgen gehen wir zusammen spazieren, ja?»

«Ich komme!» schrie Maurice von der Treppe her.

Das Tier war mit einem Satz auf den Beinen; ein böses Knurren saß in seiner Kehle. Cécile hielt ihn mit beiden Händen am Halsband zurück.

«Schön brav, hörst du?» Mit einem Druck auf die Hinterflanken wollte sie ihn zum Sitzen zwingen, aber der Hund blieb stehen.

«Paß auf!» Sie schrie jetzt auch. «Komm langsam näher und zeig ihm das Fressen. Er kennt dich nicht.»

«Na hör mal! Meinst du vielleicht, er kennt dich?»

«Mit uns ist das was anderes! Stell den Napf ab und geh zur Seite!»

Sie fühlte, wie sich unter dem feuchten Fell alle Muskeln spannten. Sie fuhr ihm mit der gespreizten Hand beruhigend über die rauhen Rückenhaare, die mageren Flanken und die Nackenpartie. Der Hund zitterte vor Erwartung.

«Schon gut... Unser Jury bekommt was zu fressen. Hat ja solchen Hunger, unser schöner...»

«Also wie du dich mit dem Vieh hast!» Maurice klang verärgert. «Laß ihn fressen und komm jetzt schlafen!»

«Ach, sei doch still.»

«Ich bin still, wann's mir paßt!»

«Er mag dich eben nicht...»

«Und dich, dich mag er, ja. Völlig übergeschnappt, die Gute! Na, denn... Gute Nacht und gute Unterhaltung! Ich jedenfalls geh jetzt ins Bett; ich bin total erschossen.» Er zündete sich eine Zigarette an, blies den Rauch zu dem Tier hin und ging zum Schloß zurück.

«Da siehst du mal, wie er ist», flüsterte Cécile dem Hund zu. «Immer gleich wütend... Der ist imstand und redet zwei Tage lang nicht mit mir... Na ja... Friß nur, friß, Jury.» Sie war in die Hocke gegangen und sah dem Hund beim Fressen zu. Ihre Müdigkeit war verflogen. Und in der Nähe des Hundes hatte sie auch keine Angst mehr.

Maurice hatte die schwere Eingangstür offengelassen; das Licht fiel wie ein heller Teppich auf die Treppenstufen hinunter. Trotz seiner Erklärung, allein ins Bett gehen zu wollen, schien Maurice noch eine Schloßbesichtigung vorzunehmen – ein Fenster nach dem andern erhellte sich.

Cécile wäre am liebsten geblieben, wo sie war. Der Hund vergewisserte sich ab und zu mit einem kurzen Seitenblick, daß sie immer noch da war, und wandte sich dann wieder dem Freßnapf zu. Als er fertig war, gähnte er und beschnupperte Céciles Hände. «Nein, ich hab nichts mehr...» sagte sie. «Aber morgen bekommst du was Gutes – was ganz Besonderes...» Sie stand auf und ging zu dem Schuppen. Der Hund folgte ihr. «Schlaf gut, mein kleiner Jury... bis morgen.» Sie beugte sich hinunter und lehnte ihre Wange an den Hals des Tieres. Sie wußte nicht, warum – aber sie war irgendwie gerührt. Sie hatte die Empfindung, daß der Hund sie brauchte. «Und schön ruhig sein, ja? Heut nacht will ich nichts mehr von dir hören.»

Sie schloß ganz leise die Tür und schob den Riegel vor. Aber der Hund war schon wieder am Fenster und kratzte mit der Vorderpfote an der Scheibe, Cécile winkte ihm zu. Es tat ihr jetzt nicht mehr leid, Maurice hierher begleitet zu haben.

Cécile betrat das Schloß. Ein Raum nach dem andern tat sich geheimnisvoll-schweigend vor ihr auf. Das alte Parkett knackte vor ihr, als ob ein unsichtbarer Führer sie von Zimmer zu Zimmer geleite. Als sie plötzlich auf ihr eigenes Spiegelbild zuschritt, hätte sie beinahe erschreckt aufgeschrien. Nie und nimmer möchte ich hier wohnen, dachte sie. In jedem Raum Stuckdecken, Lüster und ein Möbelstück kostbarer als das andere – das reinste Museum. Alles nur auf die Vergangenheit konzentriert. Wo sollte man sich's denn hier mal so richtig bequem machen?

Sie war wieder in der Halle angelangt. Von hier aus schwang sich eine überbreite Treppe majestätisch nach oben. Die Wand neben der Treppe hing voller Jagdtrophäen.

«Ob du es noch bis nach oben schaffst?» Maurice war auf dem Treppenabsatz erschienen. Er war in Hemdsärmeln und hatte die lange Pfeife angesteckt, die er gern beim Malen rauchte.

Cécile fand ihn widerlich.

«Du hättest wenigstens das Licht hinter dir ausmachen können, wenn du schon überall durchgegangen bist unten!»

Cécile mochte ihm nicht sagen, daß sie dazu nicht den Mut gehabt hatte. – Maurice zeigte ihr das Schlafzimmer – es lag am Ende eines langen Ganges im ersten Stock. Dann ging er hinunter, um die Tür zu schließen und das Licht zu löschen.

Cécile stand am Fenster und sah in die Nacht hinaus, als er zurückkam. «Na, gefällt's dir?» fragte er. «Also wenn du mich fragst: die Fahrt hat sich gelohnt. Dieser Julien – ich glaub, der weiß gar nicht, wie gut er's hat! Aber uns so ein Bett zu geben! Da kann man ja gleich auf einer Parkbank...» Er fing an sich auszuziehen und summte dabei einen seiner geliebten Schlager.

«Du kannst ausmachen», sagte Cécile.

Maurice war trotz des harten Bettes offenbar auf der Stelle eingeschlafen – er atmete ruhig und regelmäßig. Cécile ging leise zur Tür und schloß ab. Sie horchte hinaus, lauschte dem nächtlichen Monolog des Schlosses – dem Quietschen, Rascheln, Knistern... Dann ließ sie sich neben ihren Mann ins Bett gleiten, konnte sich aber nicht entspannen. Ein Glück, daß der Hund da war... Der würde bellen, falls etwas Außergewöhnliches passieren sollte. Sie hatte einen Verbündeten.

Einen Verbündeten? Gegen wen?

Sie zwang sich zur Ruhe. Sie schloß die Augen, machte sie aber gleich wieder auf. Mit offenen Augen fühlte sie sich sicherer. Eigenartiger Geruch hier im Zimmer... Vielleicht nach verwelkten Blumen? Durch eine Kette von Assoziationen, deren Zusammenhang ihr selbst nicht klar wurde, kam sie wieder auf ihren Kummer. Nach diesem Intermezzo hier im Schloß würden sie wieder nach Paris zurückkehren; mit Maurice würde es so weitergehen wie bisher. Oder nicht? Er lag neben ihr und atmete friedlich. Probleme? Ein Fremdwort für ihn... Sein Egoismus umgab ihn wie ein Panzer. Er würde nie mit ihr – immer nur neben ihr sein. Cécile tastete sich mit dem Scharfsinn der Schlaflosigkeit bis auf den Grund ihrer Entfremdung von Maurice vor, führte sich ihre eigenen Fehler vor Augen. Mit welchem Recht wünschte sie sich eigentlich, daß Maurice lediglich eine Ergänzung ihrer selbst war? Warum sollte er nicht ein Gegensatz sein dürfen?

Sie stieß mit dem Bein an Maurice und rückte rasch zur Seite. Tränen liefen ihr über die Wangen; gleichzeitig empfand sie es als Erlösung, hier im Dunkeln lautlos vor sich hin zu weinen. Neben ihrem Mann, der nichts hörte und nichts sah . . . Vielleicht, dachte sie, ist noch nicht alles verloren, solange man sich körperlich nahe sein kann. Überlegen und Nachdenken, das macht alles kaputt. Am besten sollte man sich überhaupt keine Fragen stellen – wie ein Tier!

Ihre Gedanken umnebelten sich langsam. Sie lief auf einer Wiese an einem Fluß entlang, der sich dann als Wasserfall über hohe Felsen in die Tiefe stürzte. Ein dumpfes Tosen . . .

Sie schreckte auf. Nein, das war kein Traum. Das war das Gebrumme eines Motors.

«Maurice, Maurice, wach auf!»

«Ja, ja . . .»

Das Geräusch wurde lauter. Ausgeschlossen, daß es von der Straße kam. Es kam von der Auffahrt. Der Hund bellte auf; das Bellen ging in ein kurzes Jaulen über. Dann war er still.

«Reg dich nicht auf», sagte Maurice. Er knipste die Nachttischlampe an und schaute auf die Uhr. «Halb drei . . . Na so was! Wahrscheinlich hat Julien was vergessen und ist noch mal umgekehrt.»

«Das glaubst du selbst nicht», erwiderte Cécile.

«Wieso? Bei ihm kann man nie wissen . . . Ich geh mal nachsehen.»

«Maurice! Bitte . . . Laß mich nicht allein.»

Sie sprangen beide aus dem Bett und liefen aus dem Zimmer. Vom Gang aus ging ein großes Fenster auf die terrassenartig erweiterte Auffahrt vor dem Schloß. Ein Auto bog gerade auf den Seitenweg zum Gartenhaus ein.

«Und wenn es nun ein Wildfremder ist», sagte Cécile.

«Da hätte der Hund ein ganz anderes Theater gemacht!»

Das Auto fuhr um das Gartenhaus herum. Dann gingen die Scheinwerfer aus.

«Er hat doch das Recht, nach Hause zu kommen, wann es ihm paßt», meinte Maurice. «Vielleicht hat er sich's anders überlegt. Morgen früh werden wir's ja erfahren . . . Ist das kalt! Komm, wir gehen zurück.»

Sie liefen ins Zimmer zurück. Aber Cécile konnte nicht wieder einschlafen. Wenn Onkel Julien etwas vergessen hatte, hätte man ihn im Schloß rumoren hören. Es war aber völlig still. Und wenn er andererseits abgefahren war – womöglich, um sie nicht zu stören? Cécile machte sich jetzt Vorwürfe, diese Einladung so ohne weiteres angenommen zu haben. Sie kam sich wie ein Eindringling vor. Und wer war schuld? Natürlich Maurice, der einfach kein Gefühl dafür hatte, was sich schickte und was nicht . . .

Endlich, endlich wurde es Tag. Maurice kam mit aufreizender Langsamkeit zu sich. «Bleib nur – das Frühstück mache ich!» sagte er. «Ich brauche was Handfestes zwischen die Zähne!» Es dauerte eine Ewigkeit, bis er glücklich soweit war.

Cécile riß der Geduldsfaden: «Hör mal, Maurice, ich möchte, daß du jetzt deinen Onkel holen gehst, mich ihm vorstellst . . . Wir können doch nicht einfach zu frühstücken anfangen, so, als ob er gar nicht da wäre!»

«Also nun hör mir mal gut zu . . .» Maurices Stimme klang gereizt. «Julien lebt nun schon jahrelang allein. Und er ist es gewohnt, daß man ihm seine Ruhe läßt, ja? Daß man ihm nicht mit dummem Getue auf den Wecker fällt . . . Willst du dir das vielleicht ein für allemal einprägen, ja? Onkel Julien kommt und geht, wie es ihm paßt – und daran wirst *du* ihn nicht hindern!»

Das Frühstück verlief ungemütlich; jeder blickte stumm auf seinen Teller. Hinterher zündete Maurice sich seine Pfeife an, und Cécile machte das Fressen für den Hund fertig.

«Ich lege jeden Eid ab, daß er wieder abgefahren ist», sagte Maurice etwas versöhnlicher. «Er ist in seinen kleinen Sportwagen umgestiegen – den fährt er sowieso am liebsten. Bis wir wieder in unserem Zimmer waren, war er längst auf und davon.»

«Unsinn! Gerade einen Sportwagen hört man doch.»

«Also bitte! Dann ist er eben noch da . . . Wenn er uns sehen möchte, weiß er schließlich, wo wir sind.» – Es war ein dummer Streit um Belanglosigkeiten – wie immer in den letzten zwei Jahren. «Ich jedenfalls gehe jetzt ins Dorf», sagte Maurice. «Ich hole eine Zeitung und Tabak.

«Und Brot!» sagte Cécile schneidend. «Alles ist da, bloß kein Brot.»

Während Maurice in den 2 CV stieg, ging sie den Hund holen. Bei Tag kam die Schönheit des Tieres erst richtig zur Geltung – goldbraune Augen und ein sandfarbener Körper mit dunkelbrauner Rückenpartie. Dabei langbeinig, ein sehniger Leib mit kräftigem Hals und mächtigem Kopf. Er lief ein paarmal um sie herum – irgendwie erregend in seiner Geschmeidigkeit und verhaltenen Sprungkraft.

«Hopp, Jury!» Sie streckte den Arm in Schulterhöhe aus.

Der Hund nahm einen kurzen Anlauf, sprang in einem mächtigen Satz über den waagerecht ausgestreckten Arm und fing den Aufschwung mühelos ab, so daß er fast unmittelbar zum Stehen kam. Er bellte freudig.

«Du kannst einem ja angst machen», sagte Cécile. «Komm jetzt und sei ruhig – sonst weckst du dein Herrchen noch auf.» Sie führte ihn in die Küche. Der Hund verschlang sein Fressen, hörte aber jedesmal auf, sobald Cécile Anstalten machte, die Küche zu verlassen. Nachher, als sie im Schlafzimmer das Bett machte, streckte er sich auf dem Boden aus und sah ihr zu. «Scheint ja die große Liebe zu sein . . .» murmelte sie und kraulte ihn am Kopf. Dann kämmte und bürstete sie ihn; er seufzte ein paarmal tief auf vor Wohlbehagen und fuhr mit der Zunge zärtlich über Céciles Hand. Als sie fertig war, kam er mit einem Satz auf die Beine. Er hielt sich ständig neben ihr – offenbar fest entschlossen, nicht mehr von ihrer Seite zu weichen.

Sie ging auf die Terrasse hinaus. «Schön ruhig! Ich will dich nicht hören.»

Von weitem betrachtete sie das Gartenhaus. Alle Läden waren geschlossen. Es war ein Häuschen mit einem Obergeschoß und einem Anbau – einem langen, niedrigen Schuppen.

Sie ging ein Stück weiter bis zu der Stelle, von der aus sie die Rückseite des Gebäudes sehen konnte.

Der Schuppen stand offen. Da war der grüne Wagen des Onkels. Eigentlich hatte sie das fast erwartet; trotzdem fühlte sie eine unbestimmte Angst in sich aufsteigen. «Ist er nun da oder nicht?» flüsterte sie dem Hund zu. «Du mußt es doch eigentlich wissen . . .»

Am liebsten wäre sie zu dem Gartenhaus gegangen und hätte an die Tür geklopft. Ob der Onkel vielleicht krank war? Er habe müde gewirkt, hatte Maurice gesagt . . . Langsam ging sie auf das Haus und den Wagen zu. Alles schien verlassen, und doch hatte sie den Eindruck, daß sie durch die geschlossenen Fensterläden beobachtet wurde . . .

Unsinn . . . Sie war wieder einmal dabei, sich etwas einzureden. Sie war allein mit dem Hund, der im übrigen völlig ruhig war. Ein rascher Blick durch die Heckscheibe des Wagens: leer – bis auf einen alten Nylonhut auf dem Fahrersitz. Sie machte auf Zehenspitzen ein paar Schritte zurück, warf nochmals einen Blick auf die tote Hauswand und sah dann den Hund an. Sie mußte lächeln: das Tier verfolgte alle ihre Bewegungen mit gespannter Aufmerksamkeit.

«Da kannst du mal sehen, wie dumm ich bin!» sagte sie zu ihm und ging weiter, an den ehemaligen Stallungen entlang. Sie waren verschlossen, machten aber bereits von außen einen verwahrlosten Eindruck.

Hinter den Stallungen war eine weitere Remise mit einem breiten, wurmstichigen Einfahrtstor. Cécile drückte die Klinke herunter und stieß einen Torflügel auf. Im Innern stand eine altertümliche Pferdekutsche mit verblaßten Ledersitzen; wahrscheinlich war sie früher dazu benutzt worden, die Herrschaft zur Sonntagsmesse nach Légé zu fahren. Jetzt aber hing sie schief auf den zum Teil gebrochenen Federn; das Verdeck war mit einer dichten Staubschicht überzogen. Nur die Messinglaternen waren noch völlig intakt. Hübsch, diese Laternen, dachte Cécile. Sie sah sich um. Nanu? Jury, ihr Schatten, war nicht da. Sie ging hinaus.

Der Hund war zurückgeblieben; er hielt den Kopf gesenkt, die Nackenhaare waren gesträubt. Sonderbar . . . Er hielt sich in zwanzig Metern Abstand von der Remise und beschrieb einen halbkreisförmigen Bogen, als ob eine unsichtbare Schranke ihn zurückhielte.

«Was ist denn los?» sagte Cécile. «Was hast du? Komm doch!»

Der Hund jaulte kläglich auf und wich zurück. Was hatte das zu bedeuten? In Cécile stieg ein Verdacht hoch. Sie ging in die Remise zurück und schaute im Innern der Kutsche nach, ob da irgend etwas . . . Nichts. Hab ich mir schon wieder was eingeredet . . .?

Draußen schlug der Hund jetzt wütend an – noch nie hatte Cécile ein so rauhes und wildes Bellen gehört. Sie verließ hastig die Remise. Was der Onkel wohl zu alldem gesagt hätte? Der Hund hielt sich immer noch jenseits der rätselhaften, und wie es schien unüberwindlichen, Barriere. Die Zähne waren entblößt, und seine ganze Haltung – eingezogener Schwanz und angelegte Ohren – drückte ein solches Entsetzen aus, daß Cécile sich unwillkürlich umdrehte, als ob ein Verfolger hinter ihnen her sei . . .

«Aber was hast du denn, Jury? Still! Du siehst doch, daß keiner da ist.»

Aber nun war auch Cécile von einer unerklärlichen Angst befallen. Ihre Stimme zitterte. Ein Blick zum Gartenhaus hinüber: Ja, die Läden waren noch zu . . . «Still, Jury, still! Dein Herr schläft!»

Der Hund beruhigte sich, sobald sie eine bestimmte Linie überschritten hatte. Das war so merkwürdig, daß Cécile sich nach einiger Zeit ein Herz faßte und beschloß, die Probe aufs Exempel zu machen. Sie tat so, als wolle sie zur Remise zurück. Der Hund drückte sich an ihre Beine – er wollte sie offenbar zurückhalten. An einem bestimmten Punkt blieb er ruckartig stehen, hob den Kopf und stieß ein langgezogenes Heulen aus, das Cécile durch Mark und Bein ging. Sie machte rasch kehrt.

«Ich bin ja schon da . . . Ruhig . . . ganz ruhig . . .»

Was mochte er haben? Sollte die Kutsche ihm solche Angst machen? Ausgeschlossen. Man konnte auf den ersten Blick erkennen, daß sie seit Jahrzehnten außer Betrieb war. Und die Remise? Völlig leer . . .

Cécile ging zum Schloß zurück. Der Hund sprang jetzt wieder unbekümmert um sie herum. Es steht irgendwie in Zusammenhang mit der Kutsche, dachte sie. Direkt oder indirekt . . .

Aber die Sicherheit, die ihr die Nähe des Hundes verliehen hatte, war verschwunden. Das Tier unterlag ja selbst irgendwelchen unerklärlichen Einflüssen. Trotz seiner Stärke . . . Die Ängste der Nacht überfielen sie wieder. Wenn Onkel Julien so plötzlich abgereist war, dann stimmte hier vielleicht etwas nicht . . . Etwas, das selbst dem Hund angst machte. Je länger sie über die Sache nachdachte, desto mehr kam sie zu der Überzeugung, daß der Onkel wieder abgereist sein mußte. Er hatte sein Auto zurückgebracht und war rasch wieder weg – irgendwie . . . Er hatte regelrecht die Flucht ergriffen! Und die Gründe, die er Maurice für seine Reise genannt hatte, stimmten natürlich nicht. Den wahren Grund hatte er für sich behalten.

Sie blieb stehen. Waren vielleicht auch andere Teile des Anwesens verdächtig? Standen unter demselben unerklärlichen Einfluß? Sie zwang sich, mit dem Hund alle Räume des Schlosses zu inspizieren, zog Schubladen auf, schaute hinter alte Gobelins . . . Der Hund sah ihrem Treiben friedlich zu. Als sie ins Zimmer des Onkels kam, blieb sie einen Augenblick überrascht stehen. Daß ein Junggesellenzimmer unaufgeräumt war, war verständlich. Aber das hier sah doch so aus, als ob Onkel Julien überstürzt abgereist sei.

Der Hund saß auf der Schwelle, und als Cécile sich zu ihm umwandte, wedelte er freudig mit dem Schwanz.

Cécile hatte nun praktisch alles durchgekämmt. Blieb nur noch der Park. Sie ging durch eine der hinteren Türen ins Freie, blieb dann aber unschlüssig stehen. Ein kleiner Urwald tat sich vor ihr auf – riesige alte Bäume, deren Zweige bis tief auf den Boden herabhingen. Sie machte kehrt und setzte sich auf die unterste Treppenstufe in die Sonne. Der Hund streckte sich neben ihr aus und legte den Kopf auf die Pfoten.

Als Maurice zurückkam, saß sie immer noch an derselben Stelle – zusammengekauert und mit zerquältem Gesicht; ein Häufchen Elend.

«Was ist denn mit dir los?»

«Wir müssen hier weg . . .»

«Weg? Wo wir hier Schloßherren spielen können? Und die Gegend – also, die wird dir bestimmt gefallen! Die Leute, na ja . . . Mir ist jetzt klar, warum Julien dieses Dorf niemals betreten hat. Der Bäcker, wie der mich gemustert hat! Und die Tante im Tabakladen hat einfach den Mund überhaupt nicht aufgemacht. Natürlich – mit einem Médénac – einem Verwandten des ‹Thronräubers› – redet man doch nicht! Vermutlich hat die alte Aguerez das ausposaunt, daß wir kommen. Na, wenn schon . . . Was haben wir denn schon groß mit den Leuten zu tun!»

«Wir müssen weg von hier, Maurice. Komm . . . Ich will dir was zeigen.» Sie stand auf, nahm seine Hand und führte ihn zu der Remise. Der Hund trottete hinter ihnen her. Etwa zwanzig Meter von dem Gebäude entfernt ließ sie seine Hand los.

«Jetzt schau mal gut zu, was passiert!»

Sie ging allein weiter, direkt auf das geöffnete Einfahrtstor zu. Der Hund ging noch ein paar Schritte mit ihr und blieb dann unvermittelt stehen. Er fletschte die Zähne, machte einen Satz nach hinten und fing heftig zu bellen an. Seine Kiefer bissen ins Leere, die Haare sträubten sich.

Cécile ging zu Maurice zurück. «Hast du gesehen, welche Angst er hat? Ich glaube, er würde uns eher in Stücke reißen, als mit in die Remise zu gehen.»

«Und was ist denn drin, in dieser Remise?»

«Eine alte Kutsche – sonst nichts.»

Maurice unternahm nun seinerseits einen Versuch, auf die Tür zuzugehen. Diesmal geriet der Hund völlig außer Rand und Band. Er drehte sich um die eigene Achse und stieß ein schreckliches Geheul aus; aus seinem Maul tropfte flockiger Schaum.

«Geh nicht weiter!» schrie Cécile. «Du machst ihn noch ganz verrückt!»

«Versteh ich nicht. Völlig übergeschnappt, der Köter.»

«Übergeschnappt? Nein – im Gegenteil. Er weiß irgend etwas. Etwas, das wir nicht wissen. Und dein Onkel wußte es auch; deshalb ist er auch abgereist.»

«Mein Onkel ...» Maurice machte ein verdutztes Gesicht. «Mein Onkel soll etwas gewußt haben und deshalb abgereist sein ...» Er prustete los. «Cécile, mein armes Kind – man kann dich aber auch wirklich nicht mal eine Stunde lang allein lassen! Was hast du dir jetzt schon wieder zusammengereimt? Wenn ich dir doch sage: Julien war ganz normal. Müde und abgemagert – das wohl. Und gealtert. Aber sonst ...»

«Wie willst du es dann erklären, daß er mitten in der Nacht ...»

«Hör mal, da gibt's nichts zu erklären ... Wenn du plötzlich einen deiner Weinkrämpfe kriegst, läßt sich das vielleicht erklären? Na?»

O ja, nur zu gut, hätte Cécile beinahe gesagt. Aber dann war sie doch lieber still. Sie führte den Hund in seine Hütte zurück – für das, was sie vorhatte, konnte sie ihn nicht gebrauchen. Eigentlich hätte sie auch Maurice lieber nicht dabei gehabt. Aber den konnte sie ja nicht einfach einschließen ...

«Weißt du», sagte sie zu ihm, «ich glaube, man sollte diese Remise nochmals gründlich durchsuchen. Vielleicht finden wir dann doch noch heraus, warum Jury solche Angst hat. Mir wäre dann wohler zumute.»

Maurice war einverstanden. Sie durchsuchten die Remise, besahen sich die Kutsche von allen Seiten und versuchten, sie zu öffnen. Aber die Türen hatten sich verzogen. Maurice bewunderte die Messinglaternen. «Wenn Julien nett wäre, würde er sie uns schenken», meinte er. «Stell dir vor – so was in unserem Atelier!»

Cécile suchte den Boden der Remise ab. «Ich hatte eigentlich erwartet, eine Falltür oder so was zu finden», sagte sie etwas kleinlaut.

«Na schön ... Dann laß uns wenigstens mit Jury den Park absuchen, ja?»

Sie erkundeten das Gelände bis in den letzten Winkel. Der Hund lief fröhlich kreuz und quer vor ihnen her; das ‹Geheimnis› schien ihn nicht im geringsten zu bedrücken. Maurice war entspannt und steckte voll neuer Ideen. Cécile begann sich heimlich über sich selbst lustig zu machen.

Als dann aber die Dunkelheit hereinbrach, wurde sie wieder von dem mysteriösen Unbehagen beschlichen. Ob sie wollte oder nicht – sie zuckte bei jedem Geräusch zusammen. Und Maurice ging ihr mit seiner Gelassenheit auf die Nerven. Spürte er denn überhaupt nicht, daß da etwas war? Daß sich etwas Schlimmes über ihnen zusammenbraute? Sie wußte zwar weniger als Jury, aber eines wußte sie: ihre Angst war berechtigt.

Sie verbrachte eine fürchterliche Nacht. Es war Vollmond – ein schöner, runder Septembervollmond, der den Park gespenstisch belebte. Nie hätte sie gedacht, daß die Nacht von so vielen Tieren bevölkert sein könnte. Manchmal huschte der Schatten von Flügeln über die zugezogenen Vorhänge; ein Vogel stieß einen heiseren Schrei aus, und ein anderer antwortete ihm aus dem Park.

Maurice erwachte gegen acht. Er gähnte und streckte sich. «Schlafen kann man hier ... sagenhaft! Das tut mir mal so richtig gut. Dir auch?»

«Laß uns abreisen, Maurice.»

Sie hatte so leise gesprochen, daß er zuerst glaubte, sich verhört zu haben. «Fang bloß nicht wieder an!» sagte er dann ärgerlich. «So gut, wie's uns hier geht ... Und außerdem hab ich ein paar phantastische Einfälle! Was willst du eigentlich mehr?»

«Mag sein, daß du Einfälle hast – ich aber hab Angst.»

«Angst? Wegen diesem Vieh? Das sperr ich ein, und dann ist Ruhe ...»

«Na hör mal! Schließlich sind wir deswegen ja überhaupt hier!»

Maurice brummte etwas vor sich hin und stand auf. Seine gute Laune war verflogen.

Gegen Mittag setzte Regen ein, ein dichter, schrägfallender Regen, der rhythmisch auf die Terrasse trommelte. Trostlos. Maurice schwang sich unter dem Vorwand, er müsse im Dorf einiges besorgen, in den 2 CV und brauste ab.

Cécile ließ sich in der Küche wie eine alte Frau auf einen Stuhl fallen. Sie hing ihren Gedanken nach, dachte an Onkel Julien, sein Einsiedlerleben ... Er tat ihr leid. Maurice bezeichnete ihn als Original ... Na, vielleicht war er tatsächlich ein bißchen verrückt – das mußte man hier ja werden. Sie selbst hatte in der kurzen Zeit schon irgendwie den Sinn für die Wirklichkeit verloren. Überall die gleiche unpersönliche Kälte, überall fremde Augenpaare, die aus den Gemälden auf sie hinunterstarrten ... Gott sei Dank war Jury da! Sie sah ihn an, Jury sah sie an ... Cécile verstand jetzt, warum Onkel Julien so großen Wert darauf gelegt hatte, den Hund gut versorgt zu wissen, warum er seinetwegen sogar nach Paris gekommen war und Maurice Geld gegeben hatte ... Sie fing an, Onkel Julien zu mögen, weil er dieses wilde und zugleich zärtliche Tier so liebte. Aber dann ... Wenn er Jury so liebte, dann hatte er auch nicht die Flucht ergriffen, wie sie gestern noch geglaubt hatte. Andernfalls hätte er ihn doch mitgenommen. Oder ...? Sollte zwischen der Angst des Hundes und der Abreise des Onkels doch ein Zusammenhang bestehen? Dieses ewige Grübeln ... Ich weiß überhaupt nicht mehr, wo mir der Kopf steht, dachte sie und stand auf.

Als Maurice zurückkam, sah sie sofort, daß er getrunken hatte. Der Nachmittag zog sich qualvoll in die Länge, und Maurice schwieg hartnäckig.

In der Nacht kam ein lebhafter Westwind auf, der den Himmel wieder blankfegte. Am nächsten Morgen schien die Sonne, und das Leben war plötzlich schön. Maurice setzte sich voller Arbeitseifer mit seinen Zeichenutensilien zu den adligen Vorfahren in den *grand salon*. Cécile ging mit dem Hund spazieren. Sie wagte sich aus dem Anwesen hinaus, sammelte Brombeeren und schlug auf dem Rückweg den Pfad ein, der hinter dem Gartenhaus entlang zum Schloß führte.

Der Buick war immer noch da. Die Fensterläden waren immer noch geschlossen. Vor der Remise wich Jury plötzlich vom Weg ab und rannte geduckt in einem großen Bogen an dem Gebäude vorbei. Das ‹Geheimnis› war also immer noch da ... Cécile beschleunigte ihre Schritte; die schüchterne Freude, die während des Spaziergangs in ihr aufgekommen war, war völlig weg. Maurice gegenüber erwähnte sie jedoch nichts; aus Angst, seine gute Laune zu verderben. Er saß nämlich pfeifend über seiner Arbeit – einen Stift hinters Ohr geklemmt und eine Flasche Weißwein griffbereit neben sich.

Und doch ließ sie der Gedanke an das Gartenhaus mit den geschlossenen Läden nicht los. Obwohl ... Was ging sie das eigentlich an? Sie war schließlich nur Gast hier. Sie versuchte, ganz einfach in den Tag hineinzuleben, um das lähmende und zugleich bohrende Gefühl von Unsicherheit loszuwerden. Ich bin hier in Ferien, redete sie sich selbst zu. Zum Ausspannen ... Oder aber sie unterhielt sich mit dem Hund: «Geht's uns nicht gut hier? Wir verstehen uns doch prächtig, wir beide ... Wir brauchen sonst gar niemand ...» Der Hund atmete schneller, wenn sie ihn so ansprach, und spitzte die Ohren. Sie kniete sich neben ihn, legte den Arm um ihn und lehnte den Kopf an seinen Hals. Manchmal stiegen ihr die Tränen in die Augen; dann stand sie rasch auf, wie um ihren Kummer vor dem Hund zu verbergen. Bald war sie so weit, daß sie nicht mehr genau wußte, wie lange sie schon da waren. Sie entwickelte eine Art animalisches Lebensgefühl – sie hatte Hunger, sie hatte Durst, sie hatte Schlaf ... Und manchmal hatte sie auch noch Angst.

Aber dann war die richtige, die alte Angst mit einem Schlag wieder da. Sie mußte weg von hier!

«Ich will raus hier! So kann es nicht weitergehen!» Ihre Attacke kam für Maurice völlig unerwartet. «Wenn man wenigstens wüßte, wann dein Onkel zurückkommt! Wieso schreibt er eigentlich nicht mal? Wenigstens eine Ansichtskarte ... Und du? An dir gleitet alles einfach ab. Aber mich macht dieses Schweigen ganz verrückt. Wer weiß, vielleicht ist er überhaupt nicht weg!»

«Waas?»

«Stell dir bloß mal vor, er ist krank geworden – in der Nacht, in der er hier war. Er hat sich im Gartenhaus ins Bett gelegt. Ein Herzanfall ... Vielleicht ist er sogar tot! Also, ich werde den Gedanken einfach nicht los. Aber du ... dir ist alles egal, solange du deine Ruhe hast!»

Maurice zündete sich seine Pfeife an. Zum erstenmal wirkte er tatsächlich besorgt. «Hmhm ... An so was hab ich überhaupt nicht gedacht», sagte er nachdenklich. «Unter den Umständen ... also, ich glaube fast, man sollte mal nachsehen gehen.»

«Na, dann tu's doch!»

Maurice erhob sich widerstrebend. «Also gut ... Kommst du mit?»

«Ja, sicher.»

«Dann schließ aber bitte den Hund ein. Wer weiß, was der wieder für einen Zirkus macht.»

Jury schlief in der Küche unter dem Tisch. Cécile machte ganz leise die Tür zu.

Sie gingen um das Gartenhaus herum. Die Tür war verschlossen; ein Schlüssel war nicht da. Alle Fensterläden waren von innen verriegelt. «Wenn wir da rein wollen, müssen wir schon einen Laden aufbrechen», sagte Maurice. «Also, ich weiß nicht recht . . .» Er zögerte.

Er ging dann aber doch zum Wagen und holte ein Montiereisen aus dem Kofferraum. Cécile sah ihm zu. Sie war in einer Stimmung, in der ihr alles die Fragwürdigkeit ihres Unternehmens und ihrer Anwesenheit hier zu verdeutlichen schien: die kraftlose Herbstsonne, die Schwalben, die zwitschernd über ihnen kreisten und sich auf den Leitungsdrähten zum großen Abflug in den Süden sammelten . . .

Einer der Läden saß leicht schief. Maurice setzte das Montiereisen an – das Holz zerbarst mit einem trockenen Knall. Die Vögel schwirrten in einer dunklen Wolke davon. Maurice brach die gesplitterte Planke heraus und löste den Innenhaken. Er öffnete die Läden, wischte mit den Fingerspitzen über die staubige Scheibe und spähte ins Innere.

Er trat hastig einen Schritt zurück. «Sieh nicht hin!» Er versuchte, Cécile zurückzuhalten.

Aber Cécile ließ sich nicht zurückhalten: die Wirklichkeit konnte auch nicht schlimmer sein als ihre düsteren Vorahnungen. Sie lehnte die Stirn gegen die Fensterscheibe.

Der Mann da drin hatte sich erhängt. Seit Tagen hing er nun da – wie ein alter Lumpen an einem Nagel.

Maurice schob Cécile beiseite, schlug die Scheibe ein, öffnete das Fenster und kletterte ins Innere – ein großer Raum, der fast das ganze Erdgeschoß einnahm. «Bleib draußen, Cécile», sagte er nach einem raschen Blick auf das entstellte Gesicht des Toten. «Du kannst hier doch nichts weiter tun.»

«Aber . . . Sieh mal, auf dem Tisch . . .» Céciles Stimme zitterte. «Ein Zettel!»

Maurice drehte sich um und las laut vor:

*Ich bin zum Tod verurteilt. Leukämie. Alles, was ich vor mir habe, sind ein paar Monate des Leidens, des Zerfalls. Deshalb mache ich lieber gleich Schluß.*

*19. Sept., drei Uhr morgens*
*Julien Médénac*


Cécile betrachtete erschüttert die dunkle Gestalt, den umgeworfenen Stuhl, die verkrampften Hände des Toten. Sie konnte kein Wort herausbringen.

Auch Maurice brauchte eine Weile, bis er sich gefaßt hatte. «Mein Gott, Onkel Julien!» Er suchte nach Worten. «Wir haben uns ja nur selten . . . ich meine, wir haben uns nicht besonders gut gekannt, aber das . . . ! Jetzt ist mir auch klar, warum er die beiden Alten so plötzlich gehen ließ. Und warum er so darauf drängte, daß wir am selben Tag abfuhren. Er wollte hier sterben, wo er mit seiner Frau zusammen . . .» Er tippte sich an die Stirn. «Ich Idiot! Ohne dich hätte er noch wer weiß wie lange hier hängen können; ich war felsenfest davon überzeugt, daß er sich irgendwo in Spanien oder Italien rumtreibt . . .»

Er legte den Zettel wieder neben den Kugelschreiber, öffnete die Tür und zog Cécile mit sich fort. «Wir müssen ins Dorf, die Polizei benachrichtigen», sagte er. «Und die Familie . . . Ach so, nein – die Forlanges sind ja alle böse mit ihm – bis auf einen gewissen Francis de Forlange . . . Der soll nämlich die ganze Klitsche hier erben, wenn Julien mal nicht mehr . . . Ja – der muß natürlich Bescheid bekommen. Dabei habe ich noch nicht mal seine Adresse! Er wohnt in Nizza, wenn ich mich richtig erinnere . . .» Er legte den Arm um Cécile. «Tut mir leid, Kleines, daß du so etwas erleben mußtest – aber wie hätte ich ahnen können . . .»

Sie gingen zum Schloß zurück. Dort nahm sich Maurice als erstes Onkel Juliens Schreibtisch vor. Nach einer Weile kam er mit einem abgegriffenen Notizbuch zurück.

«Gott sei Dank, ich hab die Adresse! Hier: Francis de Forlange, Nizza, 24 bis, boulevard Victor-Hugo. Ich glaube, ich hab diesen Francis auch schon mal gesehen. Muß aber irre lang her sein . . . Nach allem, was Julien erzählte, offenbar der einzige, der nichts gegen ihn hatte . . . Muß auch so ein Original sein: Junggeselle, ein bißchen Bohemien und wochenlang auf Reisen. Und dazu ein Pferdenarr . . . Ob der überhaupt zu Hause ist, wenn das Telegramm eintrifft?»

Sie fuhren los. Der Hund war immer noch in der Küche eingesperrt und heulte auf, als er sie abfahren hörte.

«Er denkt wohl, ich lasse ihn im Stich», sagte Cécile.

«Na hör mal! Du wirst das Vieh doch nicht behalten wollen!»

«Eigentlich doch . . . Und dein Onkel hat das sicher auch gehofft.»

«Hm . . . Also darüber können wir später reden.»

Sie schwiegen. Der Hund war das nächste Streitobjekt, das wußten sie beide. An der Art, wie Maurice die Wagentür zuschlug, als er vor der Gendarmerie hielt, merkte Cécile, daß er wütend war. Aber sie war diesmal fest entschlossen, nicht nachzugeben. Hinterher gingen sie zur Post, wo Maurice sein Telegramm aufgab, und dann zum Notar.

Die ganze Zeit über war Cécile geradezu besessen von der Idee, daß der Hund irgend etwas gewußt hatte . . . Aber was? Ob er vielleicht dabei gewesen war, als der Onkel sich erhängt . . . In der Remise? Dann hätte ja jemand den Toten von der Remise ins Gartenhaus geschafft . . . Aber wer? Und wozu das Theater mit den verschlossenen Läden? War Julien vielleicht . . . war er ermordet worden? Und Jury hatte den Mörder gesehen? Ausgeschlossen . . . In der Nacht, in der der Onkel zurückgekommen war, hatte sie selbst den Hund in seinem Verschlag eingeschlossen.

Es folgte eine kurze polizeiliche Ermittlung, deren Resultat Céciles Befürchtungen klar widerlegte: der Zettel im Gartenhaus stammte ohne Zweifel von Onkel Julien; die Handschrift war nicht zu verwechseln und stimmte völlig mit den beim Notar hinterlegten Urkunden und den anderen Papieren im Schreibtisch des Toten überein. Der Obduktionsbericht ergab, daß Julien tatsächlich eine Leukämie gehabt hatte; die Krankheit war schon ziemlich weit fortgeschritten. Es bestand also keinerlei Veranlassung, den Selbstmord in Frage zu stellen.

Und doch wurde Cécile ihre innere Unruhe nicht los.

Zwei Tage lang verbrachte sie die meiste Zeit im Park. Sie lief planlos von einem Ende zum andern – aber immer führte ihr Weg sie zu der Remise zurück. Dabei war der eigentliche ‹dunkle Punkt› gar nicht die Remise, sondern die Kutsche, die darin stand – soviel war ihr durch das Verhalten des Hundes klar. Absurd! Sie konnte beim besten Willen keinen logischen Zusammenhang zwischen dem Hund und dieser Kutsche erkennen. Und doch . . . wenn sie Jurys Kopf in die Hände nahm und in seine klugen Augen blickte, glaubte sie darin geheime Verzweiflung zu erblicken; dann hatte sie das Gefühl, daß diese Augen ihr etwas anvertrauen wollten. Daß sie etwas gesehen hatten, was sie – Cécile – auch sehen konnte.

Aber sie sah nur eine alte, verstaubte Kutsche voller Spinnweben.

Tags darauf kam der Notar mit seinem Bürovorsteher: er müsse die vorhandenen Vermögenswerte inventarisieren . . . Maurice bat Cécile, sie zu begleiten.

«Ich finde das widerlich», sagte Cécile. «Onkel Julien war doch kein Dieb!»

«Das steht hier nicht zur Debatte», erwiderte der Maître Pecqueux trocken. «Ich erfülle nur meine Pflicht – Monsieur Julien Médénac hatte nur den Nießbrauch . . . Ich weiß nicht, was Maître Faget, mein Vorgänger, getan hätte – er dürfte im Gegensatz zu mir Ihren Herrn Onkel ja gekannt haben. Ich aber habe die Praxis gerade erst übernommen und muß mich hundertprozentig an die Vorschriften halten.»

Es folgte ein nervenzermürbender Gang, der sie im Schneckentempo von einem Raum in den andern führte.

«Eine Renaissancetruhe . . .»

«Ja.»

«Zwei Sessel, Louis XVI . . .»

«Ja.»

Als sie gegangen waren, legte Cécile sich sofort ins Bett. Am nächsten Morgen erwachte sie mit bohrenden Kopfschmerzen.

Um neun Uhr fuhr eine Dauphine vor: der Notar und sein Bürovorsteher. Die Tortur war noch nicht zu Ende.

«Sind die schon wieder da ... Ich wollte eben rasch ins Dorf», sagte Maurice. «Bitte kümmere dich um sie ... ich bin gleich zurück.»

Er wollte gerade in den 2 CV steigen, als am Parktor ein Wagen einbog und rasch näher kam.

«Das ist Francis!» Maurice schlug die Wagentür wieder zu.

Der Wagen – ein staubbedeckter grauer MG – beschrieb eine schwungvolle Kurve und hielt vor der Treppe. Ein Mann von etwa fünfzig Jahren – eine sehr elegante Erscheinung – stieg aus und ging mit federndem Schritt auf Maurice zu.

«Maurice! Guten Tag, Maurice. Schönen Dank für das Telegramm ... Das war ja eine traurige Nachricht ...»

Maurice machte die Anwesenden miteinander bekannt. «Maître Pecqueux – Francis de Forlange ...»

Cécile kam die Treppe herunter.

Francis machte eine Verbeugung. Er hatte ein sehr männliches, scharfgeschnittenes Gesicht, klare blaue Augen ... Sehr vornehm, dachte Cécile.

«Ist Julien in seinem Zimmer aufgebahrt?» fragte Francis.

«Nein – man hat ihn ins Dorf gebracht. Es ist nämlich ... Er hat nämlich Selbstmord begangen.»

«Julien?? Dieser Lebenskünstler? Das ist doch nicht möglich!»

«Er war unheilbar krank ... Leukämie. Darum hat er lieber gleich ...»

Francis wandte sich jetzt an Cécile. «Wenn Ihnen der Aufenthalt hier nicht völlig verleidet ist, würde ich Sie gern einladen, noch einige Zeit zu bleiben ... sich von den schrecklichen Ereignissen zu erholen. Was durch Juliens Tod an Formalitäten auf uns zukommt, übernehme jetzt natürlich ich.»

«Im Grunde ist alles schon erledigt», schaltete sich Maurice ein. «Die Beisetzung findet morgen statt.»

Als Francis den Fuß auf die erste Treppenstufe setzte, stieg vom obersten Treppenabsatz ein böses Knurren auf. Alle blickten ruckartig nach oben – auch Maître Pecqueux und sein Bürovorsteher. Cécile rannte die Treppe hinauf.

«Das ist Jury ... Er ist nicht bösartig.»

Der Hund wich zurück, als ob er zum Sprung ansetzen wolle, hielt dann aber in der Bewegung inne. Das Knurren ging jetzt in ein dumpfes Grollen über, das dann in einem Röcheln endete.

«Ein seltsames Vieh», kommentierte Maurice. «Mich kann er auch nicht leiden; aber meine Frau vergöttert er ... Hältst du ihn gut, Cécile?»

«Ja, ich hab ihn», antwortete sie und zog den Hund in die äußerste Ecke.

«Schönes Tier», sagte Francis. Er schritt ungerührt an ihnen vorbei.

«Bis in ein paar Tagen werden wir Freunde sein, hoffe ich.»
Worin er sich täuschen sollte.
Seit Francis' Ankunft war eine Woche verstrichen. Die Beisetzung hatte stattgefunden – ohne Priester, da ein Selbstmord vorlag, und ohne Trauerzug, weil Julien im Dorf keinerlei Kontakt gehabt hatte und die Dorfbewohner offenbar nicht geneigt waren, diesem Eindringling die letzte Ehre zu erweisen. Lediglich der Notar hatte sich eingefunden.
Cécile wäre danach am liebsten gleich nach Paris zurückgefahren. Aber Francis forderte sie so liebenswürdig zum Bleiben auf, daß sie nachgegeben hatte. Noch nie hatte sie einen so taktvollen, charmanten und attraktiven Mann kennengelernt. Er war ein perfekter Gastgeber, dabei einfach und unaufdringlich – ein richtiger *grand seigneur*, dachte sie überwältigt. Sie gab sich die größte Mühe, den Hund zu besänftigen, der sich noch immer nicht an Francis angeschlossen hatte. Am besten ging es noch, wenn sie gemeinsam durch den Park schlenderten. Dann ließ der Hund sich herbei, sie zu begleiten; er hielt sich jedoch immer auf Céciles Seite und in respektvollem Abstand zu Francis. Er hält sich genauso von Francis weg wie von der Kutsche, schoß es Cécile einmal durch den Kopf. Als ob von ihm derselbe Einfluß ausginge . . .
Francis merkte nichts von alldem. Er war heiter und gelöst und erzählte ihr von seiner Kindheit, von den herrlichen Ferien, die er als Junge hier verbracht hatte . . . In seiner unbekümmerten Art lachte er dann über seine Jungenstreiche, griff Cécile beim Arm und zeigte ihr, wo er damals . . .
Der Hund hielt sich in der Nähe von Cécile und wachte über seine Herrin.
«Und sonntags sind Sie dann alle zusammen nach Légé gefahren, ja?» fragte Cécile. «In der Kutsche . . .»
«In der Kutsche? Wie kommen Sie darauf? Die Kutsche ist ein Museumsstück, das irgendwann mal hier gelandet und dann eben stehengeblieben ist.»
Dieser Hund macht mich noch ganz verrückt, dachte Cécile. Um sich abzulenken, ließ sie sich von Francis den Hof machen; Maurice wollte ohnehin noch nicht weg . . .
Eines Abends – sie saßen gerade beim Dessert – sagte Francis: «Wenn ich einen Käufer fände, würde ich das ganze Anwesen am liebsten abstoßen. Es ist zwar wunderschön, aber auf die Dauer . . . Ich habe mich so an mein Nomadenleben gewöhnt, daß ein Schloß wie dieses hier für mich nur eine Belastung ist. Sie würden mir wirklich eine Freude machen, wenn Sie sich ein Erinnerungsstück aussuchen wollten – einen alten Gobelin, eine Truhe –, was Ihnen eben gefällt . . . Ich weiß ohnehin nicht, wie ich Ihnen danken soll.»
Cécile hätte das Angebot am liebsten abgelehnt. Sie wußte aber, daß Maurice sehr viel weniger feinfühlig war, und versuchte deshalb, ihm zuvorzukommen.

«Vielen Dank, Francis», sagte sie. «Maurice hat die Messinglaternen an der alten Kutsche so bewundert ... Wenn Sie ihm die geben wollten ...»

Francis sah erstaunt auf, griff dann aber nur nach ihrer Hand und hauchte einen Kuß darauf. «Sie sind bezaubernd, Cécile ... Dann bleibe ich eben in Ihrer Schuld; ich wüßte nicht, was mir lieber wäre.»

Maurice beschloß noch am selben Abend, sobald wie möglich nach Paris zurückzukehren. «Also wirklich», sagte er zu Cécile, sobald sie in ihrem Zimmer waren, «wie dieser Kerl um dich herumscharwenzelt! Und du? Du bildest dir auch noch was darauf ein! Völlig weg bist du ... Läßt dich von so einem Casanova ...»

«Du wirst mir doch nicht vorwerfen wollen, daß ich ...»

«Ach, laß mich zufrieden! Ich werf dir überhaupt nichts vor! Ich sage nur, daß wir abfahren, und zwar gleich ... Morgen früh.»

«Das würde aber sehr unhöflich aussehen.»

«Na – dann von mir aus übermorgen. Mir wird schon noch ein plausibler Grund einfallen.»

«Gut ... Aber den Hund nehme ich mit.»

«Der Hund bleibt da!»

«Nein, der Hund kommt mit mir.»

«Lieber fahre ich allein zurück!» Maurice war außer sich. Er packte sein Bettzeug und quartierte sich in einem Gästezimmer ein.

Am nächsten Morgen stand Cécile in aller Frühe auf. Sie hatte schlecht geschlafen und fühlte sich wie zerschlagen. Sie holte den Hund und machte einen weiten Spaziergang. Was sollte sie tun? Jury zurücklassen? Kam nicht in Frage. Aber andererseits ... Wenn Maurice sich einmal in etwas verrannt hatte, konnte er furchtbar dickköpfig sein. Er beharrte auf seinem Entschluß, und wenn er auch noch so absurd war. Wenn sie wenigstens völlig – hundertprozentig – sicher gewesen wäre, ihn nicht mehr zu lieben! Gewiß – seine Ungeschliffenheit, seine Eitelkeit, seine ganze Art waren ihr immer mehr zuwider ... Aber im tiefsten Innern ...? Mochte sie ihn vielleicht doch noch?

Der Hund sprang fröhlich herum, strich rechts und links durch das Gebüsch und vergewisserte sich ab und zu, daß Cécile nachkam. Cécile ging sehr langsam. Es hatte keinen Sinn, sich um eine Entscheidung herumzudrücken ... Wenn sie nur selber gewußt hätte, was sie wirklich wollte.

Der Briefträger kam ihr entgegen, grüßte und ging vorbei. Aber dann machte er kehrt und streckte ihr ein Telegramm hin. «Für Monsieur Médénac», sagte er.

«Danke. Ich nehme es mit.»

Das Telegramm war adressiert an *Francis de Forlange, 24 bis, rue Victor-Hugo, Nice* ... UNBEKANNT VERZOGEN, hatte jemand quer über den Umschlag geschrieben. Darunter der Stempel eines Postamts in Nizza. Die Buchstaben tanzten ihr vor den Augen. Sie wollte es noch nicht verstehen. Und dann . . .

Francis hat gelogen, als er Maurice für das Telegramm gedankt hat . . . Er hat die Nachricht gar nicht erhalten . . . Er ist von selber gekommen, weil er bereits wußte . . . Die Stimme in ihrem Innern war unerbittlich. Cécile lehnte sich gegen eine Buche. Alles um sie herum drehte sich. *Was* hatte Francis bereits gewußt? Was hatten er und Maurice bereits im voraus ausgeklügelt? Sie preßte die Hand gegen die Brust. Nein – Francis nicht! Francis war unfähig, irgendwelche krummen Touren . . . Maurice ja – aber nicht Francis!

Sie machte sich auf den Rückweg. Diesmal werde ich ernstlich krank, dachte sie, als sie am Parktor angelangt war.

Maurice und Francis standen vor der Treppe und gestikulierten heftig. «Nein – wir können nicht länger bleiben», hörte sie Maurice sagen. Dann ging er zum Gartenhaus hinüber.

Jetzt hatte Francis sie erblickt. «Cécile!» rief er ihr entgegen. «Cécile . . . Wollen Sie wirklich weg? Gefällt es Ihnen denn nicht bei mir?» Er lächelte sie an und legte eine Wärme in seine Stimme, die mehr war als bloße Herzlichkeit.

Sie mußte ihre ganze Energie aufbieten, um nicht in Tränen auszubrechen, und ihre Finger krallten sich um das Telegramm in ihrer Jackentasche. War das möglich . . . Ganz allmählich, ohne es selbst zu merken, hatte sie sich in Francis verliebt . . . Weil er so aufmerksam war, so aufrichtig, so ganz anders als Maurice . . .

Und jetzt . . .

«Aber Cécile! Was haben Sie denn?»

Sie schlug die Augen nieder und lief an Francis vorbei zu Maurice hinüber. Der Hund sprang vor ihr her; er glaubte, sie wolle spielen.

«Aber Cécile!»

Francis' Stimme . . . Sie fand sie plötzlich abstoßend. Sie lief weiter, blieb atemlos beim Gartenhaus stehen.

Maurice war gerade dabei, den 2 CV zu waschen. Als Cécile bei ihm angelangt war, richtete er sich auf, einen tropfenden Schwamm in der Hand.

«Das von gestern abend tut mir leid», sagte er. «Also . . . wenn du wirklich so an diesem Hund hängst . . .»

Cécile reichte ihm wortlos das Telegramm hin.

«Was hast du denn da?»

«Lies!»

Er hatte es natürlich schon gelesen. Er warf den Schwamm in den Eimer und trocknete sich die Hände an seinem Taschentuch ab. «Na wenn schon . . . Daran hab ich wirklich nicht gedacht.»

«Also? Ich höre!»

«Du hörst, soso . . . Dürfte ich dich vielleicht bitten, nicht in diesem Ton mit mir zu reden . . . So furchtbar ist das gar nicht, was wir getan haben. Ich hätte es dir ja von Anfang an sagen wollen, aber Julien war dagegen. Er war heilfroh, daß du gerade weg warst, als er zu uns kam . . . Besser so, hat er gesagt . . . Man könne ja nicht wissen, ob du mitspielst, wie du reagierst . . .»

Der Hund hatte sich neben den Wagen gesetzt und schaute zu Maurice hoch. Maurice nahm Céciles Arm und führte sie zu der Remise hinüber, als fürchte er, der Hund könne mithören.

«So versetz dich doch mal in Juliens Lage», fuhr er fort. «Da ist ein Mann, der wie ein Aussätziger in einem Schloß lebt, das ein riesiges Vermögen darstellt . . . Und er kann nicht weg, weil er kein Geld hat . . .»

«Kein Geld?»

«Lieber Himmel! Mit dem, was er bar auf die Hand kriegt, kann er keine großen Sprünge machen, höchstens ab und zu mal eine kleine Reise . . . Das muß einem doch schließlich stinken! Nur weg von hier – das ist Juliens größter Wunsch. Endgültig weg! Und so weit wie möglich!»

«Aber . . . Was ist mit Francis?»

«Wieso, Francis . . .»

«Ich meine, warum ist er sofort dagewesen?»

Maurice stopfte sich die Pfeife, um Zeit zu gewinnen. «Hätt ich doch den Mund gehalten», murmelte er dann vor sich hin.

«Also bitte!»

«Du hast ja noch gar nichts kapiert. Francis de Forlange ist tot! Ja, ja . . . Erhängt. Der echte Francis hat sich erhängt. Warum er dazu gerade hierher kommen mußte – keine Ahnung . . . Er wußte offenbar schon länger, daß es keine Rettung für ihn gab . . . Laut Julien war er ein armes Schwein; einer, der sich im Leben nicht zurechtfindet. Scheint sein ganzes Leben lang seiner glücklichen Kindheit nachgetrauert zu haben, besonders den Jahren hier im Schloß. Klingt komisch, aber ich habe das auch nur in groben Zügen von Julien erfahren . . . Auf jeden Fall ist dieser Francis also an den Ort seiner Kindheit zurückgekommen, um seinem Leben ein Ende zu machen. Und als Julien ihn aufgefunden hat . . . Also, er hat schon immer schnell geschaltet . . . Vom Nutznießer Julien zum rechtmäßigen Erben Francis! Was für eine Chance! Und die Sache war durchführbar, es mußte nur alles schnell gehen . . . Im Dorf waren sie beide unbekannt – er selbst wie auch Francis . . . Der einzige, der Julien wirklich persönlich gekannt hatte, war der alte Notar seiner Frau gewesen, und der hatte kürzlich seine Praxis abgegeben. Das Ehepaar Aguerez wollte schon lange den Dienst aufgeben. Er brauchte sich nur einverstanden zu erklären. Irgendwie hat er es noch gedeichselt, daß sie Knall und Fall abgereist sind . . . Und die Ausweispapiere? Für Julien kein Problem. Während der Zeit der deutschen Besatzung hat er mehr als einmal Ausweise zurechtgestutzt . . . Tja, und nun fehlte ihm nur noch eines . . .»

«Ein Komplice», sagte Cécile. «Du . . .»

«Stimmt. Aber was noch wichtiger war: Ein Zeuge, der im guten Glauben war – nämlich du . . .»

«Ihr ekelt mich an, alle beide!»

«Komm, stell dich nicht so an, ja? Versuch doch mal zu verstehen. Schließlich hat Julien sich nur ein Erbe gesichert, das ihm von Rechts wegen als Ehemann ohnehin zustand.»

«Und dann?»

«Dann hat Julien den Zettel abgeschrieben, den Francis hinterlassen hatte. Nur das Datum hat er geändert. Und danach ist er zu mir gekommen, hat mich um Hilfe gebeten . . . Nun sag doch selbst – was hätte ich anders tun sollen? Außerdem war ich ihm Geld schuldig! Da schlägt man einem ungern was ab! Na, und dann – was verlangte er schon groß von mir? Praktisch nichts . . . Einen Toten zu erkennen, und einen Lebenden zu erkennen. Eigentlich sogar noch weniger: ganz einfach nichts zu sagen. Die beste Garantie war schließlich durch dich gegeben – durch deine Anwesenheit . . . Denn auf den Gedanken, daß du weder Julien noch Francis gekannt haben könntest, würde so schnell wohl niemand kommen. Und dann warst du ja auch sozusagen Zeuge der Rückkehr unseres Onkels in der ersten Nacht hier . . . Ja, ja, ich weiß: Es war nicht nett von uns, dich so an der Nase herumzuführen. Aber wir hatten gar keine andere Wahl, nachdem nun alles schon mal so eingefädelt war.»

«Und wenn ich geschlafen hätte? Gar nicht gehört hätte, wie das Auto zurückkam?»

«Ich hab mich nur schlafend gestellt – in Wirklichkeit war ich wach. Ich hätte dich schon geweckt . . .»

«Und dein Onkel? Ich meine, wie ist er wieder weggekommen?»

«Nun ja . . . Er hat den Wagen, mit dem Francis gekommen war, bis zur Straße geschoben und ist dann losgefahren. Da es ein kleiner MG war, machte ihm das keine große Mühe.»

«Kompliment! Ihr habt wirklich so ziemlich an alles gedacht.»

«Glaube schon, ja . . .»

«Hat dir wohl Spaß gemacht, was?»

«Gott ja, ein bißchen schon. Das Spiel als solches eben . . . Wir hatten den Zeitpunkt berechnet, an dem ich die Leiche im Gartenhaus entdecken sollte. Nach einer bestimmten Zeitspanne kann man nämlich nicht mehr genau feststellen, wann der Tod eingetreten ist. Dann habe ich dieses Telegramm abgeschickt, damit nach außen alles glaubwürdig aussah . . . Tag und Stunde, zu der ‹Cousin Francis› eintreffen sollte, waren natürlich bereits im voraus festgelegt.»

Mit jedem Satz neue Lügen, neue Täuschungsmanöver . . . Und wie hatte sie gegrübelt, sich gequält . . . Aber Cécile empfand keine Bitterkeit; sie hatte vielmehr ein Gefühl der Befreiung. Dieser miese, kindische Typ – das war also Maurice . . . Und das sollte ihr Mann sein?

«So, jetzt weißt du alles», sagte er.

Cécile wandte sich von ihm ab. Ihr Blick fiel auf den Hund. «Aber . . .

Wie kommt es, daß er seinen Herrn nicht erkannt hat? Mich konntet ihr ja mühelos hinters Licht führen, aber ihn . . .?»

Maurice wollte nicht mit der Sprache heraus.

«Jetzt kannst du mir auch noch das übrige sagen!»

«Es war nicht zu vermeiden», murmelte Maurice etwas verlegen. «Julien brauchte uns als Zeugen, ja . . . Aber er brauchte auch den Hund als Zeugen – das war sogar von größter Wichtigkeit. Es durfte keinerlei Zweifel bestehen, daß der Mann, der da aus Nizza angereist kam, für den Hund ein Fremder war . . .»

«Ich glaube, den Rest kann ich mir denken.» Céciles Stimme war eisig.

«Na ja – er hat ihn geschlagen, mußte ihn schlagen . . . In der Remise; du hast ja die Pferdepeitsche an der Kutsche gesehen . . . So lange, bis der Hund ihn nicht mehr als seinen Herrn . . .»

Die Remise . . . die Kutsche . . . Das war also das Geheimnis! «Grauenhaft», murmelte Cécile. «Ihr seid abscheulich, alle beide! Und er noch mehr als du!»

Das Geräusch von Schritten. Es war Julien.

«Das Wichtigste hätten Sie ja beinahe vergessen», sagte er. «Nur gut, daß ich noch daran gedacht habe . . .» In seinen blauen Augen stand ein Lächeln; er suchte Céciles Blick.

Maurice wandte sich mißmutig ab und kramte wortlos in seiner Pfeifentasche.

«Sie hatten mich doch um die Laternen gebeten. Nehmen Sie sie mit – bitte!»

Er stieß die Tür zur Remise auf und ging rasch auf die alte Kutsche zu. Als er die Hand nach der Laterne ausstreckte, streifte er die Peitsche.

«Jury! Platz!» schrie Cécile.

Maurice hatte sich gerade eine Pfeife anzünden wollen. Er blickte hoch, als er das dumpfe Geräusch des Falls hörte. Alles war zu Ende, bevor das Streichholz ihm die Finger verbrannte.

Julien lag auf dem Rücken; Jury war seinem früheren Herrn an die Kehle gesprungen. Mit einem bösen Knurren schüttelte er den Kopf des Toten, der schlapp von einer Seite zur andern flog. Dann ließ Jury von ihm ab und hob seine blutverschmierte Schnauze.

Cécile drehte sich um und ging die Auffahrt hinunter. Mit ein paar Sätzen war Jury bei ihr und trottete brav neben ihr her.

Cécile erreichte das Parktor und ging nach draußen. Jury sprang jetzt um sie herum und bellte freudig.

# Der Commissaire und der blaue Bademantel

Merlin sagte manchmal – also, Merlin, das war der Commissaire Divisionnaire, bei dem ich seinerzeit mein Handwerk gelernt habe, ja? Merlin, der hatte so seine Sprüche: «Einfache, banale Fälle – die gibt's nicht! Wenn du auf Anhieb begreifst, was los ist, dann hast du überhaupt nichts begriffen!» Wir haben damals hinter der vorgehaltenen Hand gegrinst, ich und die anderen frisch beförderten Inspecteurs. Aber nicht lange. Ich jedenfalls nicht. Denn gleich zu Beginn meiner Karriere ... Das war in Morlaix – ich habe mich nämlich ziemlich lang als Inspecteur in verschiedenen Départements rumgetrieben, ehe ich Commissaire wurde, Merlin ablöste und meinerseits den jungen Kollegen predigte: «Einfache, banale Fälle ...»

Es war Ende August gewesen, an einem Samstag. An einem jener Tage, an dem die Sommerurlauber ihre Sachen packen und die Ferienhäuser und Villen plötzlich mit geschlossenen Fensterläden dastehen. Auf meinem Schreibtisch lag eine Nachricht: Ich solle so schnell wie möglich nach Locquirec kommen; man habe dort gerade die Leiche eines Pariser Geschäftsmanns aufgefunden, eines gewissen Christian Hourmon. Erschossen.

Ich liebe die Bretagne, und Locquirec ist zauberhaft. Vielleicht wurde es ein interessanter Fall, aber vor allem hoffte ich, daß mir die Ermittlungen Zeit lassen würden, am Strand entlang zu wandern und zu fotografieren – ich war damals ein richtiger Fotonarr.

Eben darum kam mir der Name Hourmon auch bekannt vor. Ich hatte meine ganze Fotoausrüstung in einem Fachgeschäft in Paris gekauft – bei *Photo Hourmon* ... Sollte sich mein Hobby mit meinem Beruf überschneiden?

Eine dreiviertel Stunde später stieg ich vor der Gemeindeverwaltung von Locquirec aus dem Wagen. Der Chef der Gendarmeriestation erwartete mich schon. Er hieß Le Gallo, und er war, wie er mir sofort und ziemlich weitschweifig mitteilte, der beste Barschangler weit und breit.

«Und?» fragte ich, um ihn bei Laune zu halten. «Beißen sie?»

«Mann!» sagte er. «Wenn man bloß Zeit hätte ... Eine Flut von Einszehn über normal, und ausgerechnet jetzt dieser Scheißmord ...» Es ging ihm offensichtlich nahe.

Mich ließ die Flut von Einszehn über normal kalt. «Sagen Sie, dieser Hourmon – hat der was mit dem Fotogeschäft in Paris zu tun?»

«Allerdings ... Wieso – kennen Sie ihn?»

«Ach, nur so vom Sehen. Wo ist er jetzt?»

«Wir haben ihn einstweilen . . . Kommen Sie mit!» Er führte mich in einen der hinteren Räume; es war eine Art Kreuzung zwischen Hauswirtschaftsraum und Waschküche. Der Tote lag auf einem Tisch. Der Bürgermeister und der Arzt waren bereits da. Händedruck. Noch ein Händedruck. Gemurmelte Namen. «Sehr erfreut . . .»

Christian Hourmon schien zu schlafen. Sympathisches, männliches Gesicht, stellte ich fest. Gut gebaut, braungebrannt, was ihm jetzt ein olivgraues Aussehen gab. Er war nur mit einem weißen Slip und einem Bademantel bekleidet. Für meinen Geschmack war der Bademantel ein bißchen zu leuchtend blau. An seinen Armen und Beinen klebte Sand.

«Herzschuß», sagte der Arzt. «Hier im Bademantel können Sie den Einschuß sehen . . .» Er wies mit einer Sonde auf ein kleines Loch in dem Frotteestoff. «Keinerlei Brandspuren; der Schuß ist also aus einiger Entfernung abgegeben worden. Hourmon war auf der Stelle tot.»

«Ich nehme an, kein Durchschuß?»

«Nein.»

«Ist die Waffe gefunden worden?»

«Nein.»

«Hat jemand den Schuß gehört?»

«Nein, auch nicht.»

Der Bürgermeister – Monsieur Rousic, ein biederer pensionierter Lehrer, der ziemlich durcheinander war – erzählte mir den Hergang der Ereignisse, soweit er bekannt war. Ein Krabbenfischer hatte bereits gegen halb acht Uhr morgens die Polizei benachrichtigt. Er hatte Christian Hourmon am Strand gefunden, halb verdeckt von Felsbrocken. «Ich habe Monsieur Hourmon persönlich gekannt», fuhr der Bürgermeister fort. «Und deshalb bin ich auch gleich zu ihm nach Hause, um die Angehörigen zu benachrichtigen. Madame Hourmon schlief noch, aber Roger, Christians jüngerer Bruder, war schon auf. Er hat es dann seiner Schwägerin beigebracht . . .» Der Bürgermeister machte eine Pause. «Furchtbar war das, kann ich Ihnen sagen. Die Ärmste ist ja ohnehin nicht besonders gut beieinander, und dann noch so was . . . Aber kommen Sie doch mit in mein Büro; ich lasse uns einen Kaffee bringen.»

Der Arzt lehnte dankend ab; ich nahm die Einladung an. Rousic holte eine Flasche Calvados und zwei Gläser aus einem Schrank; eine alte Frau in der Landestracht brachte uns Kaffee.

«Haben Sie irgendeinen Verdacht?» Es war eine reine Routinefrage.

«Nein», antwortete er entschieden. «Ich wüßte wirklich nicht, wer hier etwas gegen Monsieur Hourmon haben . . . eh, gehabt haben sollte. Seit zehn Jahren verbringt er hier seine Ferien; ein gerngesehener Gast.»

«Hm . . . Wie alt war er? Um die Vierzig?»

«Ja, zweiundvierzig.»

«Kinder?»

«Nein . . . Wissen Sie, ich glaube, seine Frau lebt hier so zurückgezogen, weil es überall am Strand von Kindern wimmelt . . . Na, geht mich ja nichts an. Sie haben vorn an der Steilküste eine große Villa – Heliopolis heißt sie. Das Grundstück reicht bis zur Kante der Steilküste; eine Privattreppe führt direkt zum Strand hinunter. Monsieur Hourmon ist jeden Morgen in aller Herrgottsfrühe schwimmen gegangen. Der Mörder muß das gewußt haben; er brauchte sich nur hinter den Felsen zu verstecken, auf ihn zu warten und . . . Na ja. Nicht danebenzuschießen.»

«Verstehe . . . Und der Bruder? Erzählen Sie mir was von dem Bruder.»

«Roger? Das ist ein ganz anderer Typ!» Er prostete mir zu und trank einen Schluck. «Nicht zu verachten, was? Den bekomme ich aus Lisieux – von einem meiner früheren Schüler . . . Ja, Roger Hourmon . . . Architekt von Beruf. Und er muß da vor einiger Zeit in eine ganz üble Sache reingeschlittert sein – ein großes Bauvorhaben in Toulon, offenbar ein Pleiteprojekt . . . Ein gewisser Maître Bénaldi, ein Notar, hat daraufhin Anzeige gegen ihn erstattet. Roger konnte letzten Endes nachweisen, daß er im guten Glauben gehandelt hat; die Klage wurde abgewiesen. Aber immerhin – finanziell dürfte er erledigt sein. Er soll seinen Bruder sogar angepumpt haben . . . Natürlich alles Gerüchte! Ich halte mich da raus, wissen Sie.» Aber er hatte ein maliziöses Funkeln in den Augen. «Von Roger kann man auf alle Fälle nicht behaupten, daß er nur Freunde hat . . . Zum Wohl!»

Ich verabschiedete mich und marschierte zur Steilküste hinaus. Die Brandung donnerte gegen die Felsen. Die Gischt spritzte weißlich-grün bis zu mir hinauf; weiter draußen verschwamm das Meer tiefblau im Dunst. Ich zog an meiner Zigarette. Tja . . . Was sollte ich als nächstes tun? Am besten erst mal Erkundigungen über Roger Hourmon einziehen – dürfte nicht weiter schwierig sein. Dann die Finanzlage des Toten überprüfen – auch nichts Besonderes. Aber vor allem die Tatwaffe suchen – vielleicht hatte der Mörder sie ins Meer geworfen, und da die Flut so hoch war, würde sich das Meer bei der nächsten Ebbe wohl auch sehr weit zurückziehen. Immerhin eine Chance.

Ich war jetzt bei der Villa angelangt. Ich stand vor einem großen Haus aus dunkelgrauem Granit mit helleren Zementfugen. Ein schönes Haus, aber streng, fast düster. Ich schellte.

Roger Hourmon öffnete mir – ich erkannte ihn sofort, denn er sah seinem Bruder außerordentlich ähnlich. Das gleiche gutgeschnittene, etwas eckige Gesicht, die gleichen kurzgeschnittenen Haare mit dem rötlichen Schimmer an den Schläfen. Roger war nur etwas hagerer als sein Bruder. Er wirkte sehr beherrscht, trotz eines Tics, der den linken Mundwinkel in unregelmäßigen Abständen zucken ließ.

«Aber . . . ich habe doch bereits alles gesagt», murmelte er. «Ich . . . Also, ich steige da überhaupt nicht mehr durch. Mein Bruder war gestern abend vergnügt, genauso wie sonst. Wir haben noch gespielt . . . Pingpong. Nichts, aber auch gar nichts hat darauf hingedeutet, daß so eine Katastrophe . . .»

Ich ließ ihn reden.

Er berichtete, wie sie hier zu dritt ihre Ferien verbrachten, mit Schwimmen, mit langen Spaziergängen am Strand. Und dabei forschte er in seinem Gedächtnis nach einem Zwischenfall, einem Ereignis, in dem der Schlüssel zu dem grausigen Geschehen liegen könnte – vergebens.

Ich bot ihm eine Zigarette an. Er bediente sich zerstreut und klopfte seine Taschen ab. «Wo ist denn mein Feuerzeug... Ach so! Das ist ja 'ne Hose von Christian», sagte er dann. «Wissen Sie, das war bei uns so – jeder hat schon mal die Sachen des andern angezogen. Wie's gerade kam...»

Ich gab ihm Feuer. «Und Madame Hourmon?» fragte ich. «Wie hat sie die Nachricht verkraftet?»

«Schlecht. Sie ist nicht ansprechbar. Sie hat sich hingelegt.»

«Könnte ich sie vielleicht trotzdem ganz kurz sprechen?»

«Wenn es sein muß... Ich denke, schon. Aber sie weiß auch nicht mehr als ich.»

Er führte mich in den ersten Stock hinauf, klopfte an einer Tür und öffnete sie einen Spalt. «Sandrine? Besuch für dich... Die Polizei. Wir müssen ihnen schon helfen, weißt du. Es dauert nicht lang.» Mit einer Handbewegung forderte er mich auf, einzutreten.

Sie lag auf dem Bett, sehr bleich, mit grauen Lippen und fiebrigen Augen. Sie wirkte sehr jung, aber... Ich hatte unwillkürlich eine hübsche und anziehende Frau erwartet, aber sie war fast häßlich. Der Mund war zu groß, die Nase zu lang.

Ich machte es kurz: nur ein paar belanglose Fragen – ich wollte ihre Stimme hören; für mich spielt der Tonfall einer Stimme nämlich eine große Rolle. Ihre Stimme klang matt und ausdruckslos und zittrig.

«Wie ist sie denn sonst?» fragte ich Roger, als wir wieder draußen waren. «Lebhaft? Vergnügt? Schminkt sie sich? Geht sie gern aus?»

«Nein, eigentlich nicht... Sie ist sehr zart, sehr anfällig. Aber was ihr nun genau fehlt... Sie war bei -zig Ärzten. Keiner hat was gefunden, und jeder sagt was anderes.»

«Wie alt ist sie?»

«Einunddreißig. Aber sie würden sie auf achtzehn, neunzehn schätzen. Sie sieht aus wie ein junges Mädchen.»

«Hmhm... Sagen Sie, kann ich mich ein bißchen im Haus umsehen?»

«Ja, sicher.»

Ich ging durch die mit kostbaren antiken Möbeln ausgestatteten Räume im Erdgeschoß. «Hat Ihr Bruder sich mit seiner Frau gut verstanden?» fragte ich wie beiläufig.

«O ja. Ausgezeichnet.»

Wir gingen in den Garten hinaus. Gartensessel und Liegestühle waren um einen Tisch gruppiert, auf dem noch Tischtennisschläger lagen. In den Zweigen eines Strauchs hing ein Bademantel. Roger nahm ihn herunter.

«Der arme Christian . . . hat immer alles rumliegen lassen», murmelte er.

«Wieso – gehört der Mantel Ihrem Bruder?»

«Ja. Warum?»

«Weil er einen anderen anhatte. Einen blauen.»

«Ja, meinen . . . Ich sag Ihnen doch, das ging immer ein bißchen durcheinander bei uns.»

Wir schlenderten zu der Treppe, die zum Strand hinunterführte. «Wer erledigt hier denn die Hausarbeit?» fragte ich.

«Eine alte Frau aus Locquirec – wir nennen sie nur die Marie. Sie kommt zum Putzen und Waschen; und manchmal kocht sie auch, je nachdem . . .» Wir waren einige Stufen hinuntergestiegen, und Roger deutete auf einen hoch aufgetürmten Haufen von Felsbrocken: «Da, hinter diesen Felsen – da haben sie ihn gefunden . . . Er ging morgens immer so früh zum Strand, um ihn für sich allein zu haben.»

«Und Sie? Sie gehen doch auch schwimmen, oder?»

«Ja, sicher. Aber ich schlafe lieber lang. Und mich stören die Leute nicht.»

Wir gingen um die Felsbrocken herum. Keinerlei verdächtige Spuren . . . Ich entdeckte in einiger Entfernung das Obergeschoß des Hauses über der Kante der Steilküste, halb hinter Bäumen verborgen. Ich überlegte halblaut und sagte:

«Ob man von dort die Stelle einsehen kann, an der wir jetzt stehen?»

Roger dachte nach. «Nein . . .» Er schüttelte den Kopf. «Ausgeschlossen. Die Despards haben im Obergeschoß keine Fenster nach dieser Seite.»

«Aha . . . Ja, dann werde ich mich jetzt mal mit Ihrer Marie unterhalten. Und zwar unter vier Augen – Sie verstehen schon: Wenn Sie dabei sind, ist sie vielleicht gehemmt.»

Wir stiegen die Treppe wieder hinauf, und Roger sagte, er werde Marie in den Garten hinausschicken. Ich wartete bei der Tischtennisplatte. Ich dachte über den Fall nach. Ich wußte noch viel zu wenig; es war zu früh, Theorien zu entwickeln. Aber ein Gedanke wollte sich mir immer wieder aufdrängen . . . Ich verschloß mich ihm gewaltsam und sah Marie entgegen.

Sie trocknete sich die Hände an der Schürze ab, während sie auf mich zukam. Wieder einmal fand ich bestätigt, was mir schon oft aufgefallen war: von einem gewissen Alter an sehen Männer und Frauen an dieser rauhen, windgepeitschten Küste fast gleich aus – stark hervorstehende, wie gemeißelt wirkende Backenknochen, buschige Brauen über schmalen grauen Augen . . . Ich hatte den Eindruck, daß sie sich ein wenig vor mir fürchtete. Aber dann war sie nur noch erstaunt, als ich sie fragte, ob zur Zeit noch viele Urlauber aus Paris in Locquirec seien – für diese Leute kommen alle Fremden zwangsläufig und ausschließlich aus Paris.

«Ja, schon», meinte sie. «Sie sind noch lang nicht alle weg.»

«Haben Sie in letzter Zeit vielleicht welche gesehen, die hier ums Haus gestrichen sind? So, als wollten sie etwas beobachten?»

«Neugierige?»

«Na ja . . .»

«Ach, von denen laufen hier viele rum. Ist ja schließlich auch das schönste Haus an der ganzen Küste!»

An ‹der Marie› konnte man sich offenbar die Zähne ausbeißen. Ich entschied mich für die direkte Methode und fragte sie übergangslos nach Christian Hourmon aus: Hatte er hier in Locquirec Bekannte? Ging er manchmal auch allein aus? Kam er gelegentlich spät nach Hause? Hatte er vielleicht eine Freundin . . .?

Sie stritt das so hastig ab, daß ich aufhorchte. «Schauen Sie, Marie, wir von der Polizei wissen sowieso alles», redete ich auf sie ein. «Solche Fragen stelle ich Ihnen nur, um mich zu vergewissern, daß Sie die Wahrheit sagen . . . Na, wie ist es nun? Wie heißt sie, Monsieur Hourmons Freundin?»

«Sie heißt . . . es ist Madame Despard.»

«Stimmt», sagte ich entschieden und zugleich aufmunternd.

«Er ist jeden Morgen zu ihr rübergegangen . . . Er hat gesagt, er geht schwimmen. Aber in Wirklichkeit . . .»

«Gut. Und seit wann geht das schon so?»

«Seit dem vorigen Jahr.»

«Und Madame Hourmon? Hat sie Bescheid gewußt?»

«Nein, nein . . . Um Gottes willen! Das hätte sie nicht überlebt!»

Ich schickte sie ins Haus zurück und knöpfte mir Roger nochmals vor. Er wollte zuerst alles abstreiten, dann geriet er in Wut und drohte, die alte Marie zu entlassen. Aber schließlich gab er klein bei und gestand mir ein, daß sein Bruder dieses Verhältnis gehabt habe.

«Für so was muß man Verständnis haben, Inspecteur», sagte er fast beschwörend. «Sandrine ist furchtbar nett, aber . . . Na, sie ist irgendwie immer noch ein kleines Mädchen, ja? Also, wenn Sie mich fragen – ich würde mich für sie in Stücke reißen lassen. Schließlich war sie es, die mich damals wieder flott gemacht hat, als ich in der Klemme . . .» Er räusperte sich: «Sie haben bestimmt schon davon gehört, daß ich da gewisse Schwierigkeiten hatte. Mein Bruder, der hat sich taub gestellt; aber sie hat mir sofort den erforderlichen Betrag vorgeschossen . . . Sie ist eine großartige Person. Eine richtige Freundin.»

«Eine richtige Freundin, so . . . Aber vielleicht keine richtige Frau?»

«Man kann aus jeder Frau eine richtige Frau machen, wenn man nur will! Aber Christian war immer in Eile; er hatte immer andere Dinge im Kopf . . .»

«Auch andere Frauen, ja? Zumindest Madame Despard?»

Er zuckte stumm die Achseln.

«Und Ihre Schwägerin? Hat sie nichts geahnt?»

«Nein. Sie hat Christian vergöttert. Sie war wie blind. Und ich habe mein möglichstes getan, damit sie nichts merkt . . . Christian hatte mir ja versprochen, daß er mit der Despard brechen würde.»

«Hmhm . . . Was können Sie mir über Monsieur Despard sagen?»

Roger sagte, Despard sei Inhaber einer Ladenkette in Paris – Färbereien und Reinigungen. «Ziemlich großes Unternehmen; es läßt ihm offenbar wenig Zeit für sein Privatleben. Jedenfalls kommt er nur übers Wochenende. Er fährt mit der Bahn bis Plouaret – dort steht sein Wagen die Woche über in der Garage am Bahnhof. Und am Sonntagabend fährt er schon wieder zurück.»

«Was ist das für ein Mensch, dieser Despard?»

«Na ja . . . Um die Fünfzig. Dick. Ziemlich gewöhnlich.»

«Und sie?»

«Sie? Eine Löwin. Ein Vollweib.»

Ich versprach Roger, ihn von den etwaigen Resultaten meiner Ermittlungen in Kenntnis zu setzen und bis auf weiteres das Verhältnis seines verstorbenen Bruders mit Madame Despard geheimzuhalten. Dann ging ich zur Villa der Despards hinüber, die ebenfalls direkten Zugang zum Strand hatte – Christian hätte es gar nicht bequemer haben können.

Ein junges Mädchen, das einen sehr aufgeweckten Eindruck machte, meldete mich bei Madame Despard an. Roger hatte nicht gelogen. Sie war groß und blond, stark geschminkt, und sie hatte einen eigenartigen Ausdruck in den Augen – frech war nicht die richtige Bezeichnung, aber . . . irgendwie hart. Die Augen quollen ein wenig hervor, und um den Mund lag ein herrischer Zug. Sie hätte gut in das Ensemble eines satirischen Cabarets gepaßt. Gegen diese Persönlichkeit war Hourmon wahrscheinlich nicht angekommen . . . Sie wußte natürlich bereits, was geschehen war. Trotzdem hatte sie sich völlig in der Gewalt; daß in ihrer Haltung etwas Feindseliges lag, konnte man nur ahnen. Ich sagte ihr gleich, daß ich bereits voll informiert sei, was sie erstaunlicherweise nicht weiter zu berühren schien.

«Es war ohnehin aus zwischen uns», sagte sie.

«Warum?»

«Weil ich kein Spielzeug bin, kein Ferienabenteuer . . . Christian wollte uns beide, verstehen Sie – mich *und* seine Frau. Und da er sich nicht entscheiden konnte, mußte ich es eben für ihn tun.»

«Und das haben Sie ihm heute morgen . . .»

«Ganz recht. Heute früh hatten wir eine Auseinandersetzung.» So sehr sie sich auch zusammennahm, in ihrer Stimme schwang doch ein Zittern mit. Die Trennung war ihr wohl schwerer gefallen, als sie zugeben wollte.

«Und Ihr Mann?»

«Mein Mann? Ach Gott!» Etwas wie Haß lief über ihr Gesicht. «Er ist gerade angekommen. Mit einem Stoß Akten, wie üblich. Er sieht nichts, er hört nichts – er rechnet.»

«War Christian Hourmon ein Typ, der sich selber umbringen würde?» fragte ich. Ich wußte, daß Selbstmord auszuschließen war – keine Waffe neben dem Toten, und der Schuß war aus einiger Entfernung abgefeuert worden. Mich interessierte nur ihre Reaktion.

Sie lachte bitter auf. «Davon reden sie doch alle, wenn's soweit ist. Dann tun sie sich selber so schrecklich leid. Aber sie machen nicht Ernst. Sie reden davon, und dann verschieben sie's noch ein bißchen.»

Ich stellte ihr noch ein paar weitere Fragen. Sie beeindruckte mich in ihrer kalten, beherrschten Wut. Despard jetzt in der Sache zu behelligen hielt ich nicht für angebracht; das hatte Zeit. Ich verabschiedete mich und ging wieder zur Bürgermeisterei hinüber, von wo aus ich die Garage in Plouaret anrief, in der Despard immer seinen Wagen abstellte. Dort wurde mir bestätigt, daß Despard mit dem Zug um 6 Uhr 30 angekommen sei, sich dann aber noch eine Zeitlang in der Werkstatt aufgehalten habe, weil ein Scheinwerfer an seinem Wagen ausgefallen war. Er sei dann kurz nach acht abgefahren.

Damit schied Despard als Täter aus – ich hatte ihn ohnehin nicht ernsthaft im Verdacht gehabt.

Ich ging zum Tabakladen, um mich mit Gauloises zu versorgen. Dann schlug ich wieder den Weg zur Steilküste vor Hourmons Villa ein. Inzwischen war Ebbe eingetreten, und ich konnte weit draußen Gendarmen erkennen, die in Pfützen herumstocherten und die Rinnen absuchten, die das ablaufende Wasser in den Schlick gefressen hatte. Sie suchten auch unter den unzähligen schwarzglänzenden, rundgeschliffenen, mit langmähnigen Algen bewachsenen Steinbrocken, die bis weit hinaus in der Sonne funkelten. Der eigenartige Geruch, der bei Ebbe über dem Watt liegt, übt immer wieder eine beunruhigende Faszination auf mich aus. Ich ging langsam zu den Männern hinaus.

Plötzlich richtete sich einer der Gendarmen auf, hob einen Gegenstand hoch und rief mir etwas zu. Ich rannte hin. Er hatte den Revolver gefunden. Ich nahm ihn vorsichtig entgegen, aber er war voller Sand und Schlick. Ausgeschlossen, da irgendwelche Fingerabdrücke ... Ich klappte die Trommel heraus. Sechsschüssig. Vier Patronen, zwei leere Hülsen ...

*Wieso zwei?*

War der eine Schuß vielleicht schon vor längerer Zeit ... Kaum. Das Magazin einer Pistole lädt man vielleicht nicht gleich nach; aber beim Revolver holt man normalerweise wenigstens die leere Hülse heraus ... Außer, man will das Ding ohnehin ins Meer schmeißen.

*Aber wozu der zweite Schuß?*

Nein, durch logische Schlußfolgerungen habe ich die Lösung nicht gefunden. Eher durch Intuition – und ich hatte Glück dabei. Auf Intuition soll man sich nicht verlassen in meinem Beruf ... Wenn ich heute ganz nüchtern an die Sache zurückdenke, dann ist mir klar, daß jemand, der es auf Roger und nicht auf Christian abgesehen hatte, wahrscheinlich gleich nach dem ersten Schuß seinen Irrtum bemerkt und nicht ein zweites Mal geschossen haben würde. Also war tatsächlich Christian gemeint. Wer aber konnte einen solchen Haß auf Christian Hourmon haben, daß er . . . Despard?

Der hatte ein Alibi. Madame Despard? Sie hätte mit dem ersten Schuß getroffen, so wie ich sie einschätzte. Blieb also nur . . .

Aber, wie gesagt, damals schied ich die potentiellen Täter nicht durch Logik und Elimination aus. Ich wurde ganz einfach das Bild der zerbrechlichen, der offensichtlich wenig selbstsicheren, dafür um so sensibleren Sandrine nicht los. Zu sensibel, um nicht zu merken, daß da etwas nicht stimmte mit ihrem Mann; daß er zerstreut war, unaufmerksam, anders als früher . . . Allein diese allmorgendlichen Schwimmübungen waren geeignet, sie stutzig zu machen . . . Ob sie ihm eines Tages nachgegangen war? Und dann die Entdeckung.

Sie kann es nicht verwinden. Warum soll eigentlich immer sie das Opfer sein? Alles in ihr lehnt sich auf; sie ist keines klaren Gedankens mehr fähig. Sie holt den Revolver hervor, der seit Jahren in einer Schublade herumliegt, läuft zum Strand hinunter und wartet hinter den Felsen auf Christian, der sich gerade an diesem Tag noch nicht mal die Mühe gemacht hat, seinen Bademantel überzuziehen . . . Er kommt. Sie schießt – und der Zufall will es, daß sie ihn ins Herz trifft. Dann geht sie ins Haus zurück, um die Polizei anzurufen.

Aber Roger hindert sie daran. Er sagt, man müsse unbedingt einen Skandal vermeiden. Der tiefere Grund ist jedoch, daß ihm seine Schwägerin durchaus nicht gleichgültig ist – und nicht nur, weil er ihr soviel zu verdanken hat . . . Er weiß auch schon, wie man die Sache zurechtbiegen kann. Er nimmt seinen eigenen Bademantel, durchschießt ihn in Höhe des Herzens und zieht ihn dem Toten über. Dann wirft er die Waffe ins Meer. Er bedenkt nur nicht, daß das Wasser in der Ebbe nach einer Sturmflut besonders weit abläuft . . .

Der Plan war nicht ungeschickt. Wenn die Waffe nicht gefunden worden wäre, hätte ich geglaubt, daß Christian versehentlich an Stelle seines Bruders niedergschossen worden sei, und ich hätte nicht den geringsten Grund gehabt, Sandrine zu verdächtigen.

Wie hatte doch Merlin so schön gesagt? Wenn du auf Anhieb begreifst, was los ist, dann hast du überhaupt nichts begriffen . . .

Sandrine gab alles zu und wurde später freigesprochen. Irgendwann erfuhr ich durch Zufall, daß sie Roger geheiratet hatte. Ob sie mit ihm glücklicher geworden ist als mit Christian? Ob nicht die Erinnerung an einen blauen Bademantel zwischen ihnen steht?

## Ein ganz normaler Typ

Sylvain fror. Ihm war flau im Magen, und er merkte, daß er Kopfweh bekam. Er schlug den Mantelkragen hoch und schaute zu den anderen hinüber, die, nur schemenhaft erkennbar, an der Ecke des Mauervorsprungs standen und sich leise unterhielten. Wovon mochten sie sprechen? Von ihm natürlich.

Sylvain hatte Angst. Nicht vor dem Blut; nicht vor dem Anblick von Toten, nein. Daran hatte er sich gewöhnt. Es war nur ... Er hatte bisher noch nie den Auftrag gehabt, es selber zu tun; er war einer von den anderen gewesen, hatte auf Anordnung gehandelt, eine klar umrissene Aufgabe erfüllt – aber er hatte es nicht selber zu machen brauchen. Heute mußte er die Anordnungen geben. Sonst war er immer Zeuge einer Tat gewesen. Heute war er der Täter.

Eiskalte Hände. Er zog sie aus den Manteltaschen und betrachtete sie: zwei weißliche, verschwommene Flecken in der Dunkelheit ... Er schaute mechanisch auf das Leuchtzifferblatt seiner Armbanduhr. Noch zu früh. Der Mann, den er kaltmachen sollte – der erste Mensch, den er töten würde –, war noch nicht unterwegs. Nun, sie würden dafür sorgen, daß er pünktlich kam; darin waren sie pingelig. Vielleicht schlief er noch. Es war ja nicht weit. Vielleicht träumte er gerade was Hübsches ... Er hatte ihn gesehen: ein stämmiger Mann mit einem vierkantigen Gesicht, breitem Schnauzbart und dichtem Haar im Bürstenschnitt. Er sah nicht aus wie so einer. Er sah aus wie ein braver Familienvater.

Sylvain dachte an seinen Vater. Der hatte noch nicht mal ein Huhn schlachten können; das hatte immer der Nachbar erledigt. Wenn damals seinem Vater jemand gesagt hätte, daß sein Sohn eines Tages ...

Aber was hätte er selbst damals dazu gesagt? Hundertmal hatte er sich die Frage gestellt, ohne eine Antwort zu finden. Es hatte sich halt so ergeben – doch die Verhältnisse, die sind nicht so. Und eines Tages – Zufall? Schicksal? – hatte er den Schweigsamen kennengelernt. In seiner Stammkneipe, dem *bistrot* in der rue Saint-Martin. Der Schweigsame war noch jung. Jung und sehr kräftig. Er konnte gut zuhören, und Sylvain hatte gern und viel geredet, damals ... Sie hatten sich öfter getroffen, und er hatte sich dem anderen anvertraut: Sieben verschiedene Arbeitsplätze in fünf Jahren, und siebenmal vor die Tür gesetzt ... O nein – er hatte nichts ausgefressen. Bloß diese Scheißarbeitslosigkeit, nicht wahr? Pech, ganz einfach Pech ... Der Schweigsame hatte zugehört und nicht viel dazu gesagt. Es hatte wochenlang gedauert, bis er endlich den Mund aufgemacht hatte.

Vielleicht hätte ich damals sofort Schluß machen müssen, dachte

Sylvain. Um so mehr, als Marcel – er hieß Marcel, der Schweigsame – ihm schlagartig unheimlich geworden war. Oder . . . Nein, das war nicht ganz richtig. Marcel war ein dufter Kumpel – sympathisch, zurückhaltend, hilfsbereit –, ein prima Typ, aber ein Typ wie alle anderen. Man wäre nie auf die Idee gekommen, daß Marcel . . . daß er so einer war. Ein . . . Ja: ein Killer, hatte Sylvain damals gedacht. Und zugleich war es ihm völlig unvorstellbar erschienen, daß Marcel . . .

Ja – das war's. Marcel war ganz einfach ein Mensch wie alle anderen. Seinem ganzen Wesen nach war er vielleicht sogar ein wertvollerer Mensch als viele andere . . . Bei dieser Erkenntnis war es Sylvain wie Schuppen von den Augen gefallen. Bestimmten Menschen, bestimmten Berufsgruppen war Sylvain bisher mit einem naiven Vorurteil begegnet, das, wie ihm jetzt klar wurde, völlig unrealistisch war. Wenn ihn jemand gefragt hätte, na, was ist, willst du so einen mal kennenlernen – also wahrscheinlich wäre er davongelaufen. Aber so, nachdem er Marcel kennengelernt hatte, ohne Bescheid zu wissen . . . Einfach ein ganz normaler Typ, dieser Marcel. Ein Typ, der davon lebt, andere Leute umzubringen, und doch ein Typ wie alle andern . . . Es war schon verdammt komisch.

Und dann, eines Tages, hatte ihm Marcel vorgeschlagen, mit einzusteigen. Er hatte ihn zuerst einmal mit seinem Team bekannt gemacht . . . Dann war alles sehr schnell gegangen. Sylvain war völlig pleite gewesen, er hatte überall Schulden gehabt: bei seiner Wirtin, im *bistrot* und vor allem bei Marcel . . . Im Gegensatz zu den anderen hatte Marcel nie gedrängt.

Es war jetzt schon vier Jahre her, daß Sylvain zum erstenmal mitgemacht hatte. Er redete jetzt nicht mehr gern und viel. *Er* würde sich keinesfalls irgendeinem Wildfremden anvertrauen. Seinen wenigen Freunden spielte er den Handlungsreisenden vor . . . Sogar Alice hatte keine Ahnung.

Die gute Alice! Sie pickte sich aus den Zeitungen und Illustrierten mit Vorliebe die Berichte über Kriminalfälle heraus und gab dann Kommentare von sich, über die Sylvain nur lächeln konnte. Aber es war ein zärtliches Lächeln. Hatte er früher nicht selber die Dinge genauso beurteilt?

Sylvain verdrängte Alice und schaute wieder auf die Uhr. An nichts mehr denken. Jetzt muß er bald kommen. Handeln wie ein Roboter . . . Er ging zu den anderen hinüber.

Einer der Männer stank nach Alkohol. Am Anfang hatte sich Sylvain ebenfalls Mut angetrunken . . . Heute hätte ich vielleicht auch trinken sollen, schoß es ihm durch den Kopf. Er merkte, daß er weich in den Knien war.

«Alles in Ordnung, Chef?» flüsterte einer.

«Na klar!» Sylvain sprach ebenso leise, aber ein bißchen von oben herab. «Bernard und Jean-Louis – ihr kommt mit. Die anderen rühren sich nicht von der Stelle!»

Sie gingen auf Zehenspitzen, bogen am Mauervorsprung links ab und erreichten die Tür. Sylvain stieß sie auf.

Der Direktor unterhielt sich flüsternd mit dem Staatsanwalt und dem Verteidiger. Ganz hinten in der Ecke stand ein Priester; er ließ einen Rosenkranz durch die Finger gleiten, seine Lippen murmelten das Gebet.

Sie verstummten alle mit einem Schlag, als der Scharfrichter eintrat.

# Der Commissaire und das Rätsel der Kabelbahn

Diese Sache in der Kabelbahn damals, die hat mir ganz schön Kopfschmerzen bereitet. Und wieder einmal wäre ich wahrscheinlich viel schneller ans Ziel gekommen, wenn ich auf den Mann gehört hätte, der nun mittlerweile mein Freund war – auf den Commissaire Merlin. «Schmeiß die Phantasie über Bord», hatte er immer gesagt, «und verlaß dich nicht auf das, was du auf den ersten Blick siehst . . . Das ist wie bei einem Zauberkünstler: Was er dir ausdrücklich zeigt, das soll dich nur ablenken!» Schön gesagt. Aber wieder einmal ließ ich mich vom Jagdeifer hinreißen, statt nüchtern zu überlegen.

Die Frau lag in einer Kabine der Kabelbahn, die in Montmartre zur Kirche Sacré-Coeur hinaufführt, und sie war zwischen 8 Uhr 30 und 8 Uhr 31 ermordet worden – so genau erfährt man das selten . . . Es war Anfang März, und es war ziemlich kalt und ungewöhnlich neblig. Ich stand in der Talstation und schaute nach oben. Die Umrisse der Bergstation waren noch eben schattenhaft zu erkennen; die Gleise schienen in der grauen Luft zu hängen.

Das Personal besteht oben und unten jeweils aus einem einzigen Mann – er gibt die Fahrkarten aus und öffnet und schließt die Kabinentür. Der von der Talstation war unergiebig, obgleich die Frau einige Minuten auf die Abfahrt hatte warten müssen.

«Sicher, ich hab sie gesehen», bestätigte er. «Sie war ja die einzige . . . Vor zehn, elf Uhr haben wir kaum Betrieb. Höchstens Leute, die in Sacré-Coeur zur Messe gehen, oder ein paar Frühaufsteher unter den Touristen . . .»

«Irgend etwas Besonderes? Wirkte sie aufgeregt? Ängstlich?»

«Nee . . . Sie hat wohl gefroren – sie ist immer so hin- und hergetrippelt. Und sie sah so aus, als hätte sie's eilig.»

«Und der Mann?»

«Tja . . .» Er dachte kurz nach. «Der ist im letzten Augenblick angerannt gekommen; ich wollte gerade die Tür zumachen . . . Den Mann hab ich eigentlich gar nicht so richtig gesehen, ja? So einen langen schwarzen Regenmantel hat er angehabt und auf dem Kopf 'ne Mütze.»

«Schirmmütze?»

«Ja, also ... Nee, eher 'ne Baskenmütze, ja?»

«Können Sie sich erinnern, wo die beiden in der Kabine gesessen haben?»

«Sie saß ganz hinten. Und er ist gleich neben der Tür stehengeblieben.»

«Wie lange dauert die Fahrt nach oben?»

«Nicht der Rede wert, 'ne Minute ungefähr.»

Ein Mord, begangen in knapp 60 Sekunden ... Ich stieg auf der breiten Treppe neben den Gleisen nach oben – die Bahn war natürlich einstweilen außer Betrieb – und rekapitulierte die wenigen Fakten, die bereits ermittelt worden waren: Die Tote hieß Jacqueline Delvrière, war 23 Jahre alt und wohnte in der rue de Longchamp. Das hatte schon der Kollege vom zuständigen Revier festgestellt, der sie vorgefunden hatte, wo sie zusammengebrochen war, nämlich ganz hinten in der Kabine. Sie war mit ihrem eigenen Schal erdrosselt worden. Die Handtasche – Krokodilleder und offensichtlich sehr teuer – hatte sich im Fallen geöffnet, oder sie war geöffnet worden; der Inhalt war über den ganzen Kabinenboden verstreut: eine Ausweishülle mit ihren Papieren, ein Lippenstift, eine Puderdose, ein Päckchen Chesterfield, ein Feuerzeug und ein winziges seidenes Taschentuch. Aber kein Geld ...

Also offensichtlich Raubmord, konstatierte ich – es lag auf der Hand. Eine elegante junge Frau, die am frühen Morgen in einem Kostüm aus einem der exklusivsten Modesalons durch Paris spaziert, hat mindestens einen Hundert-Francs-Schein bei sich. Weit weniger üblich ist es allerdings, daß sie in der Tasche des Kostüms eine kleine, automatische Pistole mit sich herumträgt – durchgeladen und entsichert ...

Diese Pistole gab mir Rätsel auf. Einerseits hätte sich die Delvrière verteidigen können, als sie angegriffen wurde. Und überdies mußte sie mit der Möglichkeit eines Angriffs gerechnet haben – sonst hätte sie das Ding doch nicht eingesteckt. Andererseits: bedroht von wem? Offensichtlich nicht von ihrem Mörder, von dem Mann im langen Regenmantel. Sonst hätte sie noch auszusteigen versucht, geschrien, sich sonstwie auffällig benommen. Und außer dem Mann im Regenmantel kam ja nach Lage der Dinge niemand als Täter in Frage ... Unter diesen Gedanken erreichte ich die Bergstation.

Der Mann, der hier oben Dienst hatte, war sehr viel aufgeregter als sein Kollege, und ich mußte seinen Redeschwall abbremsen.

«Nun mal eins nach dem andern ... Haben Sie die Kabine heraufkommen sehen?»

«Nein. Sie ist urplötzlich aus dem Nebel aufgetaucht und hat gleich darauf angehalten. Die Scheiben waren stark beschlagen – man konnte überhaupt nicht nach innen sehen ... Ich hab dann aufgemacht, und ein Mann ist ausgestiegen. Ich hab ihn gar nicht angesehen – warum denn auch? Ich wußte ja noch nicht, daß er ...»

«Hatte er einen schwarzen Regenmantel an? Ziemlich lang?»

«Kann schon sein. Schaun Sie, hier kommen jeden Tag so viele Leute durch ... Ich hab zuerst gedacht, er ist der einzige Fahrgast. Nur der Ordnung halber hab ich noch einen Blick in die Kabine geworfen – es ist Vorschrift, wissen Sie? Und die Leute lassen ja soviel liegen! Sie, ob Sie's glauben oder nicht – einmal, da hat jemand einen Schimpansen ...»

«Und? Weiter! Ihr Schimpanse ist's ja wohl kaum gewesen.»

«Ja ... Ja, und dann hab ich sie da liegen sehen.»

«Und der Mann? Der war inzwischen über alle Berge, was?»

«Klar. Mit zwei Schritten ist man aus der Station draußen ... Na, also, wie gesagt, ich hab sie da liegen sehen, und mir war sofort klar, daß da was ganz Übles ... Ich meine, wenn es ihr nur schlecht geworden wäre, dann hätte der Mann mir doch was gesagt. Aber so ... Na, und da hab ich aufs Geratewohl die wartenden Fahrgäste gefragt, ob vielleicht jemand Arzt ist. Sieben Leute waren das, ich hab's schon zu Protokoll gegeben: drei Zöglinge aus dem Priesterseminar, ein Soldat, eine Dame und noch zwei Herren. Und von denen hat tatsächlich einer die Hand gehoben und gesagt, Arzt ist er zwar nicht, aber er versteht was von Erster Hilfe. Da hab ich ihn mit in die Kabine genommen. Aber die anderen drängten hinterher und wollten unbedingt auch ... Geradezu widerlich. Verstehn Sie so was? Und dann hat auch noch einer von den Seminaristen durchgedreht und geschrien, wenn hier jemand in Lebensgefahr ist, dann muß man einen Priester rufen ... Also, es war ein fürchterliches Durcheinander, und ich hatte meine liebe Mühe, die Leute draußen zu halten. Na ja, und inzwischen stand dann fest, daß die Frau keinen Arzt und auch keinen Priester mehr brauchte ... Ich hab dann sofort die Polizei angerufen.»

Als ich die Stufen zur Talstation hinunterstieg, las ich noch einmal das Protokoll, das die Kollegen vom Revier aufgenommen hatten. Die Aussagen der Bahnbediensteten deckten sich mit dem, was mir die beiden erzählt hatten; die sieben Fahrgäste mußte ich noch vernehmen, aber es würde nichts dabei herauskommen ... Ich beschloß, zuerst die Wohnung der Toten aufzusuchen.

Jacqueline Delvrière, hatte ich dem Protokoll entnommen, war die Tochter eines Juweliers aus dem faubourg Saint-Honoré. Ihr Mann, kaufmännischer Leiter eines großen Automobilunternehmens, hielt sich im Augenblick aus beruflichen Gründen in Deutschland auf; man hatte ihn offenbar noch nicht erreichen können.

In der rue de Longchamp öffnete mir ein Dienstmädchen. Sie war Spanierin, und wir hatten ziemliche Verständigungsschwierigkeiten; immerhin kriegte ich aus ihr heraus, daß Madame viel ausging, daß auch oft Gäste ins Haus kamen und das Personal viel zu tun hatte ... O ja, die Delvrières lebten in einer glücklichen Ehe ... Ja, Monsieur verreiste oft ...

Im allgemeinen lege ich den Aussagen des Personals keine allzu große

Bedeutung bei. Man erfährt aber meist etwas über das Verhältnis der Familienmitglieder zueinander und über ihre Lebensgewohnheiten; man kann sie einordnen. Diesmal aber klappte es überhaupt nicht. Was hatte Jacqueline Delvrière um halb neun Uhr morgens auf dem Hügel von Montmartre gewollt – zu einer Zeit, zu der eine Frau aus ihren Kreisen so ganz allmählich ans Aufstehen denkt?

Von dem Mädchen erfuhr ich noch, daß Madame am Abend zuvor spät zu Bett gegangen war. Drei Freunde der Familie seien zum Abendessen dagewesen: Monsieur und Madame Laîné und noch ein Herr – den Namen wußte sie nicht, aber er kam häufig ins Haus. Monsieur Laîné sei Arzt ... Ich notierte alle Einzelheiten – auch Kleinigkeiten können von Bedeutung sein. Aber ich hatte die ganze Zeit das unbestimmte Gefühl, daß mich dies alles von der richtigen Fährte wegführte – von der Fährte des Mannes im schwarzen Mantel. Es sei denn ... Sollte dieser Mann vielleicht ein Freund von Jacqueline Delvrière sein? Hatten sie ein Rendezvous vereinbart? Ach nein. Ein Rendezvous ausgerechnet in dieser kleinen Kabelbahn, deren Kabinen so kurz unterwegs waren, daß man noch nicht mal eine Unterhaltung ... Außerdem geht man im allgemeinen unbewaffnet zum Rendezvous. Und man wird dabei auch nicht ausgeraubt ... Übrigens hatte das Mädchen wenigstens in einem Punkt meine Annahme bestätigen können: Madame war nie ohne Geld ausgegangen; ein paar hundert Francs hatte sie immer bei sich gehabt.

Und wenn der Raub nur ein Täuschungsmanöver war? überlegte ich auf dem Weg ins Büro; wenn er das wahre Tatmotiv nur verschleiern sollte? Dieser lange schwarze Mantel und die nicht näher definierte Mütze machten mich ohnehin mißtrauisch – ein Mörder, der sich so auffällig anzieht, der *will*, daß es sich den Zeugen einprägt ... Je länger ich grübelte, um so mehr wuchs in mir die Überzeugung, daß es im Leben dieser Jacqueline Delvrière ein Geheimnis geben mußte.

Im Büro erwartete mich eine kleine Sensation. Der Erkennungsdienst hatte auf der Puderdose Fingerabdrücke gefunden, und zwar die eines gewissen André Bertoux, der bereits zweimal wegen Einbruchdiebstahl eingesessen hatte und vor kurzem aus der Haft entlassen worden war. Ich setzte die Fahndung in Gang und ließ mir Bertoux' Akte kommen. Lauter Kleinkram, stellte ich fest; ein unverbesserlicher Rückfalltäter, aber kein einziges wirklich schweres Delikt. Ein armes Schwein offenbar, dieser Bertoux. Der klassische Fall: ein Schlüsselkind, das in schlechte Gesellschaft gerät; eine Brieftasche hier, ein Autoradio da – und zum Schluß zwei kleine und furchtbar ungeschickte Einbrüche, die obendrein kaum etwas eingebracht hatten. Außer zwei Gefängnisstrafen, wie gesagt. Alles in allem bisher ein kleiner Gauner ohne Format. Und jetzt ein Raubmord ... Es paßte nicht so recht zu dieser Akte, aber er mußte ja der Täter sein; ich sah keine andere Möglichkeit.

Aber hatte er Jacqueline Delvrière tatsächlich umbringen wollen? War es nicht naheliegender, daß er sein Opfer nur wehrlos machen wollte, um an das Geld zu kommen? Hatte er dann ganz einfach die Nerven verloren, weil die Sache nicht ganz so verlief, wie er es sich gedacht hatte, und die Kabine jeden Augenblick die Station erreichen mußte? Ich stellte mir die Szene vor: fester, immer fester hatte er den Schal um den Hals der schreienden Jacqueline zugezogen. Und dann hatte er die Handtasche durchwühlt – daher die Fingerabdrücke ... Ja, so paßte es schon eher zu der Akte. Aber ...

Aber die Delvrière war bewaffnet gewesen, aus welchem Grund auch immer. Warum hatte sie sich nicht gewehrt?

Diese Pistole warf wieder alles über den Haufen.

Ich suchte Dr. Laîné auf, einen der drei Gäste am Abend vor der Tat. Ich fragte ihn ein wenig über Jacqueline aus. «Hat sich Madame Delvrière gut mit ihrem Mann verstanden?»

«Aber ja! In jeder Beziehung.»

«Hatte sie eigene Einkünfte? War sie vermögend?»

«Ja. Sie war das einzige Kind. Ihr Vater ist tot.»

«Hm, so ... Sagen Sie, wie fanden Sie sie an jenem Abend? War sie erregt? Bedrückt? Irgendwie anders als sonst?»

«Also bedrückt auf keinen Fall! Wissen Sie, Jacqueline war ein fröhlicher Mensch. Sie war gern in Gesellschaft. Sie brauchte das: Trubel ... Andererseits kann das auch, na – Maske gewesen sein, ja? Ich habe sie nie behandelt, könnte mir aber vorstellen, daß sie im Grunde eher ängstlich war. Ängstlich und impulsiv zugleich – das gibt's.»

«Ich verstehe ... Vielen Dank, Docteur.»

In Wirklichkeit verstand ich überhaupt nichts und war keinen Schritt weitergekommen. Da ich nichts Besseres zu tun hatte, beschloß ich, erst einmal die Fahrgäste von der oberen Station zu vernehmen. Ich begann mit Philippe Louvel, dem Mann, der sich erboten hatte, Erste Hilfe zu leisten, und als einziger in die Kabine gekommen war. Vielleicht war ihm etwas aufgefallen – irgend etwas scheinbar Belangloses, das später den ermittelnden Beamten entgangen war.

Philippe Louvel war ein gutaussehender, sympathischer junger Mann von 25 Jahren. Er sprach mit einem leichten Akzent, der den Südfranzosen verriet; er sprach viel und schnell und am liebsten über sich selbst. – Arzt? Nein, nein, er war kein Arzt! Ja, ein paar Semester Medizin – aber nur seinen Eltern zuliebe, nicht wahr, und, na ja, für was anderes hatte sein Vater kein Geld rausrücken wollen; aber dann, als sein Vater gestorben war, da hatte er alles hingeschmissen. «Wissen Sie, der alte Herr hat eine große Brauerei gehabt, aber ... Hab ich gleich verkauft. Nichts für mich. Bin ich denn blöd? Soll ich vielleicht Tag und Nacht arbeiten? Ich hab's doch erlebt, wie sich mein Vater kaputtgemacht hat für den Laden! Freies Unternehmertum? Na! Doch nicht ich ... Obwohl, wenn ich daran denke, was ich für Klimmzüge machen mußte, bis ich schließlich ein Examen gebaut hatte ... Wissen Sie, wieviel Jahre ich dazu ...»

Ich beging nicht den Fehler, ihn zu fragen, in welche Fakultät er beim zweiten Anlauf geraten war. Ich brachte ihn mühsam wieder zum Thema. Aber er redete immer noch von sich selbst.

«Wissen Sie, ich sah mich zur Zeit in Montmartre nach einem Studio um, einem Atelier, was weiß ich – na, halt nach einer Wohnung mit Pfiff, ja? Bißchen was Verrücktes ... Und da ist mir was angeboten worden, in der rue des Saules – einfach umwerfend, sag ich Ihnen! Und deshalb ...»

«Na prima. Aber vielleicht kommen wir endlich zur Sache ... Also, die Bahn hat oben angehalten. Ist Ihnen der Mann, der aus der Kabine kam, irgendwie aufgefallen?»

«Ach, der ... Nein. Ich hab ihn gar nicht gesehen – ich konnte doch nicht wissen, daß er ... Er ist auch sehr schnell ausgestiegen.»

«Würden Sie ihn wiedererkennen?»

«Ob ich ihn ... Kaum. Nein, ich glaube nicht. Es ging alles so schnell, ja, und ich konnte doch nicht wissen ...»

«Ja, das sagten Sie bereits. Ist Ihnen sonst etwas aufgefallen? In der Kabine – ich meine, außer der Toten?»

«Nein ... Tut mir leid, aber ... Wissen Sie, wenn man so plötzlich vor einer Toten steht ... Ich habe sofort gesehen, daß sie keines natürlichen Todes ... Na, dieser Schal! Also, wie der um ihren Hals ... Und dieser Gesichtsausdruck – also nein! Gräßlich ... Ich habe mich dann nur noch vergewissert, daß das Herz nicht mehr schlug.»

Die anderen Zeugen waren nicht so zeitraubend, aber genauso unergiebig.

Am nächsten Tag kam Monsieur Delvrière zu mir ins Büro. Man hatte ihn endlich erreicht, und er war mit der nächsten Maschine zurückgeflogen. Er wirkte ziemlich aufgelöst, und ich beschränkte mich auf die paar Fragen, die unbedingt notwendig waren ... Nein, seine Frau habe offenbar keine Wertgegenstände ... Es fehle nichts von ihrem Schmuck. – Geld? Keine Ahnung; höchstens ein paar tausend Francs. Seine Frau habe größere Beträge immer per Scheck ... Nein, sie hatten weder Freunde noch Verwandte in der Gegend von Montmartre; er könne sich auch nicht vorstellen, was seine Frau dort ... Und noch dazu um diese Tageszeit. Von der Pistole sagte ich einstweilen nichts. Delvrière schied als Täter aus; hätte er etwas von der Waffe gewußt, hätte er ganz von allein davon angefangen.

Ich fuhr nach Montmartre. Ich kontrollierte die Fahrtzeit der Kabine mit der Stoppuhr in der Hand ... 60 Sekunden; es blieb dabei. Nicht zu fassen! Einen derart riskanten Coup in so kurzer Zeit und obendrein noch erfolgreich durchzuführen, dazu bedurfte es schon einer ganz ungewöhnlichen Kaltblütigkeit. Bertoux mußte sich im Gefängnis ziemlich verändert haben. Natürlich war ihm der Nebel zu Hilfe gekommen, aber trotzdem ... Und ich konnte die Sache drehen und wenden, wie ich wollte – ich kam immer wieder zu dem gleichen Ergebnis: Bertoux mußte der Täter sein! Wahrscheinlich war er völlig abgebrannt gewesen, vielleicht von Gläubigern bedrängt, verzweifelt. Da hatte er diesen Überfall improvisiert, auf Verdacht, sozusagen – für ein vorsätzliches Verbrechen fehlten schließlich die Voraussetzungen; er konnte nicht damit rechnen, mit einer Frau, die ein paar hundert – oder tausend – Francs bei sich hatte, allein in der Kabine zu sein . . . Ein paar tausend Francs, und eine Pistole, verdammt.

Bertoux wurde noch am Abend verhaftet, als er an der place Maubert aus der Métro stieg. Ich hatte mittlerweile eine Stinkwut und nahm ihn entsprechend auf die Hörner. Er leistete keinen Widerstand und legte ein Geständnis ab. Doch die Geschichte, die er mir da auftischte, war so unwahrscheinlich, daß ich ihm fast eine gescheuert hätte – der wollte mich wohl verscheißern, dieser . . . dieser . . . Aber er blieb bei seiner Aussage: die Dame sei fast unmittelbar nach Abfahrt ohnmächtig zusammengesunken; die Tasche sei ihr aus der Hand geglitten und ganz von selbst aufgegangen; er habe das Geld bloß aufzuheben brauchen . . .

«Wieviel war's?»

«Fünfundzwanzigtausend.»

«Paß mal auf – wenn du mir hier die Hucke vollügst . . .»

Er nannte mir ein drittklassiges Hotel von zweifelhaftem Ruf in der rue de la Montagne Sainte-Geneviève, wo er ein Zimmer genommen hatte . . . Das Geld war da. Es lag zuunterst in seinem Koffer, in ein Hemd gewickelt. Und es waren tatsächlich 25 000 Francs.

«Los, pack aus! Wo hast du das her?» Ich wollte es noch immer nicht glauben.

«Na, aus ihrer Handtasche . . . Sag ich doch!»

«Hast du Madame Delvrière gekannt?»

«Nee. Noch nie gesehn.»

«Was wolltest du denn um halb neun Uhr morgens in Montmartre?»

«Ooch . . . Nichts Besonderes. Ich war da mit einem verabredet.»

«Name? Adresse?»

«Keine Ahnung. Ein Typ, den ich mal in einem Café kennengelernt hab.»

Wir hatten ihn abwechselnd in der Mangel. Stundenlang. Und er blieb bei seiner Geschichte, stur wie ein Maulesel. Es war zum Verrücktwerden.

«Aber ich sag Ihnen doch – umgefallen ist sie! Vielleicht warse herzkrank, die Tante – was weiß denn ich . . .»

Der Arzt, der die Autopsie vorgenommen hatte, blieb bei seinem Befund: Jacqueline Delvrière war erwürgt worden. Warum leugnete dieser Bertoux so hartnäckig? Ich rief die Bank von Madame Delvrière an. Ich erhielt die Auskunft, sie habe am Tag vor ihrer Ermordung 25 000 Francs abgehoben. Wieder nahm ich mir Bertoux vor.

«Woher hast du überhaupt gewußt, daß sie soviel Geld bei sich hatte?»

«Aber . . . ich hab's doch gar nicht gewußt!»

Als der Morgen graute, war er nur noch ein Häufchen Elend. Aber noch immer stritt er alles ab. Ich ließ ihn in eine Zelle sperren. Ich war selber zum Umfallen müde. Ich stützte den Kopf in die Hände und ließ die Platte, die sich seit Stunden in meinem Hirn drehte, zum aberstenmal laufen: Da war dieser Bertoux, ein mieser kleiner Ganove, erst vor kurzem aus der Haft entlassen. Und da war Madame Delvrière, eine junge, elegante Frau aus den ersten Kreisen, die aus unbekannten Gründen mit 25 000 Francs und einer Pistole herumgelaufen war, in einer Gegend, in der sie nichts zu suchen hatte ... Wo war die Verbindung, verdammt noch mal? Was hatten diese beiden miteinander zu tun? Es mußte doch eine Verbindung geben ...

*Warum eigentlich?*

Plötzlich war der Gedanke da: Wenn überhaupt keine Verbindung existierte? Wenn Bertoux die Wahrheit sagte? Wenn Jacqueline Delvrière wirklich ohnmächtig umgesunken war, wenn er nur ihre Tasche durchwühlt ... Mal angenommen, es stimmt: Der Schaffner der oberen Station sieht die Frau am Boden liegen und fragt, ob ein Arzt da ist. Einer der Wartenden tritt vor, geht in die Kabine, beugt sich über die Frau. Der Schaffner hat alle Hände voll zu tun, um die Neugierigen zurückzudrängen; der unbekannte Helfer ist allein mit Jacqueline Delvrière ... Der Schaffner versperrt die Tür, und die Scheiben sind beschlagen ...

Verdammt!

Es gab tatsächlich keine Verbindung zwischen Jacqueline Delvrière und Bertoux – sehr wohl aber zwischen ihr und Philippe Louvel!

Ich war, um mit Merlin zu sprechen, auf den Zauberkünstler hereingefallen.

Auf der Fahrt zu Louvel legte ich mir das alles noch einmal zurecht. 25 000 Francs. Und eine Pistole. Mit anderen Worten, die Wahl zwischen zwei Lösungen ... Ich versuchte, mich in diesen gutaussehenden jungen Mann, der so ungern arbeitete, hineinzuversetzen. Da war nur eines, was mich störte: Wenn meine Theorie stimmte, waren die 25 000 Francs für Louvel bestimmt gewesen – Erpressung vermutlich; das könnte die Pistole erklären. Wenn er nämlich nicht zum erstenmal kassierte. Aber wenn er Jacqueline, bildlich gesprochen, so an der Kehle hatte, daß er solche Summen verlangen konnte – warum hatte er sie dann im buchstäblichen Sinn an der Kehle gepackt? Wer schlachtet das Huhn, das goldene Eier legt?

Ich hoffte, es von Louvel zu erfahren.

Er lag natürlich noch im Bett, und er war zunächst sehr ungnädig. Aber nicht lange ... Vielleicht lag es auch mit daran, daß sich ein Mann im Pyjama relativ wehrlos fühlt, wenn man Fraktur mit ihm redet. Wie auch immer – ihm ging ziemlich schnell die Luft aus; er klappte zusammen und legte schließlich ein Geständnis ab.

Er hatte irgendwann einmal Jacqueline getroffen, und sie war auf ihn hereingefallen. Es war eine kurze Affäre gewesen, und sie wäre ohne

Folgen geblieben, wenn Louvel ihr nicht eines Tages ihre Briefe unter die Nase gehalten und Geld verlangt hätte. Und Jacqueline, in die Enge getrieben, hatte bezahlt. Immer wieder. Bis dann eines Tages bei ihr der Faden gerissen war. Sie hatte sich die Pistole beschafft. Sie wollte Schluß machen, frei sein. Aber sie hatte sich selbst nicht getraut und vorsichtshalber auch das Geld mitgenommen ...

Als der Schaffner nach einem Arzt fragte, hatte sich Louvel spontan gemeldet, ohne Hintergedanken. Und als er sich dann über Jacqueline beugte, die wahrscheinlich ganz einfach dem Stress nicht gewachsen gewesen war, da war sie zu sich gekommen, hatte ihn erkannt, sich bedroht gefühlt, von panischer Angst ergriffen die Pistole gezogen ... Da hatte er sie erwürgt, ihr die Waffe wieder in die Tasche gesteckt und war nach Hause gegangen, nachdem er wie alle anderen seine Personalien angegeben hatte.

Louvel hat dann Glück gehabt. Da er offensichtlich kein Tatmotiv hatte, da zudem das Gericht zu der Überzeugung kam, daß ein Mensch wie er das Huhn mit den goldenen Eiern eben *nicht* schlachtet, ist er ziemlich glimpflich davongekommen. Auch Erpresser haben ein Recht auf Notwehr.

## Das Gelübde

Der erste Schuß des Korsen riß Fernand die Zigarre aus dem Mund. Dann ging die große Knallerei los. Glas zerklirrte, Holzsplitter fetzten durch den Raum, Querschläger jaulten.

Fernand war in die Knie gegangen. Halb taub von den Schüssen, geblendet vom Mündungsfeuer kroch er hinter das Klavier. Sein Magen zog sich schmerzhaft zusammen; zum erstenmal im Leben hatte er die Selbstbeherrschung verloren. Er merkte auf einmal, daß er betete, daß längst vergessene Worte aus seinem Unterbewußtsein hochstiegen: «Vater unser ... erbarme dich ... Jetzt und in der Stunde unseres Todes ...»

Ein Schuß durchschlug das Klavier.

Fernand nahm sich zusammen. Gewäsch. Das bringt doch nichts. Nein – wenn schon, denn schon: was Handfestes; ein Vertrag, Zug um Zug ... «Notre-Dame de la Garde, wenn ich hier heil rauskomme, will ich barfuß zu dir nach Marseille pilgern und dir eine Gabe darbringen – Ehrenwort!»

Auf einmal war es still. Prompte Bedienung, dachte er unwillkürlich. Oder ein Täuschungsmanöver? Er wartete ... Aber es rührte sich nichts. Vorsichtig richtete er sich auf.

Da lagen sie alle vier. Der Haß stand noch in ihren Gesichtern. Überall Blut... Er stieg über sie hinweg zur Tür; bei jedem Schritt knirschte es unter seinen Füßen, und er mußte husten, weil alles voller Rauch war. Als er die Wohnungstür von außen hinter sich zuzog, sah er bunte Sterne und wäre fast zusammengesackt. Aber er fing sich noch. Allmählich wurde ihm besser. Er tastete seine Taschen ab... Alles da! Der ganze Schmuck war noch da... Ja, wahrhaftig: ein Wunder!

Als er am nächsten Morgen die Zeitung aufschlug, waren seine letzten Bedenken zerstreut: GROSSE ABRECHNUNG IN MONTMARTRE... VIER GEFÄHRLICHE GEWOHNHEITSVERBRECHER BRINGEN SICH GEGENSEITIG UM... Und natürlich verdächtigte ihn kein Mensch. Wie sollte die Polizei auch auf ihn verfallen? Monsieur Fernand, der geachtete Unternehmer, und die Robson-Diamanten? Lächerlich!

Jetzt wußte niemand mehr, wo die Klunkern abgeblieben waren.

Niemand – außer der Mama. Die Mama wußte Bescheid. Sie war zwar nicht recht einverstanden mit der Sache – sie hatte ganz einfach etwas gegen Gewaltanwendung, aber, na ja... Sie dachte eben noch zu sehr in den Kategorien von früher; sie trauerte der *belle époque* des Einbruchs nach und seufzte tief auf, wenn ihr Blick auf das Foto von Fernands Vater fiel: Das war ein Meister seines Fachs gewesen; ein wahrer Künstler, mit langen, feingliedrigen Händen wie ein Harfenspieler... «Und er hat bei der Arbeit nie getrunken, Fernand!»

«Du hast ja recht, Mama», sagte Fernand. «Bescheuert war das von uns, vorher noch was zu trinken. Und ausgerechnet diesen heimtückischen Rosé! Man denkt, man ist noch völlig nüchtern, und in Wirklichkeit...»

«Du solltest überhaupt mit dem Trinken aufhören, Fernand.»

«Ja, ja... Also, ich werd's versuchen.»

«Und was ist mit deinem Gelübde? Mit so was ist nicht zu spaßen – das ist dir doch hoffentlich klar!»

Aber in diesem Punkt wurde Fernand immer zurückhaltender. Es war ja nicht so eilig. Von einem festen Termin war nicht die Rede gewesen in seinem Gelübde, Gott sei Dank.

Als dann aber eines Tages Unbekannte mit Maschinenpistolen seine eleganteste Bar in Kleinholz verwandelt hatten, fühlte er eine bisher unbekannte Angst in sich aufsteigen. Was sollte das? Alle Welt wußte doch, wie korrekt es bei ihm zuging!

Da war nur dieses Gelübde.

Also gut – ein Gelübde ist ein Gelübde – okay. Aber von Paris nach Marseille, das sind immerhin 804 Kilometer... Er fand diese Zahl derartig niederschmetternd, daß er heimlich wieder zur Flasche griff, um sich Mut anzutrinken. Beaujolais diesmal – denn Beaujolais betäubt zwar, macht aber auch von einem bestimmten Punkt an direkt scharfsinnig. Man sieht auf einmal die Dinge viel klarer: Was bedeutet zum

Beispiel «barfuß»? Doch keineswegs dasselbe wie «zu Fuß» . . . Als ob man sich nicht etwa barfuß ans Steuer setzen könnte! Und, außerdem – vor allem kommt's doch auf die gute Absicht an, nicht wahr . . .

Die Mama wollte von solchen Haarspaltereien jedoch nichts hören. Sie rief ihrerseits die Mutter Maria an: «Wenn der Kleine jetzt anfangen will, dich zu bescheißen, dann laß dich nicht erweichen, Heilige Mutter! Im Grunde ist er ja gar nicht schlecht; man muß ihn bloß hart anpacken, und auf mich hört er nicht mehr . . .»

Fernand zuckte nur die Achseln.

Acht Tage später lag Morucci tot im Rinnstein, sein wichtigster Mitarbeiter. Also hatte die Konkurrenz doch Wind von der Sache bekommen, und jetzt wollten sie verhandeln . . . Fernand schloß sich in sein Büro ein und versank in tiefes Nachdenken. Er kramte Straßenkarten hervor und versuchte, den kürzesten Weg auszurechnen. Er war noch nie gut zu Fuß gewesen. Und auch noch barfuß! Wenn er pro Tag . . . Na, wieviel würde er schaffen? Zehn Kilometer? Dann war er beinahe ein Vierteljahr unterwegs! Das war doch einfach unzumutbar. Er versuchte es wieder mit Beaujolais, aber nach einer halben Flasche wurde ihm klar, daß er der Lösung nicht näherkam. Andererseits mußte unbedingt etwas geschehen – wenn das so weiterging, würde die Sorte bei der Konkurrenz landen. Oder gleich bei den Bullen . . . Er trank die Flasche ganz aus.

Und plötzlich kam ihm die Erleuchtung.

Er wechselte das Taxi dreimal, lief kreuz und quer durch eines der großen Warenhäuser, hastete die Stufen zur Métro hinunter und quetschte sich durch die automatische Tür, als der Zug schon im Anfahren war. Nein, es konnte ihm niemand gefolgt sein . . . Er wäre vor Scham in den Boden gesunken, wenn jemand gesehen hätte, wohin er ging.

Er ging in die Kirche.

Vor den Beichtstühlen blieb er lange stehen. Die Stationen seines beruflichen Aufstiegs kamen ihm in den Sinn – sein erfolgreicher Kampf gegen Milou de Maubeuge, der irrsinnig riskante Bruch in der avenue Henri-Martin, und später die harten Jobs – all die Dinger, die er gedreht hatte. Und immer mit kühlem Kopf . . . Sollte er jetzt kneifen, wo es um diesen idiotischen Achthundert-Kilometer-Marsch ging? Er gab sich einen Ruck, schob den Vorhang beiseite und trat in den Beichtstuhl. Er kniete nieder. Er hatte schon lange nicht mehr gekniet.

«Barfuß», sagte der Beichtvater kategorisch, «bedeutet ganz einfach mit nackten Füßen laufen . . . Was wäre denn sonst verdienstvoll an der Sache? Gut, ich gebe zu – die Entfernung ist ziemlich groß. Aber ist Ihnen nicht eine Gnade zuteil geworden, die noch viel größer ist? Nein, Sie dürfen das nicht länger hinausschieben, mein Sohn!»

«Könnte ich nicht vielleicht die gleiche Strecke in meiner Wohnung . . . Ich meine, ob ich nun achthundert Kilometer nach und nach auf einer Straße runtertipple oder bei mir zu Hause – das ist doch im

Grunde . . .»

«Aber ich bitte Sie! Wenn Sie gesagt haben, ‹ich will barfuß zu dir nach Marseille pilgern› – also, das ist doch eine ganz klare Verpflichtung, oder? ‹Pilgern› mag eine Sache der Auslegung sein, heutzutage. Aber ‹barfuß› ist immer zu Fuß!»

«Aber . . .»

«Da gibt's kein Aber!»

Fernand begriff, daß er hier mit Argumenten nicht weiterkam. Völlig niedergeschlagen ging er nach Hause, trank sich einen ungeheuren Rausch an und schlief ein.

Am nächsten Morgen beschloß er, es mit einem Jesuiten zu versuchen. Der Pater empfing ihn sehr liebenswürdig und gab bereitwillig zu, daß es ziemlich unvorsichtig gewesen sei, das Gelübde in dieser Form abzulegen.

Fernand schöpfte Hoffnung.

«Trotzdem», fuhr der Pater fort, «versprochen ist versprochen: Sie müssen zu Fuß nach Marseille, mein Sohn. Ohne Schuhe und Strümpfe . . . Es bleibt nur noch zu klären, wie Sie das anstellen sollen, ohne einen Volksauflauf nach dem andern hervorzurufen. In einem Maßanzug, und dann barfuß – also ich glaube, das fällt auf!»

«Ja eben! Und ich habe mir mein Leben lang Mühe gegeben, keinerlei Aufsehen zu erregen», sagte Fernand mit Nachdruck.

«Lasset uns beten», schlug der Pater vor. «Der Himmel erleuchtet die, die reinen Herzens sind . . .»

Aber es half nichts. Der Himmel war offenbar genauso ratlos wie sie.

«Sie könnten sich vielleicht als Landstreicher verkleiden», meinte der Jesuit.

«Aber dann kriege ich doch sofort die Polizei auf den Hals!» rief Fernand erschrocken.

«Ach so, ja . . . Dann vielleicht als Gammler, hm? Wenn Sie eine Gitarre mitnehmen . . .»

«Haben Sie schon mal einen Gammler mit so einer Frisur gesehen?» Fernand strich sich mit der Hand über den kahlen Schädel.

«Es ist doch tatsächlich so, daß der klassische Pilger heute einfach keine Chance mehr hat», stellte der Pater trübsinnig fest. «Er hat noch Glück, wenn er nicht als linksextremer Chaote . . .» Sein Gesicht erhellte sich plötzlich: «Wissen Sie was? Marschieren Sie doch einfach bei Nacht!»

Damit ich im Obdachlosenasyl lande, dachte Fernand verbittert. Da kann ich auch gleich zur Polizei gehen . . . Er kam völlig verzweifelt zu Hause an.

Dann hatte die Mama eine Eingebung.

«Der Wohnwagenanhänger!» rief sie aufgeregt. «Daß mir das nicht eher . . . Du, wir sägen einfach ein Loch in den Boden, und dann kannst du laufen, ohne daß dich einer sieht. Ich setz mich vorn ans Steuer . . .

Hab keine Angst, ich fahre schon nicht zu schnell.»

Fernand begann mit dem Training. Beim ersten Morgengrauen schlich er sich aus dem Haus und legte vorsichtig ein paar hundert Meter zurück. Am härtesten war es, ungerührt weiter zu laufen, wenn er auf Rollsplit geriet oder der Weg voller eisigkalter Wasserpfützen war. Er kam zerschlagen zu Hause an, und die Mama massierte ihn, salbte ihm die Füße und trug Talkumpuder auf.

Fernand, dem so etwas wie Gewissensbisse bisher fremd gewesen war, war plötzlich voller schwer zu definierender Skrupel und Zweifel. So stellte er sich zum Beispiel immer wieder die Frage, ob ein Bußwilliger, der täglich drei oder vier Flaschen austrinkt, weil er mit der Form der Buße nicht zurechtkommt – ob so einer überhaupt die erforderlichen moralischen Voraussetzungen für die Sache mitbringt.

«Du bist jetzt ein Sportler», tröstete ihn die Mama, «die machen doch alle Doping. Und in deinem Fall ist es sogar Doping zu Ehren Gottes ...»

Fernand trainierte weiter. Und ganz allmählich wuchs die Hornhaut auf seinen Sohlen; es tat nicht mehr so weh, und doch konnte er ohne hinzusehen, allein durch die Berührung, die glatte Asphaltoberfläche der Hauptverkehrsstraßen, den klebrig-rauhen Belag eines frisch geteerten Trottoirs und die kalten, ein wenig glitschigen Markierungsnägel an den Fußgängerüberwegen unterscheiden – und irgendwie machte ihm das Spaß. Wie auch immer: er war bereit.

In aller Herrgottsfrühe brachen sie auf. Der Wohnanhänger wurde an den Buick angekuppelt. Fernand stieg durch die Öffnung; mit den Füßen stand er im freien Raum zwischen den Achsen, die Ellbogen bequem auf dem Boden des Anhängers aufgestützt. Um ihm über die Anfangsstrapazen hinwegzuhelfen, hatte die Mama fürsorglich eine Reihe von Flaschen unterschiedlichen, jedoch durchwegs alkoholischen Inhalts in Reichweite aufgebaut und festgezurrt. Fernand trabte munter dahin; wenn ihm das Tempo etwas zu schnell wurde, stemmte er sich ein wenig hoch und machte, quasi im Zustand der Schwerelosigkeit, riesige Astronautensprünge. Von Zeit zu Zeit griff er nach einer der Flaschen oder er schälte sich ein hartgekochtes Ei – auch daran hatte die Mama gedacht.

Aber dann wurde er von einer unerklärlichen Angst befallen. Er konnte nicht sehen, wohin er trat, und eine Menge völlig unbekannter Empfindungen stürmten auf ihn ein. Bald zerquetschten seine Füße irgend etwas Weiches, bald trat er auf etwas Spitzes, Stachliges, oder er rutschte auf fettig-schmierigen Substanzen aus. Als die Mama einmal anhalten mußte, schnüffelte plötzlich eine schleimige Hundeschnauze an seinen Waden. Er stieß einen gräßlichen Fluch aus, aber dann fiel ihm ein, daß er ja als Pilger unterwegs war. «Heilige Mutter Gottes – vergib mir! Aber ich kann doch nicht ahnen ... Das Vieh hat mich einfach erschreckt», murmelte er reuevoll.

Es gab kein Zurück mehr. Sie hatten inzwischen die Autobahn erreicht

– jetzt durften sie noch nicht mal anhalten. Er mußte weiter, immer weiter ... Schließlich hatte er das Gefühl, über glühende Kohlen zu marschieren. Als die Mama schließlich eine Rast einlegte, war er nahe am Umkippen.

«Ich geb's auf», stöhnte er. Doch er erholte sich rasch und war bereit, den Weg fortzusetzen.

Aber schon bald setzte hinter ihm ein vielstimmiges Hupkonzert ein, das immer mehr anschwoll und ihn nervös machte. So langsam die Mama auch fuhr – niemand überholte; jeder wollte sehen, was es mit dem zweibeinigen Wohnanhänger auf sich hatte. Es gab einen Riesenstau; eine Motorradstreife kam, um nach dem Rechten zu sehen.

Die Mama erklärte den Beamten, daß ihr Sohn im Training sei.

«Von mir aus», sagte der Streifenführer. «Aber nicht auf der Autobahn!»

Da machten sie kehrt.

Fernand mußte sich ins Bett legen; er hatte seelisch einen Knacks weg. Die Heilige Mutter Gottes machte sich ganz offensichtlich nichts aus seiner Gabe. Bisher hatte noch nie jemand gewagt, sich Fernand zu widersetzen ... Ein Affront! Fernand war empört.

«Aber sie ist doch schließlich die Mutter Gottes!» gab die Mama zu bedenken.

«Das kann ja sein! Na und? Wenn ich jemand was schenken will, dann soll er sich auch darüber freuen, verdammt noch mal ... Der werd ich ihre Gabe schon in die Zähne rammen!»

Und er sann Tag für Tag darüber nach, wie er es einrichten könnte, barfuß zu gehen, ohne daß jemand merkte, daß er barfuß ging – wie er in den Augen der Leute einen ganz gewöhnlichen Spaziergänger abgeben könnte, der lässig am Straßenrand entlangbummelt ... Das Problem beschäftigte ihn derart, daß er den Appetit verlor, dafür aber um so mehr trank. Und wieder Rosé. Nachdem er dem Rosé dieses Scheißgelübde verdankte, sollte der Rosé ihm bitte schön auch helfen, das geeignete Mittel zur Ausführung zu finden. Er ließ sich fünfzig Flaschen Rosé schicken und hängte ein Schild an die Türklinke, das er in einem amerikanischen Hotel mitgenommen hatte. *Do not disturb*, stand darauf. Bitte nicht stören.

An Ideen fehlte es ihm nicht – im Gegenteil; er hatte zu viele Ideen. Nur waren sie allesamt völlig hirnverbrannt ... Ein Gehgips? Geht nur für einen Fuß. Ein Gehgips, und die Strecke zweimal ... Macht ein halbes Jahr. Mindestens. Quatsch. Oder ... *Halt mal!* Er schloß die Augen.

Die Idee war hinreißend.

... oder aber man entfernt einfach die Sohlen der Schuhe, zieht nur das Oberleder über die Füße ... Großartig! Der Fuß ist ganz normal bedeckt und steht doch nackt auf dem Boden! Das war die Lösung ...

Fernand lief zu seinem Schuhmacher. Der Schuhmacher war dagegen. Der Schuhmacher leistete erbitterten Widerstand, aber schließlich bekam Fernand dann doch ein Paar wunderschöne Schuhe ohne Sohlen. Zu Hause probierte er sie gleich vor dem Spiegel an. Was er sah, befriedigte ihn nicht ganz – das Oberleder legte sich nicht glatt an, sondern stülpte sich leicht nach oben. Aber wer würde schon auf so eine Kleinigkeit achten? Fernand warf sich in einen nicht allzu auffälligen Freizeitdress, verabschiedete sich von der Mama und zog los.

Die einzelnen Stationen seines Leidenswegs sollen hier nicht beschrieben werden – die route Nationale 7 ist alles andere als ein Wanderpfad. Fernand patschte durch den dampfenden Teer von Baustellen; er stieß sich an spitzem Rollsplit die Zehen wund, und Gewitterregen durchnäßten ihn bis auf die Haut. Aber er ertrug alles mit Fassung. Von Zeit zu Zeit setzte er sich auf einen Kilometerstein, rieb sich die schmerzenden Fußsohlen und schnitt Grimassen, wenn er sicher war, daß es niemand sah. Manchmal, wenn er glaubte, es nicht mehr aushalten zu können, dachte er: Sie hat mich herausgefordert, und das hat noch niemand ungestraft getan ... Na warte! Seine Verbitterung steigerte sich zur Wut. Und dann stolperte er weiter.

Er hatte Lyon hinter sich gebracht; er erreichte Valence. Es war September geworden, und er war stark abgemagert. Den Herbsturlaubern, die, weiße Boote auf dem Transportanhänger, an ihm vorbeirauschten, warf er böse Blicke zu. Er marschierte weiter, erreichte Avignon, schließlich Arles. Dort mußte er eine längere Rast einlegen. Er hätte den ersten besten, der ihm über den Weg lief, erwürgen können – bloß so, egal wen. Er fühlte sich hereingelegt. Sie haben mich reingelegt, dachte er, alle miteinander ... Wenn sie mich damals auch über den Haufen geschossen hätten, dann brauchte ich hier nicht durch die Gegend zu latschen ... Der Alkohol half auch nichts. Er wirkte auf die Wut wie der Blasebalg auf das Kaminfeuer.

Endlich erreichte er die Vororte von Marseille. Es war soweit. Er humpelte stark, und hoch über der Stadt glänzte die Statue von Notre-Dame de la Garde im Sonnenlicht. Kurz zuvor war ein Gewitter niedergegangen; die Trottoirs dampften in der Sonne.

Fernand hinterließ höchst merkwürdige Fußspuren auf dem feuchten Boden.

Höchst merkwürdig, in der Tat – das fand auch der Polizeibeamte, der zufällig Fernands Weg kreuzte. Wie war es bloß möglich, daß ein korrekt gekleideter Mann Fußspuren hinterließ, die aussahen wie die eines Schiffbrüchigen? Der Beamte ging ein Stück hinter Fernand her und beschloß schließlich, ihn anzusprechen.

Fernand antwortete ... Nun, sagen wir, er antwortete überaus lebhaft. So lebhaft, daß der Beamte ihn ersuchte, ihn zum Revier zu begleiten. Als man ihn dort um Erklärungen bat, erzählte er wirres Zeug von einem Gelübde, von Barfußlaufen, von einer Pilgerfahrt – kurz, von Dingen, die heutzutage, in den Augen von nüchternen Polizeibeamten, nicht so recht mit der öffentlichen Ordnung in Einklang zu bringen sind.

«Herausgefordert hat sie mich – direkt provoziert!» beschwerte sich Fernand erregt.

«Heraus ... Wie bitte? Wer hat Sie herausgefordert?»

Fernand hatte sich eben noch gefangen. Er sagte lieber nicht, wer ihn herausgefordert, ja, direkt provoziert hatte.

Aber sein Schweigen war den Beamten suspekt. Sie setzten sich mit Paris in Verbindung. Eine Haussuchung wurde verfügt.

Und so wurden die Diamanten entdeckt. Fernand bekam fünfzehn Jahre, wurde aber vorzeitig entlassen – eine Amnestie ...

Heute hat er ein bescheidenes Schuhgeschäft in Marseille, gleich unterhalb von Notre-Dame de la Garde. HEILE FÜSSE – HEILE WELT steht über dem Eingang. Er ist alt geworden. Er trinkt nur Wasser, und er grinst höhnisch, wenn er eine Prozession vor dem Schaufenster vorbeiziehen sieht.

## Der Commissaire und der tote Graf

Die Sache platzte an einem Donnerstagmorgen über mich herein. Es war März, und es regnete. Ich hatte gerade eine scheußliche Erkältung hinter mich gebracht, war mit weichen Knien zum erstenmal wieder im Büro erschienen und hatte nur den einen Wunsch, mich dort zu vergraben und die inzwischen angefallenen Vorgänge im Zeitlupentempo und möglichst ungestört zu bearbeiten.

Die Tür ging auf, und Ballard steckte den Kopf herein. «Du sollst zum Chef kommen!» rief er mir zu.

Mist! Ich hätte doch noch zu Hause bleiben sollen. Mein Chef – damals leider schon nicht mehr Merlin – hatte die Stirn in sorgenvolle Falten gelegt. Was übrigens nichts Außergewöhnliches war: er sah fast immer so aus, als ob er über Staatsgeheimnissen brüte.

«Graf d'Estissac ist ermordet worden», sagte er, ohne sich mit einem Gruß aufzuhalten. «Die Polizei von Tiffauges ist schon an Ort und Stelle ... Dem verworrenen Zeug nach zu urteilen, das mir eben durchtelefoniert wurde, scheint der Fall recht verwickelt zu sein. Gehen Sie also gleich hin! Und Vorsicht, ja? Der Graf saß hier im Département in allen möglichen Gremien und Ausschüssen. So was macht Schlagzeilen! Gott, das hat uns gerade noch gefehlt ... Also nochmals: passen Sie bloß auf, daß Sie kein Porzellan zerschlagen!»

Das Schloß war nur wenige Kilometer von Tiffauges entfernt. Ich hatte einen Wagen mit Chauffeur bekommen. Unser Weg führte an der von Efeu und Brennesseln fast zugewucherten Schloßruine des berühmt-berüchtigten Gilles de Rais vorüber. Gott, war das alles trist heute morgen! Mein Chauffeur stammte hier aus der Vendée: seinem Aussehen nach hätte ich ihn mir gut als Abkömmling eines aufständischen Bauernführers aus der Zeit der Revolution vorstellen können . . .

«Also – umgebracht, der Graf!» stieß er ungläubig hervor. «So ein Mann! Einer seiner Vorfahren – der Marquis Blanc de Bougon d'Estissac – hat damals in den Bauernkriegen Seite an Seite mit Charette gekämpft! Und der Graf selbst hat im Widerstand ein Kommando geführt. Drahtiger Typ – nicht so leicht unterzukriegen! Natürlich nicht mehr der Jüngste . . . Aber ein hervorragender Reiter und verdammt guter Jäger!» Er grinste. «Und zwar in jeder Hinsicht – na, Sie verstehen schon!»

Das Parktor war geöffnet. Eine noch winterlich kahle Kastanienallee bildete die Auffahrt zum Schloß. Vor der breiten Freitreppe parkte ein Streifenwagen, dessen Antenne im Wind hin- und herwippte. Bevor ich ausstieg, warf ich noch einen Blick auf die Fassade. Louis XIII, in einer rustikalen Variante . . . Mit einem aus noch früheren Zeiten stammenden Türmchen, das dem Gebäude ein geschichtsträchtiges Aussehen verlieh . . .

Ich rannte die Treppe hinauf; überall triefte es vor Nässe. Ich mußte mehrmals niesen und versetzte der schweren Eingangstür einen Stoß, um möglichst rasch ins Trockene zu gelangen. In der Halle hatte ein Gendarm Posten bezogen; er grüßte und sagte halb entschuldigend, er habe sich wegen des Wetters hier herein geflüchtet. Er wies mich in den Salon, wo der Brigadier gerade die Aussagen eines jüngeren Ehepaars zu Protokoll nahm. Allem Anschein nach das Hausmeisterehepaar.

Ich grüßte und bat den Brigadier, mich kurz über den Stand der Ermittlungen zu unterrichten. «Die Leiche sehe ich mir dann hinterher an.»

«Den Stand der Ermittlungen? Na, das ist schnell geschehen . . . Also das hier sind Georges Moreste, Hausmeister und Gärtner, und seine Frau. Sie bewohnen das kleine Kutscherhaus links vom Eingang. Gestern abend nun, als beide vor dem Fernseher saßen, klingelte das Haustelefon. Zwischen dem Schloß und der Hausmeisterwohnung gibt es nämlich eine Privatleitung, müssen Sie wissen. Es war ziemlich genau um halb zwölf.»

Moreste nickte bestätigend. Er wirkte sehr ruhig; allem Anschein nach hatte ihn der Vorfall nicht erschüttert. Er hatte eine Jagdweste an, dazu Reithosen und Gummistiefel. Die Haare trug er kurzgeschnitten und leicht nach vorn gebürstet; das Gesicht war, für einen Mann seines Alters, von erstaunlich vielen Runzeln durchschnitten, und die eng zusammenstehenden Augen verliehen ihm einen Ausdruck von Starrsinn.

«Was war los?»

«Es war Mademoiselle d'Estissac; sie war schrecklich aufgeregt», berichtete Moreste.

«Mein Mann sollte schnell kommen, hat sie gesagt», schaltete sich Madame Moreste ein. «Ihr Vater sei tot, vielleicht sogar umgebracht. Da hat mein Mann sein Gewehr genommen und ist zum Schloß rübergerannt.»

«Aber die Eingangstür war abgeschlossen», fuhr der Brigadier fort. «Er mußte warten, bis die Haushälterin, die alte Angèle, ihm aufmachte. Übrigens, das möchte ich an dieser Stelle gleich einfügen: alle Ausgänge waren von innen verschlossen, nicht wahr, Moreste? Wirklich eigenartig ... Also, Mademoiselle d'Estissac hat im Arbeitszimmer ihres Vaters gewartet, Berthe, die Köchin, war bei ihr. Der Graf lag vor dem Kamin. Tot.»

«Augenblick», warf ich ein. «Wer wohnt denn hier eigentlich alles im Schloß?»

Madame Moreste holte tief Luft. «Ja – also, nachdem der arme Herr Graf ja nun nicht mehr da ist ... Nur noch Mademoiselle d'Estissac und Tante Angèle und Tante Berthe. Sonst niemand.»

«Ihre Verwandten, Madame?»

«Nein, die Tanten meines Mannes. Sie sind beide ledig und arbeiten schon seit Jahren hier im Schloß. Als der alte Martial gestorben war, der frühere Hausmeister, haben sie uns die Stelle hier vermittelt.»

Sie redete ohne Scheu und recht selbstsicher. Sie war überhaupt eine recht ansehnliche Person. Den Händen war zwar die grobe Arbeit in Haus und Garten anzusehen, aber sonst ... Dauerwellen und eine Spur von Lippenstift. Bestimmt nicht, was man sich im allgemeinen unter einer Bauersfrau vorgestellt hätte. Aber diesen Typ gab es wohl schon lange nicht mehr.

«Und dann?» fragte ich. «Was war dann?»

«Na ja – die Frauen hatten natürlich Angst», antwortete Moreste. «Sie dachten, der Mörder könnte sich im Schloß versteckt haben. Wo doch alles abgeschlossen war – Fenster und Türen! Unheimlich! Aber ich habe überall nachgesehen, den letzten Winkel hab ich durchstöbert ... Nichts! Niemand!»

«Und weggekommen ist auch nichts?»

«Doch. Das ist es eben», fuhr der Brigadier fort. «Der Graf hatte eine sehr schöne Sammlung alter Uhren. Und die sind verschwunden.»

«Aha ... Und wo waren die aufbewahrt?»

«In der Bibliothek, gleich neben dem Arbeitszimmer. Wahrscheinlich hat der Graf den Dieb auf frischer Tat ertappt, und der hat ihn dann angegriffen. Eindeutige Sache, wenn man nur wüßte, wie er es angestellt hat, das Haus zu verlassen.»

«Wirklich komisch ... Aber nun zeigen Sie mir bitte die Leiche.»

Der Brigadier stieß eine Flügeltür auf. «Der Arzt hat einen Schädelbruch festgestellt – ob der nun von einem Schlag herrührt oder von dem Fall ... das wird der Obduktionsbericht erweisen.»

Das Arbeitszimmer war ein großer Raum mit zwei Fenstern, die auf den Park hinausgingen. Der Tote lag in der Nähe des Kamins auf dem Boden; ein umgeworfener Stuhl deutete darauf hin, daß der Graf sich zur Wehr gesetzt hatte. Er lag auf dem Bauch, und als ich den Kopf leicht anhob, sah ich links an Schläfe und Backenknochen eine Prellung und über dem Ohr etwas verkrustetes Blut. Er trug eine Hausjacke, von der ein Knopf abgesprungen war.

«Ist unter den Schreibtisch gerollt», murmelte der Brigadier.

«Wo ist Mademoiselle d'Estissac?»

«Im ersten Stock oben, mit Angèle und Berthe.»

«Seien Sie doch so gut, sie herunterzubitten, ja?»

Ich ging in die Bibliothek hinüber, um mir die ausgeraubten Vitrinen anzusehen. Sie standen in der Mitte des Raums, die Scheiben waren eingeschlagen, eine Menge Glassplitter lagen auf dem Teppich zerstreut herum. Es knirschte bei jedem Schritt. Der Dieb mußte es verflucht eilig gehabt und sich nicht um den Krach gekümmert haben, den er verursachte. Er hatte restlos ausgeräumt. Die ausgeschlachteten Vitrinen gaben dem kühlen majestätischen Raum etwas Trostlos-Verlassenes. Ich warf einen Blick auf die Bücherreihen: Geschichte, Rechtswissenschaften... Und über alldem lag die Stille eines sehr alten Hauses. Eine Stille, die durch Regen und Wind nur noch verstärkt wurde. – Ich versuchte mir vorzustellen, wie ein junges Mädchen diese Stille und Einsamkeit verkraften konnte – ein wortkarger Vater und zwei alte Bedienstete gaben bestimmt keine animierende Gesellschaft ab. Ich ging wieder ins Arbeitszimmer hinüber.

Im selben Moment kam Mademoiselle d'Estissac mit dem Brigadier herein. Sie hieß Véronique, wie ich später erfuhr... Aber dieser charmante und etwas altmodische Name paßte überhaupt nicht zu ihr. Sie war hochgewachsen wie ihr Vater, mit streng nach hinten genommenen Haaren und einem hoheitsvoll-herrischen Blick. Keinerlei Spur von Make-up. Sie trug bereits Schwarz. Würdevoll und unpersönlich wie eine Gesellschaftsdame, schoß es mir durch den Kopf. Sie wirkte tatsächlich einschüchternd, und ich verhaspelte mich etwas, als ich ihr mein Beileid aussprach. Eine Floskel, wie sie in solchen Fällen schon Routine ist, und doch hatte ich den Eindruck, eine schlecht gelernte Lektion daherzusagen.

Mit leicht schräg geneigtem Kopf wartete sie, bis ich zu Ende war. «Danke, Monsieur», sagte sie kurz und wies dabei auf einen Stuhl.

Ich stellte ihr zuerst ein paar Fragen über ihren Vater und erfuhr, daß er jeden Abend – etwa von neun bis zwölf – an einem umfangreichen historischen Werk über den Aufstand in der Vendée gearbeitet hatte. Seit dem Tod ihrer Mutter vor fast zwanzig Jahren, berichtete sie weiter, habe er wie ein Landedelmann alten Stils gelebt: tagsüber ein Bauer wie seine Pächter und abends ein Gelehrter, der sich hinter seinen Büchern vergrub.

«Und Sie?» fragte ich.

Sie verstand sofort, was in meiner Frage impliziert war, und ihr Gesichtsausdruck wurde noch verschlossener. «So ein weitläufiges Anwesen wie das hier macht eine Menge Arbeit – da läuft man ständig hinter der Zeit her», sagte sie abweisend.

«Ach bitte, erzählen Sie mir doch, wie Sie den gestrigen Abend verbracht haben.»

«Bitte . . . Aber da gibt's praktisch nichts zu erzählen. Ich bin um zehn Uhr zu Bett gegangen. So gegen halb zwölf wurde ich dann plötzlich wach. Ich hatte das Gefühl, irgendein Geräusch gehört zu haben . . . Ich bin aufgestanden und wollte als erstes bei meinem Vater nachsehen. Im Arbeitszimmer brannte noch Licht. Ich habe geklopft – keine Antwort. Mir war das unheimlich, und da bin ich hineingegangen.» Sie konnte nicht weitersprechen und schluckte mehrmals. «Sie haben meinen Vater ja bereits selbst gesehen», fuhr sie dann fort. «Ich bin aus dem Zimmer gestürzt und habe nach Angèle und Berthe gerufen. Dann habe ich telefonisch das Kutscherhaus und unseren Hausarzt benachrichtigt. Und hinterher die Gendarmerie . . . Das ist alles.»

«Sagen Sie – war die Sammlung Ihres Vaters wertvoll?»

«Sehr sogar. Er hatte einzelne Stücke von unschätzbarem Wert. So zum Beispiel eine goldene Uhr, die der Maréchal d'Estissac von Louis XV erhalten hatte . . . oder eine andere, die aus dem Besitz Chateaubriands stammte . . .»

«Komisch . . . Ich meine, die haben doch ein Gewicht, solche Uhren! Eine Transportfrage . . . Und außerdem – wie will man derartige Stücke unter der Hand weiterverkaufen? Und warum hat der Dieb eigentlich nicht gewartet, bis alle schliefen, um dann in Ruhe auszuräumen?»

«Von außen war alles dunkel – die Fensterläden waren geschlossen, die Gardinen zugezogen. Wahrscheinlich glaubte er, wir seien alle schon im Bett.»

«Möglich. Würden Sie mir jetzt bitte das Souterrain zeigen. Ich möchte mir die nach außen führenden Türen selbst ansehen.»

Sie stand auf; ich jedoch blieb nochmals kurz bei dem Toten stehen. Der Graf mußte eine stattliche Erscheinung gewesen sein und hatte trotz seiner Jahre sicher noch recht jugendlich gewirkt. «Wie alt war er eigentlich?» raunte ich dem Brigadier zu, der gerade hinter Véronique nach unten gehen wollte.

«Siebzig. Hätte aber genausogut Mitte Fünfzig sein können.»

Im Souterrain wartete Véronique bereits auf mich. Sie führte mich überall herum, und ich untersuchte jedes einzelne Schloß. Es waren alles überaus solide alte Schlösser – wie an Seekisten –, zu denen ebenso solide, mit komplizierten Bärten versehene Schlüssel gehörten. So gut wie unmöglich aufzubrechen.

«Wie soll da bloß jemand reingekommen sein», meinte der Brigadier skeptisch.

«Nicht nur das», bekräftigte ich. «Mich interessiert noch viel mehr, wie er wieder rauskam – bei Türen, die von innen verschlossen sind.»

Wir kamen ins Schlafzimmer des Grafen, wo Berthe und Angèle sich zu schaffen machten. Sie hatten bereits die Wanduhr angehalten und die Spiegel verhängt. Angèle war eine jener Frauen, die im Alter hager werden und etwas männlich wirken. Berthe dagegen war offenbar wesentlich jünger. Sie war blond und gepflegt, dabei fast zart und irgendwie rührend mit ihren verweinten Augen. Als wir das Zimmer betraten, grüßten mich beide etwas verängstigt und huschten dann hinaus. In diesem Schloß schien die Zeit stehengeblieben zu sein: die hierarchische Struktur war hier noch so intakt wie am Hof von Versailles.

«Seit wann stehen die beiden Schwestern in Ihrem Dienst?»

«Das sind jetzt bald siebzehn Jahre. Sie sind gleichzeitig hier eingetreten und beide die Ergebenheit in Person.»

Ich konnte mir absolut keinen Reim auf die ganze Sache machen – dabei hätte ich der jungen Dame gegenüber ganz gern etwas brilliert. Ich war daher eher erleichtert, als sie sagte, sie habe noch Verschiedenes zu erledigen – ich möge die Besichtigung allein fortsetzen.

Draußen fuhr ein Wagen vor. «Sicher der Staatsanwalt», meinte der Brigadier.

Es war jedoch keineswegs der Staatsanwalt, sondern ein sportlich aussehender junger Mann von etwa dreißig Jahren, der in der Halle wartete.

«Jacques Volland», stellte er sich vor. «Sagen Sie – wo ist Véronique?» Allem Anschein nach war er ziemlich durcheinander.

Ich wußte ohnehin nicht recht weiter, und so kam er mir gerade recht. Ich führte ihn in einen kleinen Salon und versuchte ihn ein wenig auszuholen. Was übrigens keiner besonderen Anstrengung bedurfte, denn er sprudelte gleich los. Er sei ein Bekannter der Familie d'Estissac, erzählte er. Zu Anfang habe er beruflich hier zu tun gehabt – er sei Architekt und der Graf habe ihn mit der Restaurierung des vom Verfall bedrohten Südflügels beauftragt. Nach und nach sei er dann ein Freund des Hauses geworden und jetzt, seit etwa vierzehn Tagen, sei er sogar Véroniques Verlobter.

«Aber . . . Das muß hier in der Gegend doch wie eine Bombe . . .»

Er wurde bis über die Ohren rot. «Tja . . . bis jetzt weiß noch keiner was davon», antwortete er. «Noch nicht mal die Dienerschaft hier . . . Véroniques Vater wollte vermeiden, daß es dummes Geschwätz gibt. Er wollte die Verlobung erst relativ kurz vor der Hochzeit offiziell bekanntgeben.»

Ich spürte, wie ich allmählich etwas Boden unter die Füße bekam und wenigstens die verschiedenen Personen besser erfaßte – vor allem Véronique d'Estissac, die ein ebenso leidenschaftlicher wie verschlossener Charakter zu sein schien. Allem Anschein nach hatte sie sich dem ersten akzeptablen Mann an den Hals geworfen, der ins Schloß kam, um dieser

Atmosphäre zu entfliehen und ein ganz normales Leben zu führen wie andere auch. «Hat Ihre Verlobte Sie benachrichtigt?» wandte ich mich jetzt wieder an den jungen Mann.

«Ja. Sie hat heute früh angerufen. Ich bin wie vor den Kopf geschlagen ... Wo ist sie jetzt?»

«Im Schlafzimmer ihres Vaters ... Ach – bevor Sie wieder abfahren ... Warten Sie doch bitte auf mich – ich habe wahrscheinlich noch ein paar Fragen an Sie.» Das stimmte zwar nicht, aber irgendwie mußte ich mir ja den Anschein geben, mir bereits eine Meinung gebildet zu haben. Während in Wirklichkeit ... Ob vielleicht das Hausmeisterehepaar noch irgendwie ergiebig war? Ich fragte nach ihnen, hörte aber, daß sie bereits wieder ins Kutscherhaus zurückgegangen seien.

Bei den Morestes herrschte eine heillose Unordnung. Überall standen Koffer, Kisten und Pakete herum. «Wir wollten Sonntag abreisen», erklärte Moreste auf meinen erstaunten Blick. «Hat Mademoiselle Ihnen nichts davon gesagt?» Er warf mir einen mißtrauischen Blick zu, als ob er erwarte, daß ich ihm eine Falle stelle.

«Ist Ihnen denn gekündigt worden?» fragte ich.

«Im Gegenteil. *Wir* haben uns entschlossen, hier wegzuziehen.»

«Wir haben mit dem gnädigen Herrn nicht besonders gut gestanden», warf jetzt Madame Moreste ein. «Ein schwieriger Mensch, dem man es nie recht machen konnte. Und wie der uns behandelt hat! Als ob wir seine Leibeigenen wären. So was gibt's doch heute gar nicht mehr! Ich weiß nicht, wie die anderen das ausgehalten haben. Uns jedenfalls hat's gereicht! Und wenn ich an die Szene denke, die er uns gemacht hat, als wir sagten, wir hätten eine andere Stelle ... Wegen nichts und wieder nichts konnte er furchtbar in Wut geraten ... Nun ja, jetzt ist er tot, und einem Toten soll man ja nichts Schlechtes nachsagen ...» Sie bekreuzigte sich.

Das Gespräch wurde durch die Ankunft der Leute vom Erkennungsdienst unterbrochen. Ich ging wieder zum Schloß und schlenderte dann ein wenig durch den Park. Die Einfriedigungsmauer war an mehreren Stellen stark beschädigt – kein Kunststück, da hinüberzuklettern. Von der Seite her war wenigstens alles klar.

Der Vormittag zog sich mit Routineformalitäten dahin. Ich kam ziemlich spät und hundemüde ins Büro zurück. Aber was schlimmer war: ohne den Schimmer einer Ahnung, was hinter der Sache steckte. Auf meinem Schreibtisch lag ein Zettel: der Chef sei erst gegen Abend wieder zurück, ich solle aber unbedingt schon meine ersten Ergebnisse in einem Bericht zusammenfassen ... Mir fiel das Ehepaar Moreste ein. Die hatten unter dem Grafen d'Estissac zu leiden gehabt – wie ich unter meinem Chef, dem Divisionnaire. Und das war vergleichsweise bestimmt nicht einfacher. Ein Bericht! Wo ich noch nicht mal die Obduktionsergebnisse hatte!

Glücklicherweise traf der Befund noch im Laufe des Nachmittags ein. Alles in allem recht enttäuschend. Der Graf sei an einem durch den Sturz verursachten Schädelbruch gestorben. Der Bluterguß stamme von einem Schlag, wahrscheinlich einem Fausthieb ... Die einzig mögliche Schlußfolgerung war demnach, daß der Graf den Dieb in der Bibliothek überrascht und den Fliehenden in seinem Arbeitszimmer gestellt hatte. Der Mann hatte sich gewehrt; er hatte seinem Verfolger einen kräftigen Hieb versetzt, die restliche Beute zusammengerafft und war entflohen: Soweit war alles klar. Wie aber hatte er das Schloß betreten und wieder verlassen und dabei noch von innen abschließen können? Das war der springende Punkt. Meine Gedanken kehrten ständig zu diesem Punkt zurück – wie eine Hummel, die immer wieder gegen dieselbe Fensterscheibe prallt ... Was sollte ich bloß in diesen verfluchten Bericht schreiben?

Gegen 18 Uhr erhielt ich einen Anruf von der Gendarmerie. Man habe soeben einen gewissen Marcelin Gouge festgenommen, der seit mehreren Wochen gesucht werde. Gouge habe eine goldene Uhr bei sich gehabt, die aus der Sammlung des Grafen stamme. Er behauptete, sie außerhalb des gräflichen Anwesens vor der Parkmauer gefunden zu haben ... Das Bezeichnende aber war, daß dieser Gouge – der bereits dreimal wegen Diebstahls und Körperverletzung eingesessen hatte – dreimal aus dem Gefängnis ausgerissen war, ohne daß ihm jemand auf die Schliche gekommen war.

Höchstwahrscheinlich hatten wir jetzt den Schuldigen. Er war natürlich mühelos über die Parkmauer gekommen, hatte mit einem ganz persönlichen und speziellen Trick die Eingangstür aufbekommen und hier drinnen ausgeräumt ... Hinterher war er klug genug gewesen, seine Beute gleich zu verstecken; er hatte lediglich eine der Uhren mitgeführt, um sie einem Hehler zum Kauf anzubieten. – Na Gott sei Dank! Und das Geständnis würden wir ihm auch noch abringen!

Ich schluckte zwei Aspirin und begann meinen Bericht. Aber ich kam nicht weit. *Mit einem ganz speziellen und persönlichen Trick* ... Damit würde sich der Chef nie und nimmer zufriedengeben (ich übrigens auch nicht). Ich nahm das Blatt und zerriß es.

Das Rätsel der verschlossenen Tür war immer noch ungelöst. Und es blieb ungelöst – bis spät in den Abend hinein. Dann ging mir schlagartig auf, wie alles zusammenhing. Ich brauchte doch nur ...

Ich brauchte mich doch nur an die Schlösser zu erinnern, die, wie ich persönlich festgestellt hatte, völlig unversehrt gewesen waren. Also mußte jemand aus dem Schloß den Täter eingelassen und dann wieder hinter ihm abgeschlossen haben. Aber wer? Und mußte das in beiden Fällen unbedingt dieselbe Person gewesen sein? Vielleicht zerfiel die Handlung in zwei Hälften ... Zuerst einmal das Öffnen der Tür: Angèle und Berthe – siebzehn Dienstjahre, beide die Ergebenheit in Person – schieden aus. Desgleichen Véronique, von der wirklich nicht angenommen werden konnte, daß sie an einem Komplott gegen ihren Vater beteiligt war. Blieb also der Graf. Er mußte einen Besucher erwartet haben. Zu einer Unterredung, die so geheim war, daß er seinen Besucher zu dieser späten Stunde zu sich gebeten und ihn außerdem ersucht hatte, nicht den Haupteingang zu benutzen, damit das Hausmeisterehepaar ihn nicht bemerkte ... Und der Besucher? Natürlich Jacques Volland, der Verlobte. Oder sogenannte Verlobte. Denn Volland hatte geschwindelt: der Graf hatte gar nicht daran gedacht, einer Verbindung seiner Tochter mit einem Nichtadligen zuzustimmen. Und außerdem hatte er erst in den letzten Tagen etwas von den Absichten seiner Tochter erfahren. Er hatte Volland also zu sich bestellt und bei der Unterredung einen seiner berüchtigten Wutanfälle bekommen, die Madame Moreste erwähnt hatte. Er hatte gedroht und war schließlich tätlich geworden. Volland hatte sich verteidigt, und dann war es zu dem Unfall, dem Sturz, gekommen. – Véronique war durch den Lärm aufgewacht und herbeigeeilt.

Und eine Véronique d'Estissac ist kein Mensch, der sich dem Schicksal beugt; sie nimmt das Schicksal in die eigene Hand.

Die Polizei mußte also irregeführt werden. Ein Diebstahl mußte vorgetäuscht werden, denn alle Welt glaubte, der Dieb trage die Schuld am Tod des Grafen. Véronique räumte also die Vitrinen aus; eine der Uhren warf sie über die Außenmauer – irgend jemand würde sie schon finden, und man würde glauben, der Dieb habe sie auf der Flucht verloren ... Natürlich mußte das alles so inszeniert sein, daß die Vermutung, zwischen dem Unbekannten und einem der Schloßbewohner könne eine Verbindung bestehen, gar nicht erst aufkommen konnte. Deshalb schloß Véronique hinter Volland wieder ab.

Eine Vorsichtsmaßnahme, die sehr unvorsichtig war ... Aber auch eine Véronique d'Estissac kann eben nicht an alles denken.

## Anonym

Der Brief war mit Sicherheit am frühen Nachmittag eingeworfen worden – um elf, als Juliette nach der Post gesehen hatte, war er noch nicht dagewesen; und kurz vor eins, als sie noch rasch nach unten gegangen war, um Brot zu besorgen, auch nicht – sie schaute im Vorbeigehen immer rein mechanisch auf das verglaste Fensterchen im Briefkasten.

Als sie aber eine Stunde später das Haus wieder verließ, um zum Friseur zu gehen, hatte sie etwas Weißes im Kasten schimmern sehen. Wahrscheinlich ein Prospekt, hatte sie gedacht. Und dann, als sie sah, daß weder Adresse noch Absender auf dem Umschlag standen: Sicher die Putzfrau; eine Entschuldigung, weil sie heute weggeblieben ist ... Juliette blieb stehen und riß den Umschlag auf. Er enthielt einen gefalteten Zettel, auf dem nur drei Zeilen standen. Ganz in Großbuchstaben.

IHR MANN BETRÜGT SIE. PASSEN SIE AUF, WAS ER TREIBT, WENN ER IHNEN ERZÄHLT, DASS ER GESCHÄFTLICH UNTERWEGS IST.

Juliette verharrte sekundenlang regungslos; sie hatte den Mund wie zum Schreien geöffnet und eine Hand, zur Faust geballt, in die Magengrube gepreßt. Marcel . . . *ihr* Marcel sollte . . . ? Und dabei war er gerade heute in aller Frühe weggefahren, um, wie er gesagt hatte, einen Mandanten bei einem Termin vor dem Gericht in Chartres zu vertreten . . . Sie schleppte sich zum Aufzug zurück, erreichte die Wohnung wie eine Schlafwandlerin, ging ins Schlafzimmer und ließ sich aufs Bett fallen.

Also, eigentlich . . .

Eigentlich war sie sicher, daß sie sich auf Marcel verlassen konnte. Aber . . . Und ein anonymer Brief, das ist doch das Niederträchtigste, das Dreckigste, was man sich denken kann. Aber . . . Von heute an gab es dieses Aber in ihrem Leben, und es würde nichts mehr so sein, wie es vorher war.

Es wurde bereits dunkel, als Marcel heimkam.

«Juliette! Wir haben gewonnen!» rief er schon von der Diele her. «War gar nicht so einfach . . . Hallo, wo steckst du denn? Warum machst du kein Licht?» Er trat ins Schlafzimmer und knipste das Licht an. «Nanu – im Bett? Bist du krank?»

Juliette hielt ihm wortlos den Zettel hin.

Er überflog den Text. «Na hör mal, Juliette, du hast doch hoffentlich kein Wort von diesem Blödsinn . . . Nun sag doch was!»

Sie musterte ihn aufmerksam. Zu ihrem Erstaunen entdeckte sie plötzlich in ihrem eigenen Mann einen Fremden. «Bitte, laß mich», murmelte sie. «Du siehst doch, daß es mir nicht gutgeht.»

Marcel kniete nun neben dem Bett, und wieder war es ein wildfremder Mann, der sich da zu rechtfertigen versuchte. Warum redet er soviel, um Gottes willen? Worte, Worte, Worte . . . Und was wurde dadurch bewiesen?

«Glaubst du mir denn nicht?» fragte Marcel eindringlich.

Sie waren jetzt Feinde, wurde ihr klar. Wie konnte das nur in so kurzer Zeit passiert sein? Drei Jahre voller Glück und Erfüllung, und jetzt, innerhalb weniger Minuten, ein offenbar auswegloser Konflikt . . .

Marcel holte seinen Aktenkoffer aus der Diele, öffnete ihn mit fahrigen Bewegungen, zerrte Akten und allen möglichen Papierkram heraus. «Da, bitte! Wenn du schon mir nicht glaubst, dann vielleicht den schriftlichen Unterlagen . . . Hier, lies! Hier, bitte schön – der Verhandlungstermin, mit Datum und Uhrzeit . . . Und hier, die Rechnung vom Restaurant – für *ein* Gedeck!»

Juliette konnte sich den Tatsachen nicht verschließen. Sie brachte schließlich ein zaghaftes Lächeln zustande.

Aber Marcel war noch immer in Harnisch. «Also, so was ist doch eigentlich unvorstellbar! Daß dieser Quatsch, daß dieses gemeine, drekkige Geschmiere zwischen uns ... Du solltest mich doch eigentlich kennen, Juliette! Du solltest wissen, daß ich einfach nicht fähig bin, dich ...»

Juliette unterbrach ihn sanft. «Versetz dich doch in meine Lage», sagte sie. «Stell dir mal vor, *du* würdest einen Brief bekommen, in dem man dir mitteilt, daß deine Frau dich betrügt, sobald du verreist bist.»

Marcel wurde nachdenklich. «Na ja», meinte er schließlich, «da ist was dran ... gerade ich wäre übrigens vielleicht verwundbarer als andere, durch meinen Beruf – Scheidungen und immer wieder Scheidungen ... Moment mal! Da fällt mir was ein ... Weißt du, was ich glaube? Der freundliche Zeitgenosse hat den Wisch vielleicht ganz einfach in den falschen Kasten geworfen! Überleg doch mal – der Briefkasten direkt über unserem, das ist doch der von den Vauchères, nicht wahr? Junge Leute; er ist Vertreter, ist dauernd unterwegs ...»

«Du meinst, daß Monsieur Vauchères ... daß er seine Frau betrügt?»

«Nein, nein!» Marcel fuhr sich mit der Hand über die Augen. «Ach, ich bin ja schon beinahe so widerlich wie dieser Schmierfink! Ein solcher Brief genügt, und ... Schau mal, diese Leute – ich meine, Leute, die solche Briefe schreiben –, die wissen ganz genau, daß die meisten Menschen irgendwo ein bißchen Dreck am Stecken haben. Sie wissen, daß sie ihr Gift bloß blindlings in die Gegend zu spritzen brauchen – sie erreichen auch so eine hohe Trefferquote ...» Marcel setzte sich auf den Bettrand und nahm Juliettes Hand in die seine. «Dabei fällt mir was ein ... Ein Prozeß; ich war damals noch Referendar ... Angeklagt war eine junge Frau, die scheußliche anonyme Briefe schrieb – solche wie diesen Wisch hier ...» Er nahm den Zettel, knüllte ihn zusammen und warf ihn weg. «Frauen, die anonyme Briefe schreiben, sind oft verbittert. Sie haben das Gefühl, zu kurz gekommen zu sein; das kann bis an die Grenze der partiellen Unzurechnungsfähigkeit gehen. Aber die Angeklagte in dem Prozeß, die wußte ganz genau, was sie tat. Und warum sie es tat ... Weißt du, warum? Einzig und allein weil sie sich langweilte! Und als der Vorsitzende sie darauf hinwies, daß das doch schließlich kein ausreichender Grund sei – was glaubst du, was sie geantwortet hat? ‹Ich brauche eben ab und zu mal was Aufregendes, Herr Vorsitzender ...›»

«Wieso? Das versteh ich nicht!»

«Aber ja ... ich kann mir sehr gut eine alleinstehende Frau vorstellen. In einem Wohnblock wie diesem hier. Sie kennt keinen Menschen. Sie kommt sich entsetzlich verlassen vor. Überall um sie herum ist Leben – Leben, an dem sie nicht teilhat. Und da schreibt sie eines Tages ihren ersten Brief ... Sie schämt sich; sie zerreißt ihn gleich wieder. Aber sie hat Blut geleckt ... Und sie fühlt instinktiv, daß sie das Mittel in der Hand hat, die geschlossene Front der anderen zu durchbrechen. Sie sieht geradezu, wie die Gesichtszüge des Empfängers erstarren; sie begreift,

daß es für ihn – oder für sie – wie ein Dolchstoß ist, mitten ins Herz ...
Da setzt sie sich wieder an den Schreibtisch. Sie schließt sich sogar ein.
Sie kramt möglichst neutrales Papier hervor, findet einen Kugelschreiber. Ihr Herz schlägt schneller. Sie empfindet etwas, das nichts mit dem Intellekt zu tun hat. Eher mit dem Unterleib. Es ist erregend. Sie fängt an, sich Sätze zurechtzulegen. Sie formuliert, sie komponiert – ihre Möglichkeiten sind unbegrenzt. Sie ist allmächtig.»

«Mein Gott ...» murmelte Juliette.

«Dann tüftelt sie die Schrift aus», fuhr Marcel fort. «Sie muß möglichst nackte, glatte Buchstaben entwickeln; Buchstaben, die keinerlei Charakteristik haben und eben darum tödlich sind wie ein scharf geschliffener Dolch. Um das Glück eines anderen zu zerstören, muß man nur einmal zustoßen, aber dann gleich bis ans Heft ... Sie denkt sich immer kürzere und zugleich vernichtendere Formulierungen aus. Sie zittert jetzt vor Erregung ... Siehst du, wie sich das alles aneinanderreiht?»
Marcel hatte sich in die Sache hineingesteigert.

Juliette nickte schwach.

«Und dann steckt sie ihren ersten Brief in einen Kasten; in welchen ist fast schon nebensächlich. Ein Briefkasten ist ja wehrlos ... *Monsieur et Madame Durand*, steht da zum Beispiel. Eine Visitenkarte offenbar, zum Namensschild umfunktioniert ... Und jetzt wird's erst richtig spannend. Ihre Zeit ist restlos ausgefüllt. Am wichtigsten ist es im Augenblick, den Briefkasten diskret zu überwachen. Ist es schon soweit? Ja! Sie hat den Brief entdeckt ... Dann, am nächsten Morgen, bleibt man ganz zufällig beim Hausmeister stehen und erkundigt sich beiläufig nach Madame Durand – ob sie verreist sei? Man habe sich um diese Zeit doch immer im Treppenhaus getroffen ... ‹Madame Durand? Scheint ziemlich krank zu sein – mitten in der Nacht ist der Arzt gekommen!› Man spürt, wie einem die Knie weich werden. Der Tag vergeht wie im Flug; es ist wie ein Traum. Man beginnt, sich den Durands verbunden zu fühlen, irgendwie – fast freundschaftlich ... Man behält sie im Auge: Er wirkt sorgenvoll, und sie hat dicke Ringe unter den Augen. Vielleicht bringt ein zweiter Brief die Dinge rascher in Gang ... Welche Dinge eigentlich? Man weiß es nicht; man will es auch gar nicht wissen. Was zählt ist einzig und allein, daß man seiner Phantasie freien Lauf lassen kann, und das tut man – im Badezimmer, auf dem Markt, beim Abwasch, bei der Hausarbeit. Es ist wie ein Rausch, wie eine Droge. Von jetzt an ist man nie mehr allein. Jetzt sagt er ihr bestimmt ... Und darauf antwortet sie ... Wunderbar. Die Szenerie ist bald rührselig, bald dramatisch – aber immer abwechslungsreich.»

«Marcel! Du hältst da ja ein Plädoyer!» Juliette lächelte. Jetzt war er kein Fremder mehr.

«Ja, du hast recht ... Ich hab mich da in etwas hineingesteigert. Ein hochinteressanter Fall!»

«Und? Schaffst du einen Freispruch?»

«Nicht ausgeschlossen. Ich sehe da vieles, womit das Gericht günstig zu stimmen wäre . . . Wer solche Briefe schreibt, das muß doch ein sehr unglücklicher Mensch sein!» Marcel hatte begonnen, sich auszuziehen.

«Sag mal, willst du denn nichts mehr essen?»

«Nein, danke. Ich bin ziemlich geschlaucht. Und morgen soll ich bereits vor zwölf in Valenciennes sein . . . Also, dann schlaf wohl, *chérie*. Und denk nicht mehr an den Brief, ja? Und wenn noch mal einer kommt, dann verbrennst du ihn ganz einfach.»

Es war schon ziemlich spät, als Juliette am nächsten Morgen aufwachte. Und doch kam ihr der Tag, der vor ihr lag, unendlich lang vor. Ein Tag, an dem sie praktisch nichts zu tun hatte. Vielleicht ein wenig Wäsche waschen, falls die Putzfrau wieder nicht kam . . . Und dann? Sie war noch müde und schon voller Überdruß. Was sollte sie tun?

Ja, eigentlich müßte sie endlich ihrer Schwester schreiben. Aber was denn? Von dem anonymen Brief vielleicht? Ihr fiel nie etwas ein. Sie haßte diese alberne Briefschreiberei . . . Sie ging trotzdem zum Sekretär und holte Briefpapier und Schreibzeug heraus. Was soll ich ihr bloß schreiben?

Juliette versank in Nachdenken; sie ließ ihre Gedanken schweifen. Dann griff sie nach ihrem Kugelschreiber und fing fast mechanisch an, vertikale und horizontale Striche zu ziehen . . . Ihr Atem ging schneller. *Ihr Mann . . . Wie einfach das ist . . . betrügt . . .*

Nein!

Um Gottes willen! So was kann ich doch nicht . . . Es war wie ein Zweikampf, den sie gegen sich selbst austragen mußte. Und zugleich war es wie der Auftakt zu einer Vergewaltigung . . . Aber ein hinreißender Auftakt.

*Ihr Mann betrügt Sie . . .*

Sie konnte sich gerade noch aus dem Bann lösen; sie stand rasch auf und verbrannte den Bogen sorgfältig. Dann schrieb sie mit einem Elan, der sie selbst überraschte, einen langen Brief an ihre Schwester. Und den ganzen Vormittag fühlte sie sich, als ob sie leichtes Fieber hätte; sie empfand im Wechsel Freude, Scham, Verlangen . . . Nach dem Mittagessen, das sie rasch hinunterschlang, ohne erst den Tisch zu decken – nach dem Mittagessen war es soweit.

Sie konnte nicht dagegen an.

Eine andere Juliette hatte ihre Stelle eingenommen; eine Fremde, der sie nur mit Widerwillen gegenübergetreten wäre.

Kugelschreiber, Papier, ein Umschlag . . . Sie legte alles säuberlich zurecht, wie für eine Operation.

IHR MANN . . .

Sie setzte erneut an, benutzte diesmal für jeden Strich ein Lineal.

IHR MANN BETRÜGT SIE.

Den Rest brauchte sie nur mehr oder weniger aus dem Brief zu übernehmen, den sie tags zuvor erhalten hatte. Der Text war schön kurz und unheimlich wirksam. Sie führte jeden einzelnen Buchstaben mit peinlicher Sorgfalt aus, um das Vergnügen länger auskosten zu können.

Als sie fertig war, machte sie sich eine Tasse Kaffee, um sich von der genüßlichen Strapaze zu erholen. Sie hatte noch nicht einmal gemerkt, daß der Regen gegen die Fensterscheiben prasselte. Sie hatte jedes Zeitgefühl verloren.

Dann wartete sie, benommen und zugleich aufs Äußerste angespannt, bis es vier war. Vier Uhr war die beste Zeit: da war meistens alles ganz ruhig im Block. Sie schlich auf Zehenspitzen zum Fahrstuhl, fuhr ins Erdgeschoß hinunter und warf den Brief in den Kasten der Vauchères.

Als sie wieder im Fahrstuhl stand, um nach oben zu gelangen, fühlte sie sich plötzlich so schwach, daß sie sich an die Wand der Kabine lehnen mußte. Oben angekommen, ließ sie sich auf die Couch sinken. Sie wollte sich noch eine Zigarette anzünden, schlief aber sofort ein. Es war wie nach der Liebe.

Ihre Neugier über den weiteren Verlauf wurde schon am nächsten Morgen befriedigt, als sie den Lokalteil der Zeitung aufschlug.

### WOHNBLOCK-PHOBIE?

*Wenn es – wie manche Sachverständige vermuten – so etwas gibt, dann hat sie in der vergangenen Nacht ein weiteres Opfer gefordert. Eine junge Frau, Mme. V., hat sich mit einer Überdosis Schlaftabletten das Leben genommen. Die polizeilichen Ermittlungen sind im Gange. Bisher scheint es keinen konkreten Grund für das Verhalten der Unglücklichen zu geben . . .*

## In der guten alten Schwarzmarktzeit

Lucien Mitolet trat in die Wohnung, blieb stehen und schnupperte. Das roch ja wie . . . Er verzog das Gesicht, wandte sich aber dann doch zur Küche und stieß die Tür auf.

«Was gibt's denn heute?» knurrte er.

«Du könntest auch erst mal guten Tag sagen», meinte Georgette. «Gebackenes Hirn», fügte sie dann ohne Übergang hinzu. «Meinetwegen kannst du mich jetzt ausschimpfen.»

«Gebackenes . . .» Er brach ab und sah seine Frau an.

«Ich weiß, ich hätte vielleicht besser was anderes nehmen sollen.» Sie senkte den Blick.

«Gott . . . Warum eigentlich nicht? Ja, ist mir ganz recht. Steht mir ohnehin bis hier, ewig dieses Ragout und die Steaks . . .»

Ihr Gesicht hellte sich auf. «Stell dir bloß vor, ich hab der Concierge zwölf Pfund verkauft . . .» Sie wies auf den riesigen Kühlschrank, der die ganze Stirnwand der Küche einnahm. «Für die Erstkommunion von ihrer Göre.»

«Na prima!» Lucien Mitolet seufzte erleichtert. «Das hätten wir schon mal los. Wenigstens etwas . . . Was hast du ihr berechnet?»

«Den offiziellen Ladenpreis . . . Stell dir vor – sie wollte noch was fürs Bringen zahlen!»

«Ach nee!» Er lachte kurz auf. «Ich nehme an, das hast du ihr großzügig . . .»

«Na, und ob! Ja, dann . . . Das Essen ist fertig. Kommst du?»

Sie gingen ins Eßzimmer. Wie immer hatte Georgette vergessen, Brot auf den Tisch zu stellen. Lucien stand auf, um es zu holen.

«Und die Tochter der Waschfrau?» fragte er. Er schloß die Tür des täuschend echt nachgemachten Renaissance-Büfetts. «Die wollte doch Samstag heiraten. Bleibt's dabei?»

«Ja, schon. Aber sie wollen die Hochzeit jetzt im Restaurant feiern.»

«Scheiße.» Er knabberte an einem Radieschen. «Das wären gut und gern sechzig Personen gewesen . . . Sechzig Personen, die essen was weg heutzutage!»

«Ach, komm . . . Mach dir keine Gedanken. Wir schaffen's auch allein . . . Reichst du mir mal die Butter rüber?»

Es klingelte an der Wohnungstür.

Georgette stand auf. «Hoffentlich jemand, den man zum Essen einladen kann . . .»

Es war Charles Pellegrini, Inspecteur bei der Sûreté und Luciens ältester Freund. Sie kannten sich seit ihrer Schulzeit.

«Mensch, Charles! Altes Haus . . . Du kommst genau im rechten Moment; wir wollten uns gerade zu Tisch setzen.»

«Du, ich wollte wirklich nicht . . . Da komme ich ja ganz ungelegen! Tut mir leid . . . Ist ja auch eine verrückte Idee, ausgerechnet um diese Zeit . . . Aber ich bin gerade vorbeigekommen, und da dachte ich . . . Außerdem, ich hab schon gegessen.»

«Wo? Im Restaurant?»

«Ja, Georgette; drüben im *Potée*.»

«Na, hören Sie mal!» Sie schob ihm einen Stuhl in die Kniekehlen. «Sie konnten wohl nicht direkt zu uns kommen? Was haben Sie denn gekriegt?»

«'ne Wurst – fast so groß wie mein kleiner Finger, bitte sehr! Und einen Löffel Karotten.»

«O Gott – und das nennen Sie ein Mittagessen? Kommen Sie, ich geb Ihnen einfach Ihre Serviette vom letztenmal. Bei Ihnen mach ich keine Umstände.»

«Danke, danke . . . Aber trotzdem – mir ist das irgendwie peinlich!»

«Ach was! Iß erst mal und heb dir deine Gefühle für nachher auf!» Lucien klopfte dem anderen freundschaftlich auf die Schulter – eine Spur zu freundschaftlich. «Bei uns gibt's heute gebackenes Hirn, und wir haben gerade den Wein aufgemacht.»

«Also nein . . .» Pellegrini breitete die Arme aus: «Bei euch ist immer Feiertag . . . Na ja, es wäre ja auch traurig, ausgerechnet dich, den ehemaligen Metzger, abgemagert herumlaufen zu sehen!»

«Na eben!»

Georgette trug auf; die Hirnstücke türmten sich zu einer goldenen Pyramide. «Na, und was machen Ihre Ermittlungen?» erkundigte sie sich und legte dem Gast eine schöne Portion vor.

«Tja . . . Ich wollte gerade darauf zu sprechen kommen. Oder vielmehr, eigentlich bin ich sogar deswegen raufgekommen . . . auch deswegen.»

«Ach ja?» Georgette ließ sich schwer auf den Stuhl fallen.

«Hm, hm . . .» Pellegrini nickte. «Stellt euch vor – wir haben die Spur des Bankboten! Der Taxichauffeur, mit dem er nach seinem Besuch bei euch von hier weggefahren ist, hat sich gemeldet. Und seine Aussage . . . Also, mal ehrlich: Ich war sehr froh und erleichtert – euretwegen!» Und als die beiden nicht antworteten, wiederholte er nachdrücklich: «Euretwegen, ja . . .» Er schlug auf den Tisch: «Offen gesagt – ich glaube, euch ist nie ganz klargeworden, wie dumm ihr zuerst dagestanden habt bei dieser ganzen Angelegenheit.»

«Na hör mal . . .» Lucien schluckte. «Wo doch unsere Concierge gesehen hat, wie dieser Boujard das Haus verließ . . .»

«Sie hat ihn gesehen, sie hat ihn gesehen . . . Sie hat lediglich erklärt, daß sie glaubt, eine Uniform gesehen zu haben – und das ist doch wohl nicht ganz das gleiche, ja? Nein, nein . . . Ihr wart immerhin die letzten Kunden, die er aufgesucht hat.»

«Schön und gut – aber jetzt . . .»

«. . . jetzt wissen wir endgültig, daß Boujard mit den vierhunderttausend Piepen heil hier rausgekommen ist – und abgehauen ist, wenn ihr mich fragt . . . Das schmeckt aber ganz hervorragend, Georgette – wie bringen Sie es eigentlich fertig, auch noch Öl aufzutreiben? – Nee, nee: Den hat keiner umgebracht! Der ist ganz schlicht abgehauen!»

«Ja, das Öl . . . Das ist am schwierigsten, stimmt . . .»

Lucien füllte die Gläser nach. «Und was hat dein Taxichauffeur sonst noch gewußt?»

«Tja . . .» Pellegrini hob bedeutsam die Gabel: «Erstens, daß der Bursche einen Koffer bei sich hatte. Und zweitens, daß er sich zur Kirche Saint-Laurent fahren ließ . . .»

«Einen Koffer? Hab ich nicht gesehen. Du vielleicht, Lucien?»

«Nein, bestimmt nicht . . . Das wäre mir aufgefallen!»

«Vielleicht hat er ihn im Treppenhaus gelassen», meinte Pellegrini. Er zwinkerte vielsagend: «Und die Kirche Saint-Laurent? Sagt euch das gar nichts?»

«Ja ... Das ist doch die Kirche am boulevard Magenta, ja?»

«Hm, hm ... Aber, wichtiger: sie liegt in der Nähe von zwei Bahnhöfen – Gare du Nord und Gare de l'Est ... Geht euch jetzt ein Licht auf? Ist doch klar: In der Mittagszeit ist die Kirche garantiert vollkommen leer. Unser Freund hat sich dort in Nullkommanix umgezogen – er hat einfach seine Zivilklamotten aus dem Koffer geholt und die Uniform eingepackt. Jetzt war er ein Gesicht in der Menge; keiner hat ihn beachtet, als er auf einem der beiden Bahnhöfe in den Zug stieg – ab dafür!»

Lucien Mitolet fuhr sich mit dem Zeigefinger am Hemdkragen entlang. Der Hemdkragen war durchgeschwitzt. Fast genauso war es gewesen ... Er sah sich selbst, wie er sich im Beichtstuhl die Kleider seines Opfers heruntergerissen hatte – diese Uniform, wegen der dann später Concierge und Taxichauffeur ausgesagt hatten, sie hätten den Bankboten das Haus verlassen sehen ... Danach war er zu seiner Wohnung gehastet, wo ihm, dem ehemaligen Metzger, noch das Schrecklichste bevorstand – das, was schrecklicher war als das Verbrechen selbst ...

Georgette reichte dem Gast die Platte: «Nehmen Sie doch noch! Da, gerade vor Ihnen – ein wunderschönes großes Stück ...»

«Ja, aber ... Mein Gott, ich glaube, ich bin der einzige, der hier richtig ißt!»

Kurze Stille.

«Komisch ...» Luciens Stimme klang gepreßt: «Also, eigentlich hat er einen sehr ordentlichen Eindruck gemacht ... Und außerdem – er war doch schon ziemlich lange bei der Bank, oder?»

«Ja, schon ... Aber es gibt auch mildernde Umstände: Der Leiter der Zweigstelle, bei der er beschäftigt war – also, der sagt, daß Boujard im Ersten Weltkrieg einen Kopfschuß abbekommen hat; er hat sogar noch einen kleinen Splitter im Hirn – inoperabel.»

«Ach so ...?» Lucien tippte sich an die Stirn.

«So auch wieder nicht!» Pellegrini schüttelte den Kopf. «Ich meine, das bedeutet nicht, daß er verrückt ist. Ihr könnt euch vorstellen, daß man einen Bekloppten nicht ausgerechnet als Bankboten engagiert, nicht wahr? Nein – er hatte wohl manchmal Ideen, die ... Na ja: gelinde gesagt, ein bißchen sonderbar waren, ja? Mein Gott, wie viele Leute laufen mit einem Granatsplitter im Kopf rum, ohne daß ... Au!» Pellegrini hielt mitten im Satz inne, schnitt eine Grimasse und hielt die Serviette vor den Mund.

So verharrte er ein paar Sekunden, puterrot im Gesicht, gurgelnd und prustend und mit Tränen in den Augen. Schließlich griff er mit zwei Fingern in den Mund, förderte ein winziges schwärzliches Ding zutage und ließ es klirrend auf den Tellerrand fallen.

«Uff!» sagte er. «Na, ihr seid mir die Rechten! Ihr kriegt wohl von meinem Zahnarzt Prozente?»

Das Ehepaar Mitolet war aschfahl.

«Was man heutzutage so an Fleisch kriegt ...» brachte Georgette mühsam hervor.

«Halb so schlimm! Nehmen Sie's nicht tragisch . . . Da, sehen Sie – ich esse weiter!» Und dann, mit einem breiten Lachen: «Macht mir nichts aus. Aber immerhin, ihr habt Dusel . . . Ich meine, daß ich ein Bulle bin, und kein Fleischbeschauer.»

«Wenn Sie eine verfeinerte Kriminalkost wünschen, wenn Sie einmal Abwechslung von den gemeinhin sehr durchsichtig gestrickten Spannungsfäden üblicher Kriminalunterhaltung suchen, dann kann ich Ihnen einen rororo thriller von Boileau-Narcejac empfehlen.»

Norddeutscher Rundfunk, Hamburg

# Boileau/ Narcejac

**Mensch auf Raten** [2115]
**Parfum für eine Selbstmörderin** [2174]
**Appartement für einen Selbstmörder** [2209]
**Das Geheimnis des gelben Geparden** [2232]
**Die trauernden Witwer** [2238]
**Gesichter des Schattens** [2251]
**Das Leben ein Alptraum** [2319]

erschienen in der Reihe rororo thriller

«In dieser Reihe, die sich unter Krimi-Freunden mit Recht größter Beliebtheit erfreut, gibt es ebenso spannende wie gut geschriebene Kriminalromane und Detektivgeschichten bekannter und weniger bekannter Autoren in solcher Fülle, daß die Kennzeichnung rororo thriller inzwischen längst ein Begriff für Krimi-Qualität geworden ist.» Norddeutscher Rundfunk

**ANDERS BODELSEN**
Profis und Amateure. Kriminalstories [2355]
**BOILEAU/NARCEJAC**
Tote sollten schweigen [2349]
**CHESTER HIMES**
Fenstersturz in Harlem [2348]
**H. R. F. KEATING**
Inspector Ghote reist 1. Klasse [2354]
**HARRY KEMELMAN**
Am Dienstag sah der Rabbi rot [2346]
**WHIT MASTERSON**
Notwehr [2351]
**IRENE RODRIAN**
Die netten Mörder von Schwabing [2347]
**FRANCIS RYCK**
Wollen Sie mit mir sterben? [2353]
**RAMONA STEWART**
Besessen [2356]
**Täter unbekannt**
Detektivgeschichten ausgewählt von The Times. Bd. 1 [2352]

Gesamtauflage der rororo thriller bereits über 8 Millionen